W0238206

DUMONT

Lange kalte Nächte laden dazu ein, in die Welt der Geister einzutauchen. Wenn die Dunkelheit hereinbricht und der Nebel aufsteigt, ist es Zeit, eine Kerze anzuzünden und sich von diesen gespenstischen Erzählungen in den Bann ziehen zu lassen. Heimgesuchte Herrenhäuser und verschneite Friedhöfe, ein unheilvolles Theaterstück und eine verheerende Totenbeschwörung bescheren den Lesenden eine wohlige Gänsehaut.
Mit reichlich britischem Charme erwecken diese sechs hochgelobten Autor*innen und Expert*innen des unheimlichen Erzählens die Tradition des Schauermärchens zu neuem Leben und bieten mit diesen stimmungsvollen Spukgeschichten ein fesselndes Lesevergnügen für Fans von Charles Dickens, Edgar Allen Poe oder ›Downton Abbey‹.

Bridget Collins, Andrew Michael Hurley, Jess Kidd, Catriona Ward, Susan Stokes-Chapman und *Laura Purcell* sind vielfach ausgezeichnete und allesamt ins Deutsche übersetzte Autor*innen.

Sibylle Schmidt hat in Berlin Theaterwissenschaften und Amerikanistik studiert. Sie übersetzt aus dem Englischen, u. a. JP Delaney, Ciara Geraghty und David James Poissant.

Bridget Collins, Andrew Michael Hurley,
Jess Kidd, Catriona Ward,
Susan Stokes-Chapman, Laura Purcell

WINTERGEISTER

Schaurige Geschichten für frostige Nächte

Aus dem Englischen
von Sibylle Schmidt

DUMONT

MIX
Papier | Fördert gute Waldnutzung
FSC® C083411
FSC
www.fsc.org

Das bei der Produktion dieses Buches entstandene CO_2 wurde durch die Finanzierung von Klimaschutzprojekten kompensiert: climate-id.com/17531-2110-1001/de

September 2025
DuMont Buchverlag, Köln

Amsterdamer Straße 192, 50735 Köln, info@dumont-buchverlag.de
Übersetzung: Sibylle Schmidt
Umschlaggestaltung: Lübbeke Naumann Thoben, Köln
nach der Originalausgabe © Lisa Perrin
Umschlagillustration: Sophie Harris – LBBG
Illustrationen im Innenteil: © Lisa Perrin
Satz: Fagott, Ffm
Gesetzt aus der Baskerville
Druck und Verarbeitung: CPI books GmbH, Leck
Gedruckt auf säurefreiem und chlorfrei gebleichtem Papier
Printed in Germany
ISBN 978-3-7558-0542-7

www.dumont-buchverlag.de

INHALT

DER STEINERNE DÄMON

Bridget Collins

DER WEG VOM BAHNHOF war steil und beschwerlich, vor allem mit einem Koffer in jeder Hand. Als Ash das Steintor zur Altstadt erreichte, schwitzte sie stark, trotz des kalten Winds, der vom Meer herüberwehte. Eigentlich hatte sie geglaubt, abgesehen von ihrer Reiseschreibmaschine leichtes Gepäck zu haben, doch jetzt schmerzten ihr die Arme. Sie ließ den Blick über den grauen Ozean in der Ferne schweifen und hätte am liebsten die Koffer über die Brüstung geworfen, um dem ganzen bizarren Unterfangen ein Ende zu bereiten. Doch sie nahm sich zusammen, bewegte die steifen Finger und griff wieder nach ihrem Gepäck. Von hier aus würde es nicht mehr weit sein.

Zuletzt war sie als Kind in Lye gewesen, hatte das Städtchen vom Sommer verzaubert in Erinnerung. Es war ein geheimnisvoller Ort mit lauter verwinkelten Gassen, ein verwunschenes Labyrinth aus Licht und Schatten. Mit Isabel – ihrer großen Liebe, damals schon – war sie durch die Watchbell Street gerannt, berauscht von der Hitze und dem salzigen Geschmack des Meeres auf der Zunge, ausgelassen kichernd, als sie auf dem Kopfsteinpflaster ausrutschten oder mit muffelnden alten Männern zusammenstießen. Später, sie erinnerte sich noch gut an jenen hellen Abend, schlenderte sie, Hand in Hand mit Isabel, weit hinter Onkel und Tante, am King's House vorbei, an der alten Apotheke und dem roten Schulgebäude, an Gärten hinter verwitternden Mauern, vorbei an Häusern mit Bleiglasfenstern und Blumenkästen mit üppigen blauen Lobelien, Häusern mit Wappen, niedrigen Türen, schiefen Dächern und Schornsteinen. Ein magischer Tag war es gewesen, eine beglückende Auszeit von der Trunksucht ihres Vaters und den Skandalen ihrer Mutter, ein Tag mit steinernen Nixen, Erdbeereis und Isabels heißer Hand in der ihren. Seither wurde Ash jedes Mal warm ums Herz, wenn der Name »Lye« ihr begegnete, und sie lächelte so verträumt, als läge dieser Tag ein ganzes Leben zurück und nicht nur zwanzig Jahre. Deshalb – o Gott, wahrhaftig aus einem derart dürftigen Grund? – hatte sie sich von Edwin zu dieser absurden Unternehmung überreden lassen und schleppte sich nun durchgefroren die East Street entlang, wo sie ständig drohte von dem schmalen Gehweg auf die Straße zu geraten. Weil sie sentimental und töricht gewesen war, schalt sich Ash. Weil sie nicht bedacht hatte, dass es hier im Dezember keinen Sonnenschein und keine Rosenpracht gab. Und weil sie in Sehnsucht und Nostalgie verfallen war, als Edwin von seinem »Häuschen in Lye« gesprochen hatte.

Obwohl … Nein. So war es zwar gewesen, aber nicht nur. Als sie zustimmte, wollte sie bereits verzweifelt aus dem Büro flüchten, bemüht, ihre Scham zu verbergen, und hätte auch genickt und eingewilligt, wenn Edwin ihr eine Reise nach Timbuktu vorgeschlagen hätte. Ihr Zustand war ihm gewiss nicht entgangen, doch er setzte, taktvoll, wie er nun einmal war, seine Brille ab und säuberte sie mit seinem Taschentuch. »Nur eine kleine Auszeit«, sagte er. »Zeit für dich allein, damit du dich besser konzentrieren kannst. Um die Muse hervorzulocken.« Er setzte die Brille wieder auf. »Nun komm schon, Liebes, schau nicht so betroffen. Mich wundert das gar nicht, dass dein zweiter Roman dir Schwierigkeiten macht. Diese erste Fassung ist vielversprechend. Aber eben noch nicht … nun ja.« Er hielt die Hände beschwörend über das Manuskript. »Ich bin mir ziemlich sicher, dass dieses Buch am Ende so gut sein wird wie das erste. Es muss nur noch gründlich überarbeitet werden. Und dafür sind ein paar Tage Alleinsein genau das Richtige.«

Sie wich seinem Blick aus und zündete sich eine Zigarette an. Als Mann, dachte Ash, hätte sie Edwin gepackt, zum Fenster geschleift und ihn draußen über dem tosenden Londoner Straßenverkehr baumeln lassen, zappelnd und flehend. Dann hätte sie ihn gefragt, wie zum Teufel sie in drei Monaten einen Roman umschreiben sollte, wenn ihr nicht einmal einleuchtend erklärt wurde, was damit nicht stimmte. Diese Vorstellung war so intensiv, dass Ash förmlich spürte, wie ihre Beinmuskeln sich anspannten, um das schwere Gewicht zu halten. Schließlich sagte sie kleinlaut: »Und wenn es nicht … wenn es mir nicht gelingt …?«

»Sei nicht albern, Liebes. Du hast großes Talent. Darauf musst du vertrauen. Nein, nein«, Edwin hielt den Zeigefinger hoch, »so etwas will ich überhaupt nicht hören. Die Autorin von *Felicity* hat eine Verpflichtung gegenüber ihren Lesern. Fahr nach Lye, mach dich ans Werk und bring mir dann deinen Geniestreich.« Er schob das Manuskript über den Tisch. »Und guck nicht so böse. Wir wissen doch beide, dass Weihnachten für dich immer eine Qual ist und dass deine elende Cousine dich an der Nase herumführt.«

»Isabel fährt nach Sankt Moritz.«

»Dann hast du doch ohnehin keinen Grund, dich zu weigern, oder?«, erwiderte Edwin.

»Das habe ich ja auch gar nicht. Also gut.« Ash drückte die Zigarette aus, griff nach dem zerlesenen Manuskript, klemmte es sich unter den Arm und stand auf.

»Ist wirklich ein uriges Häuschen«, fügte Edwin hinzu, »mit Blick auf den Kirchhof … Und der Ort ist ja sehr malerisch … Schriftsteller haben da auch gelebt …«

Doch sie hatte sich nicht mehr beherrschen können und beim Rausgehen die Tür so wütend hinter sich zugeknallt, dass anschließend das Schild mit der Aufschrift *Edwin Guddle, Literaturagent* schief hing. Ash hatte es nicht zurechtgerückt.

Zunächst hatte sie sich dem Irrglauben hingegeben, das Schlimmste überstanden zu haben – doch wie naiv sie gewesen war! Seit dem Tag in Edwins Büro waren Scham und Ohnmachtsgefühle immer bedrängender geworden, sodass ihr nun regelrecht graute bei der Vorstellung, ohne Ablenkung mit ihrem Roman allein zu sein. Sie hätte niemals hierherkommen sollen. Da wäre es wahrhaftig noch besser gewesen, in London an albernen Weihnachtsfeiern teilzunehmen, die missmutigen Blicke am Esstisch ihres Stiefvaters zu ertragen oder sogar schweigend bei ihrer Tante in Norfolk herumzusitzen, ohne Isabel …

Ash blieb erneut stehen, stellte ihre Koffer ab und befahl sich, das Selbstmitleid abzuschütteln. Sie hatte die Kirche erreicht. Dort, auf der anderen Seite des Friedhofs, standen einige Fachwerkhäuser, deren schwarz-weiße Fassaden im Winterzwielicht zu verschwimmen schienen. »Bei der Fishgut Alley«, hatte Edwin gesagt. Es musste das Haus mit dem vorragenden Giebeldach sein. Hinter den Vorhängen meinte Ash, das rötliche Licht eines Kaminfeuers zu erkennen, was immerhin eine Verheißung war. Sie ging schnell und geriet dabei auf dem feuchten Kopfsteinpflaster ein wenig ins Schlittern, wodurch sie das Gewicht des schweren Eisenschlüssels in ihrer Manteltasche spürte. Und dann, endlich, schloss sie die schwere Tür auf und betrat einen niedrigen warmen Raum, erfüllt vom Schein des lebhaften Feuers. Sie war dem Winterabend entkommen.

~

Einen Moment lang blieb sie stehen, atmete nur ein, nahm den Geruch von rauchigem Kamin und Möbelpolitur wahr. Das Licht der Flammen schimmerte auf Tisch und Stühlen, spiegelte sich in einem silbernen Kerzenleuchter und einem Flaschenschiff. Der Teppich vor dem Kamin war ausgeblichen, der Polstersessel etwas abgewetzt; nichts wirkte neu oder makellos, aber genau deshalb strahlte der Raum eine tröstliche Behaglichkeit aus, etwa wie der abgegriffene Umschlag eines Lieblingsbuchs. Die Lampe am Fenster surrte leicht in einem Windzug und leuchtete plötzlich heller, wie um Ash zu begrüßen. Auf einer Seite neben dem Kamin gab es eine niedrige Tür, zur Speisekammer vermutlich, auf der anderen Seite führte eine schmale Stiege ins Obergeschoss. Als ein Holzscheit in den Flammen zerbrach und ein Funkenschauer aufstieg, erwachte Ash aus ihrer Reglosigkeit und begann, ihr Domizil zu erkunden.

Ihre Vermutung war richtig gewesen, hinter der Tür befand sich eine kleine Küche samt Speisekammer. Der Herd war angefeuert und noch heiß, auf der Anrichte stand neben einer Flasche Wein eine Kasserolle mit Deckel, die einen Kartoffeleintopf enthielt. Ein runder Rosinenkuchen war mit einem blütenweißen Geschirrtuch abgedeckt. Sie öffnete ein Schränkchen, in dem sie etliche Konservendosen vorfand. Darum hatte sie gebeten – selbst kochen zu können, um zeitlich unabhängig zu sein. Keine abwechslungsreiche Ernährung, aber sie würde damit auskommen. Als Ash sich wieder aufrichtete, fiel ihr an der Hintertür ein goldfarbener Schimmer auf. Sie trat näher und lachte leise. Sechs Flaschen Whisky mit einer Karte: *Viel Erfolg, meine Liebe. E.* Edwin hatte ihr die Unbeherrschtheit offenbar verziehen.

Ash suchte nach einem Glas, öffnete eine der Flaschen und schenkte sich großzügig ein. Dann stieg sie mit dem Glas in der Hand die Treppe hinauf. Der Whisky kribbelte in ihrem Mund, Wärme strömte in ihre Glieder, breitete sich angenehm in ihrem Bauch aus. Im Obergeschoss mit den niedrigen Deckenbalken und dem Dielenboden gab es ein kleines Schlafzimmer mit einem Fenster an jeder Seite. Auf dem Bett lag eine etwas ausgefranste Patchworkdecke, doch alles war tadellos sauber, die Matratze fest. Nebenan befand sich ein geräumiges Zimmer mit einer Wand voller Bücher und einem Schreibtisch am Fenster. Ash beugte sich über den Tisch und schob den Vorhang zur Seite. Draußen zeichneten sich die Umrisse des Kirchturms vor dem wolkenverhangenen Abendhimmel ab. Als sie den Vorhang zuziehen wollte, bewegte sich plötzlich etwas Schwarzes vor ihren Augen. Erschrocken fuhr sie zurück. Dann sah sie, dass am obersten Ast der Buche noch ein letztes Büschel Blätter hing, das vom Wind gezaust wurde. Dieselbe Bö brachte auch die Fenster zum Klappern, und Ash fröstelte unwillkürlich. Die Szenerie war derart düster, dass sie gut in einen Schauerroman gepasst hätte. Bestimmt hätte Edwin bei der Schilderung kahler Äste in der Winterdämmerung, dunkler

Wolken über dem Kirchturm und von Wasserspeiern auf dem Kirchendach, die auf den Friedhof hinunterspähten, *Ausgezeichnet!* an den Rand geschrieben. Und wäre Isabel hier gewesen, hätte sie gewiss schaudernd Ashs Hand ergriffen und »Oh, wie herrlich unheimlich!« gewispert. Doch an diesem Abend wollte Ash weder ans Schreiben noch an Isabel denken und zog den Vorhang rasch wieder zu.

Nach einem flüchtigen Blick ins Badezimmer, das nagelneu und gepflegt war, da Edwin auf einen gewissen Luxus Wert legte, ging sie wieder nach unten. Die Lampe flackerte erneut zur Begrüßung, und Ash sank in den Sessel, mit einem Mal so müde, dass sie auf der Stelle hätte einschlafen können. Das Feuer war weiter heruntergebrannt, sie würde bald ein Scheit nachlegen müssen, aber noch nicht jetzt. Als Ash das Glas an die Lippen setzte, stellte sie verwundert fest, dass es schon leer war. Grund genug, um sich wieder aufzuraffen. Mehr Whisky und Abendessen. Ziemlich früh, es war noch nicht einmal fünf, aber sie fühlte sich etwas benebelt und hatte Hunger, und außerdem schrieb ihr hier niemand die Essenszeiten vor. Auspacken würde sie morgen – Manuskript und Notizen, die treue Reiseschreibmaschine. Und arbeiten … würde sie auch erst morgen.

In der Küche hob Ash den Topf auf den Herd, ein wenig ungeschickt, sodass etwas Eintopf herausschwappte und ihr ein würziger Duft in die Nase stieg; sofort lief ihr das Wasser im Mund zusammen, und ihr Magen knurrte so laut, dass sie an nichts mehr denken konnte außer an die Mahlzeit.

Als Ash später die Treppe hinauftappte, war es immer noch früh am Abend. Nach der Erschöpfung von der Reise trat jetzt die Wirkung des köstlichen Mahls ein, zu dem sie sich eine halbe

Flasche Wein genehmigt hatte. Es gelang Ash nur mit Mühe, die Augen offen zu halten. In fremden Betten hatte sie oft Schwierigkeiten einzuschlafen, aber kaum sank sie auf das frisch duftende Kissen, war sie auch schon weggedämmert.

Eine Weile schlief sie tief und traumlos, doch dann wurde sie durch einen unangenehmen Druck auf der Blase wach. Einen Moment lang wusste Ash nicht, wo sie war, und tastete im Dunkeln nach dem Schalter ihrer Nachttischlampe; erst als eine Streichholzschachtel rasselnd zu Boden fiel, kehrte die Erinnerung zurück, dass es hier keinen Strom gab. Sie stand auf, tastete sich vorsichtig zum Badezimmer, erleichterte sich und tappte benommen zurück. An der offenen Tür zum Arbeitszimmer blieb sie stehen; sie hatte die Vorhänge nicht vollständig zugezogen. Durch den Spalt konnte sie auch von der anderen Seite des Raums die knorrigen Zweige der Buche erkennen und dahinter den trutzigen Turm an einer Seite des Kirchendachs. Gerade wollte Ash sich abwenden, als etwas ihre Aufmerksamkeit fesselte – etwas, das sie nicht genau erspüren konnte, das sie jedoch dazu veranlasste, weiter in die Finsternis zu spähen. An der Kirche schien etwas verändert zu sein. Irgendeine kleine, aber charakteristische Einzelheit.

Plötzlich war über ihr ein Scharren zu hören. Sie erstarrte, vergaß alles andere.

Mäuse. Nein. Ratten.

Ash holte tief Luft. Für Ratten konnte sie sich wahrlich nicht begeistern. Wäre Isabel hier gewesen, hätte sie gewiss tapfer gelacht und sich bemüht, furchtlos zu wirken; aber Ash stand mit geballten Fäusten stocksteif da und wäre am liebsten sofort aus dem Haus gerannt. Sie spürte einen eiskalten Schauer im Nacken, der ihr den Rücken hinunterkroch. Stille, in der sie nur das aufgeregte Hämmern ihres Herzschlags wahrnahm – dann war der Laut aufs Neue zu hören, ein langsames, beinahe schwerfälliges Schaben, als kratze jemand mit etwas Spitzem über Stein. Konnte das eine Ratte sein? Das Geräusch klang viel zu deutlich, zu gewichtig, zu – sie kniff die Augen zusammen – absichtlich. Vielleicht war es ein größeres Tier. Ein Eichhörnchen? Eine Katze? Doch das trockene Scharren erinnerte eher an ein Reptil. Es klang merkwürdig absichtsvoll; so absurd es auch war, Ash glaubte, eine beinahe menschliche Geisteskraft zu spüren, klug und schnell und berechnend …

Urplötzlich verstummte das Geräusch, zu plötzlich, denn was es auch war, es verharrte jetzt direkt über ihr. Sie konnte das Gefühl nicht abschütteln, dass es von ihr wusste und abwartete. Auch sie wartete, hielt den Atem an, so angespannt, dass es ihr vorkam, als könne ihre Lunge jeden Augenblick platzen. Dann ertönte es erneut, ein langsames sprödes Krabbeln, Knirschen, ein Sprung …

Etwas hing am Dachvorsprung. Dann streifte es die Scheibe. Ash stand reglos da, zögernd; doch als sie ihren ganzen Mut zusammennahm und zum Schreibtisch ging, um näher an das Fenster zu treten, kroch das Tier blitzschnell davon und war im Nu spurlos verschwunden.

Erleichtert stützte sich Ash auf den Schreibtischstuhl, weich in den Knien. Wie idiotisch von ihr! Natürlich war das nur eine Ratte gewesen, was denn auch sonst, man würde Gift auslegen müssen. Sich so von einem Nagetier erschrecken zu lassen! Sie hatte wirklich keinen Mumm mehr.

Sie schloss die Tür zum Arbeitszimmer und tastete sich zum Bett zurück. Ein paar Minuten lang lag sie starr da und horchte, aber das Geräusch war nicht mehr zu hören. Schließlich zog sie die Decke bis ans Kinn hoch, und als kurz darauf Regentropfen ruhig und stetig an die Fenster prasselten, fand sie in den Schlaf zurück.

~

Am nächsten Morgen stellte Ash fest, dass kein Kaffee im Haus war. Sie verfluchte Edwin und machte sich stattdessen schläfrig eine Kanne pechschwarzen Tee, die sie in ihrem Ärger auch noch beinahe umgestoßen hätte. Bei der zweiten Tasse ließ sie sich viel Zeit und beobachtete den dichten Schneeregen in der Fishgut Alley, um den Arbeitsbeginn hinauszuzögern. Weil ihr aber bewusst war, dass sie miserable Laune bekommen würde, wenn sie noch länger herumtrödelte, stapfte sie schließlich die Treppe hinauf, nahm das Manuskript aus dem Koffer und setzte sich an den Schreibtisch, um es von Anfang an durchzugehen.

Nachdem sie sich einen Überblick verschafft hatte, lehnte sie sich niedergeschlagen zurück und massierte ihren schmerzenden Nacken. Jetzt konnte sie nicht mehr umhin, sich einzugestehen, dass sie insgeheim gehofft hatte, der Roman wäre vielleicht doch nicht so schlecht und man könne mit ein paar Beschreibungen, Streichungen und Ergänzungen das Ganze in wenigen Tagen ausbessern. Doch das trübe Winterlicht machte endgültig jeder Illusion den Garaus. War die fade, langweilige Heldin wirklich angelehnt an Isabel, deren kleinste Geste bei Ash heftiges Begehren auslöste? Wieso nur hatte sie übersehen, dass sämtliche anderen Figuren hölzern und leblos waren und die Dialoge unbeholfen? Dass die Handlung auf tönernen Füßen stand? Sie hatte schon mitreißendere Grabinschriften gelesen. Es gab keinen Weg, bei dem nicht jede Seite einzeln überarbeitet werden musste – und damit nicht genug: Ash hatte nicht den geringsten Einfall für die notwendigen Verbesserungen. Kein Funke sprang über, keine Idee schoss ihr durch den Kopf – der gesamte Roman war so flach wie das Papier, auf dem er getippt worden war. Edwin war sogar noch schonend mit ihr umgegangen, als er sagte, das Manuskript sei »vielversprechend«.

Die Kirchturmuhr schlug zwölf. Ash stützte den Kopf in die Hände. Sie war froh, dass das Feuer im Kamin nicht mehr brannte, denn die Versuchung, den ganzen Papierstapel den Flammen zu übergeben, war gewaltig.

Verflucht. Ash schob den Stuhl so ruckartig zurück, dass er beinahe umkippte. Auf keinen Fall würde sie weiter hier herumsitzen, Trübsal blasen und sich in Selbstmitleid hineinsteigern. Frische Luft und Bewegung waren jetzt vonnöten. Während der Arbeit an *Felicity* hatte ein Spaziergang die fast versiegte schöpferische Quelle immer wieder zum Sprudeln gebracht, und Ash war mit neuer Schaffenskraft an den Schreibtisch zurückgekehrt. Disziplin, Entschlossenheit und das eiserne Verbot, sich Schwäche zu erlauben – das war das beste Rezept, für die Kunst wie für das Leben. Ash eilte die Treppe hinunter, schlüpfte in ihren Mantel und trat hinaus in den Wintertag, bevor sie wankelmütig werden konnte.

Immerhin hatte der Schneeregen inzwischen aufgehört. Sie marschierte los, gegen den eisigen Wind gestemmt, links am Friedhof entlang und dann in die West Street. Dieses eilige Tempo hielt sie allerdings nicht lange durch und blieb schließlich an der nächsten Ecke stehen. Zwischen den Hauswänden war sie vor den Böen geschützt, doch die gnadenlose Kälte kroch ihr ohnehin in die Knochen. Sie stand an einem Haus aus dem achtzehnten Jahrhundert und erinnerte sich, wie ihr Onkel Anthony an jenem Sommertag darüber gesprochen hatte. »Hier«, hatte er feierlich erklärt, »lebt der berühmte Schriftsteller S. L. Amies.« Natürlich hatten Isabel und sie noch nie von ihm gehört, spähten aber damals neugierig in die Fenster und kreischten und kicherten, als jäh eine knochige, gichtige Hand an dem vergilbten Spitzenvorhang zupfte. Amies war schon lange verstorben, was Ash nicht als großen Verlust für die Welt der Literatur empfand. Sie hatte nichts übrig für die Gruselgeschichten, die er verfasst hatte. Ihrer Ansicht nach taugten Bücher nichts, die es nötig hatten, die Grenzen der Wirklichkeit zu sprengen. Doch bei diesem Gedanken spürte sie auf einmal einen Anflug von Scham – wer war sie denn schon, sich über andere ihrer Zunft erhaben zu fühlen? Ash verzog das Gesicht und ging weiter, die Mermaid Street entlang.

Als sie an dem alten Gasthaus vorbeikam, war die Verlockung groß, sich dort am Kamin mit einem Grog aufzuwärmen. Aber der durfte sie nicht nachgeben, damit war nichts gewonnen, und so marschierte sie weiter, bergab über das holprige Kopfsteinpflaster, bog dann wieder links ab und trat schließlich durch das steinerne Torhaus auf die High Street. Mittlerweile schmerzten ihre verkrampften Schultern, ihr Gesicht fühlte sich vor Kälte fast taub an, und als sie am Buchladen vorbeikam, ging sie kurz entschlossen hinein.

Eigentlich hatte sie nur einen Moment lang durchatmen und sich in der Wärme entspannen wollen, doch die junge Buchhändlerin warf ihr einen forschenden Blick zu, und so trat Ash rasch in eine Nische zwischen zwei Regalen. Dort traf sie unversehens auf den Mann, zu dem die knorrige Hand gehört hatte: An der Wand hing ein Porträt von S.L. Amies und darunter, würdevoll präsentiert auf schwarzem Stoff in einem vergoldeten Bilderrahmen, eine Kurzbiografie. Offenbar gab es nach wie vor Menschen, die sich für kindische Gruselgeschichten begeisterten und womöglich an derlei Humbug glaubten. Mit finsterem Blick starrte Ash auf das Gemälde des alten Mannes, voller Neid auf seinen Erfolg, seinen Ruhm und sein Geschlecht. Er hatte sich gewiss nicht anhören müssen, er wäre *übertrieben ehrgeizig*, *unweiblich* oder gar *pervers* … Doch während sie dem Mann auf dem Bild in die Augen sah, erstarb ihr Groll nach und nach. Es war schlechterdings unmöglich, einen Menschen zu beneiden, in dessen Blick solche Qual zu erkennen war. Ash biss grimmig die Zähne zusammen, um sich des Mitleids zu erwehren, das sie überkam. Sie betrachtete den Bücherstapel, auf dem Amies' knochige Hand ruhte: *Legenden des Grauens*, *Im schwarzen Schatten des Turms* und – etwas beiseitegedreht, kaum zu erkennen – *Doktor Faustus*. Wie ungeheuer anmaßend, das geniale Werk von Christopher Marlowe zwischen seine eigenen Schundromane zu legen! Doch auf dem Porträt sah Amies weder überheblich noch eitel aus, nur Angst, unaussprechliches Leid und Unglück zeichneten sich auf seiner Miene ab. Die Ladentür klapperte, als eine heftige Bö dagegen prallte, und Ash schauderte unwillkürlich.

»Kann ich Ihnen helfen, Sir … ich meine, Madam?«

Ash zuckte zusammen. »Nein, danke, nein …«, murmelte sie, drängte sich an der Buchhändlerin vorbei und steuerte hastig hinaus. Neben der Kasse erspähte sie einen Stapel von *Felicity*; normalerweise hätte sie ihn ausgiebig betrachtet, insgeheim hoffend, dass jemand sie erkennen und fragen würde: »Sagen Sie mal, sind Sie nicht Miss Ashwell Scott?« Doch jetzt lag ihr nur daran, sich möglichst schnell von diesem verstörenden Gemälde zu entfernen. Trotz der bissigen Kälte war Ash erleichtert, als sie wieder auf die Straße trat.

Entschlossen stapfte sie zum Kirchplatz zurück, ließ dabei die Arme schwingen, um sich warm zu halten. Doch kaum kam Edwins Fachwerkhaus in Sicht, erfasste Ash erneut der Widerwillen, sich dem Schreiben zuzuwenden. Am Nordeingang der Kirche blieb sie stehen, einen Augenblick zögernd. Eine wie sie war nicht willkommen bei der Church of England, das hatte Ash schon früh zu spüren bekommen. Stattdessen steckte sie die Hände in die Manteltaschen und nahm den Weg über den Friedhof, warf dabei immer wieder einen Blick auf die moosbedeckten verwitterten Grabsteine. Die meisten Inschriften waren kaum zu entziffern, vor allem in dem trüben Licht; zwar war es noch früh am Nachmittag, doch am Himmel hingen dichte Wolken, die dem Tag jegliche Helligkeit raubten. Ash erschauderte, und als sie am Westeingang vorbeikam, wo auf dem Kirchendach der trutzige Turm aufragte, der einem Schornstein ähnelte, blieb sie neben einer Stechpalme stehen und zog ihren Mantel dichter um sich. Er war aus dickem, robustem Tweed, schien aber bei dieser grausamen Kälte kaum dicker als Seide zu sein. Ash befahl sich, ins Haus zurückzugehen. Raus aus der Kälte, zurück an die Arbeit …

Als sie weiterging, blieb sie mit dem Fuß an einer Wurzel hängen, stolperte und suchte instinktiv Halt, um nicht zu stürzen. Ihre Hand landete auf einem kalten feuchten Stein – natürlich einem Grabstein, was sollte es hier auch sonst sein? Eine Ranke mit stachligen Blättern streifte ihre Schulter, als Ash sich bückte, um die Inschrift zu entziffern. *Septimus Louis Amies, 1870–1919.*

Sie war ein wenig stolz darauf, dass sie nicht erschrocken zurückwich, sondern sich lediglich aufrichtete und die Hand an ihrem Mantel abwischte. Es lag natürlich buchstäblich nahe, dass der Schriftsteller in der Nähe seines Hauses begraben war. Aber etwas konnte mit den Jahreszahlen nicht stimmen, der Mann auf dem Gemälde musste mindestens siebzig gewesen sein … Ash ging in die Hocke, um den Grabstein genauer zu betrachten, doch sie hatte sich nicht geirrt. Sie rümpfte die Nase, weil ihr ein unangenehmer Geruch auffiel; ein Tier schien sich hier regelmäßig zu erleichtern. Ash musste an Isabels giftigen kleinen Pudel denken – ein unerträgliches Biest, das bestimmt auch gern auf Gräber pinkeln würde, aber Isabel traten sofort Tränen in die Augen, wenn jemand schlecht über ihren Hund sprach. Irgendwann würde dem bösartigen Köter jemand den Hals umdrehen, und das wars dann.

Ash sah sich um. Auf dieser Seite der Kirche schien es noch kälter zu sein als auf der anderen, und der Friedhof wirkte kahler, als könnten Pflanzen hier schlecht gedeihen. Als sie aufblickte, wurde ihr klar, dass dieser Teil überschattet wurde von dem wuchtigen Turm, auf dem sie jetzt auch eine Gestalt entdeckte. Sie kniff die Augen zusammen, um sie besser zu erkennen. Ein Wasserspeier. Das unheimliche Wesen hielt irgendetwas in seinen steinernen Krallen, Ash meinte zu erkennen, dass es eine Schreibfeder war. Kein Engel mit Buch, sondern ein schreibender Dämon …

»Sie sollten lieber nicht hier rumstehn und glotzen.«

Ash fuhr herum. Ein alter Mann, dick eingepackt gegen die Kälte, stand hinter ihr. Seine Augen leuchteten wasserhell in dem wettergegerbten Gesicht.

»Ich kann stehen, wo ich will«, erwiderte Ash so entschieden wie möglich, doch der Mann betrachtete sie weiterhin mit feindseligem Blick.

»Ja, ja«, murmelte er, »dann bleiben Sie mal ruhig im Schneesturm stehn.« Er schlurfte an ihr vorbei und schlug ihre Hand weg, als er ins Straucheln geriet und Ash ihn stützen wollte. Am Ende des Pfads blieb der Alte noch einmal stehen, drehte sich um und wies mit dem Kinn nach oben. »Nehmen Sie sich in Acht«, sagte er mit Grabesstimme. »Je länger Sie an so einem finsteren Tag hierbleiben … Den da oben dürstet es nach frischem Blut, seit vielen Jahren schon …«

»Was soll das …?«, begann Ash, doch der Alte zuckte nur mit den Schultern und wandte sich ab. Der Geruch von feuchter Wolle blieb in der Luft hängen, während er davonschlurfte. Ash biss sich auf die Lippe. Dem Gefasel eines griesgrämigen Greises würde sie doch wohl keine Bedeutung beimessen! Was er meinte, hatte sie nicht einmal richtig verstanden, sie war zu verblüfft gewesen über die merkwürdige Begegnung. Diese tiefhängenden Wolken konnten wohl schon Niederschläge bringen, aber selbst in einem Unwetter würde sie die wenigen Meter zum Haus noch zurücklegen können. Was für eine dramatische Unkerei von diesem Alten! Weit und breit war keine Schneeflocke zu sehen, ganz zu schweigen von einem Sturm oder Blitzen.

Doch sie hatte genug frische Luft und Bewegung gehabt. Ash versuchte sich einzureden, dass sie es nur wegen des unerträglichen Wetters eilig hatte, ins Haus zurückzukehren. Dennoch kostete es sie Überwindung, sich nicht mehr umzudrehen, als sie durch das Tor in der Friedhofsmauer trat und dem kleinen Haus zustrebte.

Es war sechs Uhr abends, als sie aufhörte zu arbeiten – wenn man dieses Wort dafür benutzen konnte, dass sie auf das leere Papier starrte, eine Namensliste ihrer Figuren anlegte und fluchend durchs Zimmer tigerte. Sie ließ nicht locker, bis ihre Augen brannten und ihr Kopf schmerzte und sie überzeugter denn je war, dass sie nichts zustande bringen würde. Schließlich stand sie so abrupt auf, dass sie fast ins Taumeln geriet. Als sie »Verflucht, verflucht, *verflucht* ...« vor sich hin murmelte, merkte sie, dass ihre Stimme brach.

Ash strich sich durchs Haar und massierte ihre Schläfen. Einen Drink, eine Lesepause und vielleicht ein Bad brauchte sie jetzt, um sich abzulenken – um an *irgendetwas anderes* zu denken. Vielleicht sollte sie Isabel einen Brief schreiben ... Nein. Das nicht. Erst wenn von Fortschritten mit dem Roman berichtet werden konnte. Erst wenn sie Isabel aufrichtig eine schöne Zeit beim Skifahren wünschen und ihr ein Treffen nach ihrer Rückkehr anbieten konnte, falls sie überhaupt Zeit hätte ... Jetzt jedenfalls vor allem Whisky. Etwas, das von innen heraus wärmte.

Ash beschloss, unter allen Umständen einen angenehmen Abend zu verbringen, und das gelang ihr auch, obwohl sie sich beinahe zwingen musste, zu lesen, zu baden und sogar das Glas an die Lippen zu setzen. Nach dem Bad ging sie im Morgenmantel, leicht benebelt und mit feuchtem Haar, in die Küche hinunter und deckte den Tisch fürs Abendessen. Eine Portion Eintopf war noch übrig – mittags hatte sie nicht ans Essen gedacht. Sie genehmigte sich auch zwei große Stücke Rosinenkuchen, den Rest des Weins und eine Tasse heißen Tee mit viel Zucker und einem kräftigen Schuss Whiskey. Nach dem Mahl war sie etwas ausgeglichener. Die nächste Stunde verbrachte

Ash auf dem Sofa mit der Lektüre von *Das Liebesleid der Gräfin* und fühlte sich sogar etwas getröstet. Denn sollte sie als Literatin tatsächlich scheitern, konnte sie immer noch ihren Lebensunterhalt mit dem Verfassen solcher Schmonzetten verdienen, die Edwin unbegreiflicherweise zu lieben schien. Doch dieser Gedanke war Unsinn – morgen würde sie den Durchbruch schaffen. Morgen oder übermorgen, es war nur eine Frage der Zeit. So oder so würde es gelingen …

Die Kirchturmuhr schlug zehn. Ash ließ das Buch sinken. Sie war erschöpft und fröstelte und musste sich ausschlafen, das würde ihr guttun. Aber aus irgendeinem Grund konnte sie sich nicht dazu aufraffen, die Treppe hinaufzusteigen, sich in dieses behagliche Bett zu legen und die Augen zu schließen. Tagsüber hatte sie den Gedanken an die nächtlichen Geräusche verdrängt; doch jetzt wollte sie nicht dort oben im Dunkeln liegen und horchen, ob das Scharren und Kratzen von Neuem begann. Sie schauderte. Und diese Kopfschmerzen! Auf dem Sofa konnte sie nicht liegen bleiben, sie bekam zu leicht einen steifen Nacken, und das Feuer, das sie aufgeschichtet hatte, war schon fast erloschen, obwohl es nur zur Hälfte heruntergebrannt war. Aber verdammt, sie war schließlich kein kleines Kind, das sich fürchtete, ohne Licht zu schlafen. Von ein paar Ratten konnte sie sich doch nicht an der Nachtruhe hindern lassen. Ash stand auf, marschierte mit trotzig vorgerecktem Kinn in die Küche, goss sich reichlich Whisky ein und trank einen großen Schluck. Dann stellte sie das Glas, immer noch zu einem Drittel gefüllt, auf den Tisch. Ihr war leicht schwindlig, die Lider waren ihr schwer geworden. Sie zündete eine Kerze an und tappte schwankend nach oben; im goldgelben Schein der flackernden Flamme schlief sie schließlich ein.

Als sie ruckartig erwachte, wusste sie nicht, wie spät es sein mochte. Die Kerze war erloschen, und Ash hätte sich weder rühren noch sprechen können, weil eine panische Angst sie erfasste. Stocksteif lag sie da, das Herz schlug ihr bis zum Hals. War sie an diesem Kratzen aufgewacht oder an einem anderen Geräusch? Oder grundlos? Doch, da war es. Ein trockenes Scharren von Krallen, das Schaben von hornigen Schuppen auf … Nein. Nichts. Oder doch? Weil ihr Herzschlag in ihren Ohren dröhnte, konnte sie nicht richtig hören. Die Luft war schneidend kalt. Ash bewegte mühsam die Finger, ballte sie zu Fäusten. Fahles Licht drang durch das Bleiglasfenster, sie hatte den Vorhang nicht zugezogen, und der Mond schien herein, zeichnete ein Muster auf den Boden. Doch dann verschwand der Mond hinter einer schwarzen Wolke, und es war erneut stockfinster im Raum.

Etwas beobachtete sie.

Keine Ratte. Etwas Unheilvolleres – etwas, das zumindest menschlich genug war, um ihr Böses antun zu wollen … Doch das war nicht möglich. Das Zimmer war leer, das hatte sie im Mondlicht sehen können. Dennoch spürte Ash mit untrüglicher Gewissheit, dass sie sich nicht irrte. Sie fühlte sich wie ein kleines Tier, das den Feind wittert, und dieser Instinkt war übermächtig, stärker als jede Vernunft. *Aber hier ist doch niemand*, dachte sie hilflos, *ich bin allein …*

Der Mond kam wieder in Sicht, so abrupt, als flammte vor dem Fenster ein kaltes weißes Licht auf. Jetzt sah sie es. Vor dem Rautenmuster der Bleiruten lauerte etwas – ein schwarzer unförmiger Klumpen, ein gestaltloses Gebilde, ein *furchtbares* Ding …

Hätte Ash schreien können, hätte sie es getan, aber ohnehin würde niemand sie hören, niemand ihr helfen. Sie schloss die Augen, als könne sie sich damit unsichtbar machen, doch es war noch schlimmer, nichts zu sehen. Schließlich nahm sie ihren ganzen Mut zusammen, setzte sich auf und schaute wieder zum Fenster. Wenn etwas da draußen war …

Nichts. Sie sah nur die Kirche, die hohen Bäume, den von Wolken erneut halb verdeckten Mond. Und jetzt – sie blinzelte mehrmals – störte nichts die mathematische Präzision des Rhombenmusters, kein bedrohlicher Schatten.

Als Ash sich bewegte, hörte sie plötzlich ein Rasseln, direkt neben ihr. Etwas berührte ihr Bein. Panisch streckte sie die Hand aus, tastete im Bett herum und bekam die Streichholzschachtel zu fassen. Sie musste beim Abstellen des Kerzenleuchters ins Bett gefallen sein. Das Geräusch, das sie geweckt hatte, war also nur das Klackern der Streichhölzer gewesen, das in ihre Träume eingegangen war.

Sie gab ein halb ersticktes Lachen von sich. Hier war nichts, wovor man sich fürchten musste. Ihre Glieder kribbelten noch vor Angst, aber langsam beruhigten sich ihr Puls und ihr Atem. Ein Albtraum, nichts weiter. Als Kind hatte sie oft furchtbare Albträume gehabt, jetzt aber seit Jahren nicht mehr. Doch was erwartete sie denn auch, wenn sie in einem uralten Haus wohnte, in dem es Ratten und undichte Fenster gab, und zu viel Whisky trank? Langsam atmete sie aus. Nach und nach kehrte die Wärme in ihre Gliedmaßen zurück, und die Luft erschien ihr nicht mehr so vernichtend kalt. Ash schloss erneut die Augen.

Aber sie wurde die Angst nicht los. Um sich abzulenken, rief sie sich Bilder in Erinnerung: Isabels Gesicht in einer Illustrierten, das Säulenportal des British Museum, die Boote auf dem Fluss. Doch sosehr sie sich auch bemühte, mündeten ihre Gedanken stets in den Anblick der Kirche von Lye unter zerfetzten Wolken im bleichen Mondlicht. Vor ihrem inneren Auge erschien jedoch nicht die gewohnte Aussicht aus ihrem Fenster. Aus irgendeinem Grund sah sie sich am Grab von Amies stehen und noch oben schauen. Und jedes Mal jagte ihr das, was sie sah, einen solchen Schreck ein, dass sie schlagartig aufwachte. Sicherlich war das auch eine Auswirkung des Alkohols, sagte sie sich. Dennoch dauerte es lange, bis ein gnädiger Schleier dieses hartnäckige Bild verdeckte und der Schlaf sich einstellte.

~

Als Ash erwachte, war es hell im Zimmer und schon spät am Morgen. Sie fühlte sich zerschlagen und erschöpft. In ihren Träumen war sie unentwegt gerannt und hatte nach Isabel gerufen, die sie nicht hören konnte oder wollte. Ash rappelte sich mühsam hoch, die Welt schwankte vor ihren Augen. Hätte sie nicht furchtbaren Durst gehabt, hätte sie sich wieder ins Bett gelegt und die Decke über den Kopf gezogen. Ihre Gelenke schmerzten, und ihre Fußsohlen kribbelten, als sie über die kalten Dielen und die Treppe hinunter ging. Sie trank ein großes Glas Wasser, das so kühl war, dass es ihren rauen Hals linderte. Dann machte sie eine Kanne Tee, und mit eiserner Entschlossenheit und reichlich Zeitungspapier gelang es ihr, das Feuer im Kamin wieder anzuzünden. Appetit hatte sie keinen, aber es wurde zumindest warm im Zimmer, und der starke Tee klärte ihren Kopf. Auf der Fußmatte unter dem Briefeinwurf lag ein Umschlag, und sie beschloss, das bequeme Sofa kurz zu verlassen, um ihn zu holen. Sie hatte angenommen, die Post sei für Edwin, doch zu ihrem Erstaunen sah sie ihren eigenen Namen in Edwins Handschrift auf dem Umschlag. Sie öffnete ihn und verdrehte die Augen: Es war eine Weihnachtskarte – oder eine Parodie darauf, eine kitschige Tintenzeichnung mit einem Rahmen aus Stechpalme und Efeu.

Meine liebe Ash,
ich hoffe, Du kommst prächtig voran! Die Verleger können es kaum erwarten, Dein Buch zu lesen. Beweg Deine hübschen Fingerchen und hau in die Tasten! Dein E.

Ash starrte auf die Karte. Am liebsten hätte sie diesen Affront ins Feuer geworfen und sich wieder ins Bett gelegt. Könnte sie das Buch doch nur aus ihrem Gedächtnis löschen. Doch stattdessen stöhnte sie, legte die unerwünschte Post auf den Kaminsims und ging nach oben, um sich zu waschen, anzuziehen und ans Werk zu machen.

Aber sie konnte sich nicht konzentrieren. Die Geschichte war so uninspiriert, dass Ash alle paar Minuten aufblickte und aus dem Fenster auf den nassen Schnee starrte, der an der Scheibe hinunterglitt. In ihrem übermüdeten Zustand ließen ihre Augen sie im Stich; jedes Mal wenn sie versuchte, durch den Schneeregen die Kirche zu erkennen, kam es ihr vor, als habe sich dort etwas verändert, als fehle etwas … Doch alles war wie vorher, und das Wetter schien gleich zu bleiben bis in alle Ewigkeit. Immer wieder stand Ash auf, rieb sich die Hände, um sie zu wärmen, sprang von einem Fuß auf den anderen, damit mehr Blut ins Gehirn floss – und hielt sich sogar selbst Drohreden, als könne sie auf diese Weise den lähmenden Stillstand beenden. Die Zeit zum Mittagessen kam und verging, sie hatte keinen Hunger.

Sie schrieb zehn verschiedene erste Sätze, die sie allesamt bemüht und peinlich fand. Dann skizzierte sie ein Diagramm der Handlung, legte einen Stammbaum der Figuren an und zeichnete mit geschlossenen Augen zufällige Linien zwischen ihnen. Als auch das keine neuen Ideen hervorbrachte, rief sie sich Isabels Gesicht vor Augen; versuchte, sich an die letzten Zeilen von *Das verlorene Paradies* zu erinnern; überlegte, wovon sie leben sollte, wenn sie den Vorschuss vom Verlag zurückzahlen musste und nie wieder schreiben würde. Ihr wurde schwer ums Herz. Die Dämmerung brach an, im Zimmer schien es immer kälter zu werden. Einmal glaubte sie, wieder das Scharren von Krallen auf dem Dach zu hören, doch als sie entsetzt hochfuhr, mit rasendem Puls, merkte sie, dass nur die Äste draußen im Sturm knarrten und Hagel ans Fenster prasselte.

Zutiefst bedrückt hörte sie um sechs Uhr die Kirchturmuhr schlagen. Zeit zum Abendessen. Genau das brauchte sie jetzt: eine warme Mahlzeit, die Gesellschaft von anderen Menschen und einen behaglichen Raum, in dem es fröhliche Stimmen, Lametta und Tannengrün gab. Unterhalten wollte sie sich nicht, sondern einfach nur von gewöhnlichen Leuten umgeben sein, die ein simples Leben und unkomplizierte Beziehungen führten. Sie stellte sich vor, wie Edwin eine Augenbraue hochziehen würde – »Liebes, das ist aber überheblich!« Doch Ash war nicht arrogant, sondern neidisch. Sie sehnte sich geradezu kindisch danach, unbeschwert und ausgelassen sein zu können. Kurz entschlossen lief sie die Treppe hinunter, nahm den Schlüssel vom Esstisch in der Küche und eilte hinaus. Ihren Mantel hatte sie in aller Hast übergezogen, und jetzt blieb sie unter einer Straßenlaterne stehen, um ihn zuzuknöpfen und sich eine Zigarette anzuzünden.

Die Kirche war beleuchtet, diffuses Licht drang durch die Buntglasfenster, so vielfarbig wie schimmernde Juwelen. Auf einmal ertönten Orgelklänge, als jemand »Ich sah drei Schiffe auf dem Meer« zu spielen begann, aber ins Stocken geriet und von vorne anfing. Es klang so anrührend unbeholfen, dass Ash wider Willen Tränen in die Augen stiegen. Als Kind hatte sie Weihnachten geliebt: die Lieder und die Glocken, den Glanz des Christbaums mit dem Glasschmuck, das Flackern der Kerzen, die Vorfreude auf die Geschenke. Sie erinnerte sich daran, wie sie – damals vielleicht sieben oder acht Jahre alt – an der Hand ihrer Mutter durchs Tor zum Kirchhof trat und Isabel vor ihr sich umdrehte und strahlte. Damals konnte Ash nicht ahnen, dass sie eines Tages in der Kirchengemeinde nicht mehr willkommen sein würde. Heute sehnte sie sich nach ihrer Unbefangenheit von damals. Wie schön wäre es doch, angesichts dieser bunt leuchtenden Fenster wie früher das Vertrauen und die Gewissheit empfinden zu können, geliebt zu werden!

Wieso wurde sie mit einem Mal so rührselig und nostalgisch? Das war doch sonderbar, bestimmt brütete sie etwas aus. Dennoch … Was würde sie dafür geben, zu wissen, dass sie nicht einsam war. *Bittet, so wird euch gegeben.* Sie schluckte mehrmals, weil ihr die Kehle eng wurde. In einer venezianischen Kirche, golden schimmernd im Halbdunkel, hatte Isabel einmal eine Bitte auf einen Zettel geschrieben. Dann hatte sie mit einem Schulterzucken gesagt: »Liebste, ich brauche wirklich alle Unterstützung, die ich bekommen kann. Wenn mein Kleid bis nächste Woche nicht fertig ist …« Damals hatte Ash über ihren Aberglauben gutmütig gelacht. Heute jedoch …

Sie blickte zum Himmel auf. Der nasse Schnee peitschte ihr ins Gesicht, und sie schloss die Augen, blieb aber der Kirche und dem Himmel zugewandt, als sie sagte: »Hilf mir. Bitte. Hilf mir …«

Abrupt brach sie ab, als ihr auffiel, was sie gerade tat. Hastig schlug sie die Augen auf und blickte um sich, aber sie war allein. Niemand hatte sie gesehen. Niemand hatte sie gehört. Ash zog ihren Mantel enger zusammen, nahm einen Zug von ihrer Zigarette und wandte sich ab.

Sie hastete in die West Street, wechselte die Straßenseite vor einem Haus, dessen schiefer Schornstein aussah, als könne er jeden Moment herunterstürzen. Der Wind war hier weniger zu spüren, und etwas bewog Ash dazu, stehen zu bleiben. Langsam drehte sie sich um und blickte zurück zur Kirche. Von hier aus wirkten die Fenster farblos, das Dach glänzte nass unter dem finsteren Himmel …

Und ihr fuhr ein heißer Schreck in die Glieder, als ihr bewusst wurde, dass sie ihr Bittgebet nicht zum Himmel gewandt gesprochen hatte. Sie hatte vielmehr an der Südwestseite der Kirche gestanden, sodass vermutlich jeder Passant geglaubt hätte, sie spräche mit dem hockenden Dämon auf dem Turm. Unwillkürlich sah Ash sich um, als würde sie beobachtet, von einem durchdringenden Unbehagen erfasst. Weit und breit war niemand zu sehen, aber das Gefühl ließ nicht nach. Es kam ihr vor, als habe sie einen falschen Weg eingeschlagen, einen Weg ins Ungewisse, und es gelang ihr nicht, die Beklommenheit abzuschütteln. Sie zuckte zusammen, als der Zigarettenstummel ihre Finger verbrannte, und schleuderte ihn fluchend beiseite. Einen Moment lang meinte sie, jemanden spöttisch lachen zu hören, aber sie war noch immer allein auf der Straße, und in den Häusern regte sich nichts. Wieso nahm sie das so wichtig, an wen sie ein groteskes Bittgebet gerichtet hatte?

Was für ein Unsinn, sagte sie sich erbost und hastete weiter, während Schneeflocken ihr über die Wangen rannen wie eiskalte Tränen.

~

Im Gasthaus Mermaid herrschte reger Betrieb, der Raum war erfüllt von Lachen und lebhaften Gesprächen. Es duftete nach würzigem Glühbier. Der Wirt beäugte zwar missbilligend Ashs Herrenhaarschnitt und ihre Männerkleidung, weigerte sich aber immerhin nicht, sie zu bedienen. Nachdem sie eine gute Portion Hasenpfeffer und Apfelauflauf zu sich genommen hatte, saß sie in der Kaminecke am Feuer, umgeben von lebhaftem Stimmengewirr und wohliger Wärme, bis ihre Glieder sich anfühlten wie schmelzendes Wachs. Es war ein Schock, als sie wieder in die eisige Kälte hinaustrat. Die Schauer hatten aufgehört, doch der Himmel hing voll schwarzer Wolken. Sie hatte jemanden sagen hören, morgen sollte der Schnee wohl liegen bleiben.

Obwohl es schon spät war, nahm sie den langen Weg zurück, den Hügel hinunter und durch die Watchbell Street wieder nach oben. Um ihren Kopf zu klären, sagte sie sich. Doch bald war sie wieder am Kirchplatz, wo ihr erbarmungslos der Nordwind ins Gesicht schlug. Sie senkte den Kopf und steuerte auf die Tür des kleinen Hauses zu, tastete in ihrer Tasche nach dem Schlüssel.

Aus den Augenwinkeln nahm sie eine abrupte Bewegung wahr. Entsetzt fuhr sie herum, starrte in die Dunkelheit. Ihr Magen krampfte sich zusammen, das Herz schlug ihr bis zum Hals. Dort an der Friedhofsmauer regte sich etwas, kroch vorwärts, dasselbe unförmige schwarze Gebilde, das sie am ersten Abend vor ihrem Fenster wahrgenommen hatte – nicht Blätter an einem Ast waren es, sondern eine Gestalt, die tierisch wirkte und sich doch beinahe wie ein Mensch bewegte. Ash rang um Atem, und die Luft, die sie hastig in ihre Lunge sog, roch nach Erde und Leichen, nach Stein und verrottendem Fleisch. Sie biss die Zähne zusammen, versuchte, das Wesen zu erkennen. Ein Tier? Doch es war zu groß für eine Ratte und zu bucklig für eine Katze. Ihr wollte kein Tier einfallen, das so aussah; gewiss jedenfalls nichts, was in Sussex heimisch war. Es war etwas Grauenhaftes, Bösartiges …

Lähmende Angst packte sie, kalter Schweiß trat ihr auf die Stirn. Ein Zittern breitete sich in ihrem Körper aus, drohte sie zu überwältigen. Sie musste ihre ganze Kraft aufwenden, um einen Fuß vor den anderen zu setzen. Wenige Meter noch, dann war sie an der Tür, konnte sie hinter sich zuschlagen. Doch reflexhaft blickte sie noch einmal zur Seite, um sich zu versichern, wo *dieses Wesen* jetzt war. Aber sie sah es nicht mehr, und ihr blieb fast das Herz stehen. Wo war es jetzt? Vielleicht doch eine Einbildung.

Die Angst ließ sie nicht los, würgte sie. Ash spürte instinktiv, dass es noch in der Nähe war und sie beobachtete. Mit zitternden Händen steckte sie den Schlüssel ins Schloss. Er klemmte, und ihr wurde fast schwarz vor Augen. Als die Tür endlich aufging, stürzte Ash über die Schwelle ins Haus. Unförmige Schatten lauerten im dunklen Zimmer. Sie tastete nach der Lampe auf dem Tisch, doch sie entglitt ihren ungeschickten Fingern. Der Glaskolben zersplitterte, Petroleumgeruch erfüllte den Raum.

Ash fluchte, und in diesem Moment kam etwas durch die

Tür. Sie knarrte, als sie aufging – plötzlich wurde es eiskalt im Raum. Ash stockte der Atem.

Nur der Wind. Nur …

Ihr Herzschlag hämmerte dröhnend in ihren Ohren, sie taumelte vorwärts, stieß an den Tisch, schleppte sich zur Treppe. Hinter ihr fiel die Tür zu, die Stufen knarrten unter jedem mühsamen Schritt. Ash wagte es nicht, stehen zu bleiben oder zu horchen. Wenn ihr etwas folgte, wollte sie lieber blind und taub sein, als es zu hören – *dieses Wesen*.

Sie riss die Tür zum Schlafzimmer auf, stolperte hinein, schlug sie zu und stemmte sich dagegen. Vor ihren Augen wirbelten Sterne und explodierten. Ein paar Atemzüge später bemerkte Ash im gräulichen Licht vom Fenster die heruntergebrannte Kerze auf dem Nachttisch. Sie stürzte hinüber, zündete zittrig ein Streichholz an und hielt es so lange an den Docht, bis er noch einmal zu brennen begann. Im flackernden Licht ging sie auf die Knie und zog ihren Koffer unter dem Bett hervor. Sie hatte nicht alles herausgenommen, würde nur ihre Schmutzwäsche und ihren Pyjama wieder einpacken müssen. Heute konnte sie im Gasthaus übernachten, und morgen würde sie nach London zurückfahren.

Als sie sich mit dem Koffer aufrichtete, wurde ihr schwindlig, und sie musste sich mit einer Hand an der Wand abstützen. Ihre Haut fühlte sich wund und geschunden an. Aber sie konnte sich jetzt nicht verhätscheln, sie musste weg, so schnell wie möglich weg von hier.

Ash holte tief Luft und trat auf den Treppenabsatz hinaus. Großer Gott, diese Kälte. War irgendwo ein Fenster geöffnet? Die Tür zum Arbeitszimmer stand einen Spalt offen, ein eisiger Luftzug drang heraus.

Die Schreibmaschine. Der Roman.

Sie strich sich übers Gesicht, hin- und hergerissen zwischen Würde und Feigheit – denn sie wusste, dass es Feigheit war, dieser zwingende tierische Instinkt, der ihr jetzt befahl, das Weite zu suchen, *jetzt sofort*. Aber ihren Roman konnte und durfte sie nicht zurücklassen. Sie stieß die Tür zum Arbeitszimmer auf.

Auf dem Schreibtisch kauerte ein entsetzliches schwarzes Wesen von der Größe eines Säuglings. Es war aufgebläht wie etwas Verwestes, mit scharfen Zähnen und schwärenden Augen. In der krallenförmigen Hand hielt es eine Schreibfeder aus Stein, verwittert vom Wind und Regen der Jahrhunderte.

Der Dämon vom Kirchturm. Das konnte nicht sein, und doch war es so. Er hockte vor ihrem Manuskript. Mit hastigem Wispern, als kratze man Rillen in Fels, huschte die Feder über das Papier, kritzelnd und krakelnd.

~

Ash erwachte an Glockengeläut. Als sie die Augen aufschlug, war der Raum erfüllt von der matten Helligkeit des Schneegestöbers draußen. Während sie allmählich zu sich kam, fiel ihr ein, dass heute Heiligabend sein musste. Sie erinnerte sich an eine lange Nacht mit Schmerzen und höllischen Träumen, an Schüttelfrost und Intervalle von Tageslicht. Zweifellos hatte sie über einen längeren Zeitraum hohes Fieber gehabt. Doch ihr Kopf schmerzte nicht mehr, wenn ihr auch noch schwindlig war, und als sie die Hände von der Patchworkdecke hob, zitterten sie nicht. Was auch immer sie in diesen schrecklichen Fieberwahn versetzt hatte – die Krankheit war vorüber.

Ash stieg aus dem Bett, schlüpfte in ihren Morgenmantel und tapste vorsichtig zur Tür. Draußen traf sie die Kälte wie ein Schlag.

Das Fenster im Arbeitszimmer stand offen, und der mächtige Klang der Kirchenglocken war so laut, dass er ihr durch Mark und Bein ging. Sie schlurfte zum Fenster, um es zu schließen, und als sie den Riegel vorlegte, fiel ihr Blick auf das Manuskript. Auf der obersten Seite lagen weiße Schneeflocken, weißer noch als das Papier, weißer als die Welt dort draußen. Doch nicht sie hatten Ashs Aufmerksamkeit erregt.

Als sie den Schnee wegwischte, sah sie, dass die Seite von oben bis unten vollgeschrieben war – mit einer fremden Schrift, einer Schrift, die nicht die ihre war.

Ash las nicht, was sie dort erblickte, der Text sprang ihr förmlich ins Gehirn, als bräuchte sie ihre Augen nicht zu benutzen. Es war eine neue Handlung für ihren Roman, präzise aufgeschlüsselt in Kapitel und Szenen, teilweise so lebendig formuliert, dass sie fassungslos blinzelte.

Sie sank auf den Schreibtischstuhl, saß lange reglos da und starrte nur hinaus auf das schneebedeckte Kirchdach.

Der Entwurf war nicht nur gut, sondern großartig. So würde sie den Roman schreiben können! Warum nur war sie nicht vorher auf die Idee gekommen, ihre Hauptfigur umzubringen? Ihr missglücktes Porträt von Isabel zu verwandeln in eine bissige Satire, die in Gewalt eskalierte? Dieser Roman würde die Welt schockieren und Ash berühmt machen. Er würde *Felicity* in den Schatten stellen, die Kritik würde das kühne geistreiche Werk begeistert loben und preisen. Edwin würde gewiss erst einmal erbleichen, dann aber einsehen, dass er als Agent einen triumphalen Erfolg verzeichnen konnte. Und was Isabel anging, hatte sie nach den qualvollen letzten Jahren letztlich auch nichts anderes verdient.

Vielleicht war die Handschrift doch ihre eigene, sagte sich Ash. Sie sah merkwürdig krakelig aus, wie die fast unleserliche Inschrift auf einem Grabstein. Doch in einem Fieberwahn, an den Ash keine Erinnerung mehr hatte, konnte dieser Text durchaus entstanden sein. Aberglaube durfte ihren künstlerischen Ambitionen nicht im Weg stehen, schließlich hatte sie als Schriftstellerin jedes Recht, Ideen zu nutzen, aus welchen Quellen sie auch stammen mochten.

Ihr Blick ruhte auf dem Turm, wo der Dämon hockte, die Schreibfeder gezückt. Mit seiner Schneekappe auf dem Kopf wirkte er harmlos und komisch. Von dort war nichts zu befürchten. Auch nicht vom Friedhof unten, wo das Grab von Amies nun unter dieser weichen weißen Decke lag – gewiss würden im Frühjahr dort frische grüne Grashalme aus der winterkahlen Erde sprießen.

Die Kirchgänger traten hinaus auf den Friedhof, die Gesichter hell zwischen dunklen Hüten und Mänteln, die Stimmen der Kinder schrill und fröhlich. Ash rührte sich nicht, während der erste Satz des neuen Anfangs Gestalt annahm und die Glocken so machtvoll tönten, dass die Luft erbebte.

DAS ALTE THEATERSTÜCK

Andrew Michael Hurley

ER HATTE SEINE ARMBANDUHR VERLOREN, wusste aber, dass er zu spät dran war – viel zu spät. Es musste längst elf vorbei sein, dachte Morgan, als er aus dem strömenden Regen unter das Vordach trat und am Bühneneingang klopfte. Seit Stunden regnete es schon, und ein penetranter Geruch nach fauligen Algen lag in der salzigen Luft, als wollte die aufgewühlte Nordsee sich in die Straßen der Stadt ergießen. Wasser schoss die Gasse entlang, gluckerte und gurgelte in den Gullys und Rohren. Es war ein düsteres Dezemberende. Das trostlose Ende eines schrecklichen Jahrzehnts.

Nicht einmal unter dem Dach gab es Schutz vor den eisigen Böen, und als Morgan weiter an die Tür hämmerte, erschien endlich Rennie, die Inspizientin.

Sie wirkte so missmutig, wie er erwartet hatte, und winkte ihn ungeduldig herein.

»Ich weiß, tut mir leid«, sagte er. »Das Wetter. Die Hauptstraße war überflutet.«

Er schüttelte seinen Mantel aus und steuerte Richtung Garderobe, bevor Rennie wittern konnte, dass er im Pub gewesen war.

»Bobby ist hier«, sagte sie.

Morgan drehte sich um. »Bobby?«

»Seine Mutter hat ihn hergebracht und vor der Tür stehen lassen.«

»Und du hast ihn reingeholt?«

»Ich konnte den Jungen ja schlecht draußen im Regen lassen, oder?«

»Hier kann er aber nicht bleiben. Das möchte ich nicht.«

Der Inspizientin war anzusehen, dass sie den Brandy in seinem Atem gerochen hatte. Weil sie wohl vermutete, Morgan könnte in diesem Zustand gereizt sein, sagte sie beschwichtigend: »Schau, Bobby ist jetzt nun mal hier. Er kann doch bei den anderen Kindern mitmachen, dann ist er beschäftigt und stört nicht.«

»Mitmachen? Auf gar keinen Fall. Ich bringe ihn rasch nach Hause.«

»Dafür ist keine Zeit mehr«, erwiderte Rennie. »Wir haben nur noch zwanzig Minuten. Neunzehn, genauer gesagt. Und das Komitee möchte dich sprechen, bevor der Vorhang aufgeht. Mach dich jetzt schnell fertig. Du weißt doch, wie die sind.«

Sie gestikulierte drängend, und Morgan eilte die Treppe hinunter zu seiner Garderobe im Keller.

~

Die Tür war angelehnt. Bobby saß mit Dufflecoat und Schal am Schminktisch und las in einem Comicheft.

»Hallo, Dad.« Der Junge blinzelte unsicher hinter seinen Brillengläsern, wusste offenbar nicht, ob er freudig oder reumütig wirken sollte.

»Was ist passiert?«, fragte Morgan, obwohl er bereits ahnte, dass er die Wahrheit nicht erfahren würde.

»Nichts.«

»Deine Mutter hat dich bestimmt nicht grundlos hergebracht. Hattet ihr Streit? Wo ist sie überhaupt?«

»Bei Tante Mary.«

Auf der anderen Seite der Stadt.

»Was hast du angestellt, um deine Mutter so zu verärgern, um Himmels willen?«

Bobby zuckte mit den Schultern, wie er es immer tat, wenn er nicht antworten wollte. Morgan versuchte es mit einer einfacheren Frage.

»Wie lange bist du schon hier?«

»Eine Stunde oder so. Weiß nicht genau.«

»Eine Stunde? Hier unten?«

Das Untergeschoss des Theaters erinnerte an eine steinzeitliche Höhle. Die Wände waren feucht, ganz besonders an Regentagen, der modrige Geruch verursachte Kopfschmerzen und Übelkeit. Die Bühnenarbeiter hatten Teppiche ausgelegt, die aber kaum etwas gegen die klamme Kälte ausrichten konnten. Was nicht verwunderlich war, wenn das Theater elf Monate des Jahres geschlossen hatte.

»Frierst du nicht?«, fragte Morgan.

»Macht mir nichts aus«, antwortete Bobby, was vermutlich zutraf. Im Theater und hinter der Bühne sein zu können entschädigte ihn für alle Unannehmlichkeiten, denn er fieberte schon das ganze Jahr der Aufführung des Alten Stücks entgegen. Für Bobby war es alles andere als eine Strafe, dass seine Mutter ihn hier abgegeben hatte, und das war ihr sicherlich bewusst. Die Bestrafung galt seinem Vater. *Er ist auch dein Sohn. Kümmere dich um ihn.* Als sei es Morgans Schuld, dass er bei diesem Streit, oder was immer sich da abgespielt hatte, nicht dabei gewesen war. Sie schien vergessen zu haben, dass sie diejenige gewesen war, die ihn vor zwei Monaten rausgeschmissen hatte. *So zu saufen! Kein Wunder, hast du keine Arbeit. Und kein Wunder, hast du Albträume.*

»Hier, dann mach dich wenigstens nützlich«, sagte Morgan und reichte dem Jungen die große Emailleschale vom Schminktisch. »Am Ende des Flurs gibt es einen Wasserhahn.«

»Okay, Dad.«

Mittlerweile sagte sein Sohn nicht mehr Daddy, sondern Dad.

Bobby war jetzt zwölf, die ersten Anzeichen der Pubertät machten sich bemerkbar. Bei jeder Begegnung wirkte er ein wenig härter. Wie er am Ende dieser Phase sein würde, konnte Morgan nicht ermessen.

Bobby war kein schwieriges Kind gewesen, hatte nie viele Belehrungen und Ermahnungen gebraucht. Doch das war in letzter Zeit anders geworden. In der Schule lungerte er mit älteren Jugendlichen herum, die rauchten und den Unterricht schwänzten, und in der Woche vor den Ferien war er erwischt worden, wie er sich in der Stadt herumtrieb. Der Direktor hatte Bobby zu Recht gründlich zusammengestaucht und gedroht, dass es beim nächsten Mal den Stock geben würde. Dann jedoch hatte der Schulleiter durchblicken lassen, dass er die Schuld durchaus auch bei den Eltern sah.

»So etwas kann schon einmal passieren, Mr und Mrs Baxter«, hatte er gesagt. »Sogar anständige Jungs können durch … Schwierigkeiten im Elternhaus ungünstig beeinflusst werden.«

Bobby musste ihm etwas erzählt haben. Um keine Prügel zu bekommen und sich herauszureden, hatte er wahrscheinlich die Abwesenheit seines Vaters erwähnt.

Morgan hatte Bobby weismachen wollen, er arbeite auswärts auf einer Baustelle, aber das hatte ihm der Junge vermutlich nicht abgenommen. Er hatte die Streitereien sicher ebenso gehört wie das Weinen seiner Mutter in der Küche.

Und auch das Schluchzen seines Vaters, in den Nächten, in denen der Krieg ihn immer wieder aufs Neue heimsuchte.

~

Als Bobby zurückkehrte, in den Händen die mit warmem Wasser gefüllte Schale, fragte Morgan sich beunruhigt, ob der Junge jetzt glaubte, das Stück anschauen zu dürfen, weil er eine Aufgabe bekommen hatte.

»Kann ich noch was anderes erledigen, Dad?«, fragte Bobby. Seine Brille war beschlagen. Er nahm sie ab, um sie mit dem Ende seines Schals zu putzen. Ohne Brille sah der Junge so anders aus – kleine Maulwurfsaugen, teigige Wangen, gar nicht mehr der fröhliche Bobby von früher, sondern älter, fast schon gespenstisch erwachsen. Morgan fragte sich, ob sie wohl später gut miteinander auskommen würden.

»Hör zu, ich möchte, dass du während der Vorstellung hier unten bleibst«, sagte er.

»Aber warum?«

»Das haben wir schon mehrmals besprochen.«

»Ich weiß, aber …«

»Muss ich das wirklich wiederholen?«

Bobby blieb stumm, aber an seinem Blick sah Morgan, dass der Junge schon nach einer neuen Überredungstaktik suchte.

»Ist das da Großvater?«, fragte er und deutete auf drei Fotografien an der Wand.

»Das weißt du doch.«

»War das seine Garderobe?«

»Warum sonst würden die Bilder hier hängen?«

»Es war seine Garderobe, und jetzt ist es deine«, sagte Bobby. »Also unsere.«

Womit er wohl zum Ausdruck bringen wollte, dass es angestammtes Familienrecht war, sich hier aufzuhalten.

»Nein, die gehört eigentlich niemandem«, widersprach Morgan. Was nicht stimmte, weil sein Vater den Raum früher vollkommen in Beschlag genommen hatte. Von Kerzen erleuchtet und angefüllt mit Kostümen, Masken, Perücken, Schwertern, Musikinstrumenten, baumelnden Marionetten und Kisten voller Zauberzubehör – allem, was ein Alleinunterhalter braucht –, war diese Garderobe für Morgan das reinste Kinderparadies gewesen.

Der gute alte Bill Baxter. Auf einem Foto steckte er mit dem Kopf in einer Kanone, auf einem anderen jonglierte er mit brennenden Fackeln. Und auf dem dritten sah man ihn am Klavier, als er einen stattlichen Tenor im Frack musikalisch begleitete, an einem Heiligabend, der schon eine halbe Ewigkeit zurücklag.

Damals, in diesen fernen vermeintlich unbeschwerten Zwanziger- und Dreißigerjahren, waren Abend für Abend Zuschauer in das People's Playhouse geströmt, um Clowns, Komiker und Gesangsdarbietungen zu erleben. Doch dann war der Krieg gekommen, und weil das Theater so nah am Hafen lag und durch die Heinkel-Bomber besonders gefährdet war, hatte man es während der Kriegsjahre geschlossen.

Was gewiss eine kluge Vorsichtsmaßnahme gewesen war, auch wenn letztlich die Fassade nur ein paar Granatsplitter abbekommen hatte, während ringsumher Häuser durch Brandbomben und Fallschirmminen zerstört worden waren. Dennoch hatten die Besitzer keinerlei Anstalten gemacht, das Theater nach dem Krieg wiederzueröffnen, weil sie – wie alle – Dringenderes zu bewältigen hatten. Niemand hatte Geld, die halbe Stadt bestand aus Ruinen, und der Star des Theaters, der große Bill Baxter, war unter den Trümmern der einstigen Inkerman Street begraben worden. Weil er nicht in den Bunker flüchten wollte, der starrsinnige Narr.

Schließlich hatte ein Komitee aus Stadtoberen das Theater 1946 wieder in Betrieb genommen, aber vor allem aus einem Grund: damit das berühmte Alte Stück weiterhin aufgeführt werden konnte.

Seit Menschengedenken fand es an Silvester statt, und diese Tradition sollte nicht in Vergessenheit geraten. Deshalb wurden seither alljährlich Ende Dezember die Türen des Theaters geöffnet, und man bemühte sich jedes Jahr um eine opulentere Inszenierung.

Das Komitee hieß stets vorher das Ensemble willkommen und erinnerte daran, welche Ehre es war, an diesem festlichen Anlass teilnehmen zu dürfen, und wie außerordentlich wichtig es doch wäre, dass dieses großartige Stück bewahrt wurde. Eine Darstellung von England, wie es dereinst gewesen war und künftig vielleicht auch wieder sein könnte.

~

Sämtliche Mitglieder des Komitees waren bei den Proben vor Weihnachten zugegen gewesen; alle zwölf hatten in der ersten Reihe gesessen, sich Notizen gemacht und geflüstert – über ihn, hatte Morgan gedacht. Auf ihn schienen sie besonders zu achten, obwohl er ebenso wie alle anderen seinen Text in- und auswendig konnte.

Doch das Komitee hatte genaue Vorstellungen davon, wie das altehrwürdige Stück aufgeführt werden sollte, und wartete regelmäßig kurz vor der Vorstellung mit einer langen Liste von Anweisungen für Ensemble, Bühnenarbeiter, Requisite sowie Ton und Licht auf.

Sollen sie doch kommen, wenn sie unbedingt mit mir reden wollen, dachte Morgan. Aber denen würde er gleich klarmachen, dass alles bestens lief. Wenn sie irgendetwas auszusetzen hatten, sollten sie das bei den Proben tun, anstatt heimlich miteinander zu flüstern. So kurz vor der Vorstellung konnten sie nicht mehr einfach mit den Fingern schnipsen und verlangen, dass er irgendeine Kleinigkeit verbesserte.

Doch als es jetzt an der Tür klopfte, schwand seine Kampfeslust, und einen Moment lang erwog Morgan, die Tür nicht zu öffnen. Aber es war nur Colin, ein Achtzehnjähriger, der immer den gleichen überheblichen und verächtlichen Ausdruck auf dem Gesicht trug. Colin war gerissen und ehrgeizig und nutzte jede Gelegenheit, um sich dem Komitee als Ersatzschauspieler anzudienen, falls jemand gebraucht wurde.

»Alles in Ordnung bei dir, Bob?«, fragte er. Offenbar kannten sich die beiden bereits.

»Alles prima, Col.«

Natürlich bewunderte Bobby den älteren Jungen. Wie der Schuldirektor verdeutlicht hatte: Bobby ließ sich leicht beeindrucken.

»Was gibts?«, fragte Morgan.

»Hab 'ne Nachricht«, antwortete Colin und lehnte sich an

den Türrahmen, um eine Zigarette zu drehen. »Komitee ist im Anmarsch.«

»Aha. Nun gut.«

Colin leckte am Papier und klemmte sich die Zigarette hinters Ohr.

»Bist du hier unten schon mal dem Minotaurus begegnet?«, sagte er zu Bobby, deutete Hörner an und stieß ein dumpfes Brüllen aus.

»Lass das«, sagte Morgan. »Sonst träumt er schlecht.«

Bobby lachte kopfschüttelnd und warf Colin einen Blick zu, um klarzumachen, dass sein Vater ihm peinlich war und er sich nicht fürchtete. Er war schließlich kein Kind mehr.

»Sie wissen, dass in sechzehn Minuten der Vorhang aufgeht, oder?«, fragte Colin. »Obwohl … Jetzt sinds nur noch fünfzehn.«

Morgan blickte instinktiv auf sein Handgelenk, wo sich aber keine Uhr mehr befand.

»Die Hauptstraße war wegen Hochwasser gesperrt«, sagte er. »Musste einen Umweg nehmen.«

»Was für ein Umweg war das wohl?« Colin schnüffelte demonstrativ, weil der Alkoholgeruch im Raum hing. Er und Bobby grinsten sich an, sichtlich einig über die Heuchelei von Erwachsenen, bevor Colin sich verzog.

»Es lag am Wetter«, rief Morgan ihm verärgert nach.

Dieser rotzfreche Bengel. Das Wetter war wirklich an der Verspätung schuld gewesen. Teilweise jedenfalls. Die Hauptstraße war tatsächlich überflutet wegen des Dauerregens.

Im Pub hatte Morgan nur ein einziges Gläschen trinken wollen. Aber ohne Uhr hatte er die Zeit vergessen und war am Kaminfeuer … beim zweiten Brandy … eingedöst.

»Hey, ich könnte Col doch helfen.« Bobby sprang auf. »Einen Helfer kann er bestimmt gut gebrauchen.«

»Nein. Du bleibst hier und liest dein Comicheft.« Morgan wies mit dem Kopf auf die Bank.

Der Junge setzte sich wieder, aber als Morgan seine Strickjacke und sein Hemd auszog, spürte er, dass Bobby ihn beobachtete. Das Wasser in der Schale war abgekühlt, und Morgan fröstelte, während er sich Gesicht und Kopfhaut wusch. Die wenigen verbliebenen schwarzen Haare dort waren im Nu wegrasiert.

»Warum musst du das machen?«, wollte Bobby wissen, der den Vorgang fasziniert verfolgte. Der Unterschied zu vorher war auch für Morgan selbst verblüffend. Das Gesicht, das ihm aus dem Spiegel entgegenblickte, hätte einem Fremden gehören können. Einem siechen Landstreicher, dem man die Haare geschoren hatte.

»Weil ich in meiner Rolle arm sein soll«, antwortete er.

Doch das war nicht alles. Der Bettler sollte in dem Stück so aussehen, dass er vom Publikum verabscheut wurde. Das war nicht immer so gewesen. Zu Zeiten seines Vaters hatte dieser den Bettler als liebenswerten malerischen Strolch mit roten Wangen dargestellt, ein ehemaliger Soldat in kunterbuntem Kostüm, zusammengeklaubt aus allerlei Fundstücken von seinen Streifzügen. In seiner Kindheit hatte Morgan Bill dabei zugesehen, wie er sein Kostüm anlegte: gestreifte Pluderhosen, rote Zirkusjacke, zwei unterschiedliche Stiefel, Robin-Hood-Hut.

Das Komitee befand, das Stück wäre im Lauf der Zeit zu stark verändert worden und die moralische Aussage hätte zu sehr gelitten. Seit der Wiederaufführung nach dem Krieg wurde stark darauf geachtet, dass es als Erziehungsstück taugte, und der Bettler wurde nicht mehr als eine Art Märtyrer aus dem Volk dargestellt, sondern als Verbrecher, der voll und ganz verdiente, was man ihm antat. Deshalb sah Morgan in der Rolle vollkommen anders aus als sein Vater früher und trug nur ein langes Hemd aus grobem Sackleinen. Und die fahlgelbe Schminke, die er auf jeden sichtbaren Teil seines Körpers auftragen musste, verlieh ihm die Hautfarbe eines Menschen, der nicht mehr lange unter den Lebenden weilen würde.

Als er begann, Nase und Wangen zu schminken, war aus einem anderen Kellerraum ein schriller Schleiflaut zu vernehmen.

»Requisiten«, sagte Morgan zu Bobby.

Vermutlich wurde auf Geheiß des Komitees in letzter Sekunde noch etwas verändert.

Bobby schien an dem markerschütternden Geräusch ebenso viel Gefallen zu finden, als hätte er einem der lärmenden Jagdbomber, die auf seinem Comicheft abgebildet waren, beim Start zusehen können. Es war etwas Aufregendes, weshalb er noch einen Vorstoß machte, seinen Vater umzustimmen.

»Kann ich nicht einfach am Bühnenrand stehen? Col meint, ich könnte ihm beim Ziehen der Seile helfen.«

»Ich hatte doch klar und deutlich Nein gesagt«, entgegnete Morgan.

»Aber du hast nicht erklärt, warum.«

»Bobby, dieses Gespräch haben wir schon viele Male geführt. Ich möchte nicht, dass du bestimmte Dinge in dem Stück zu sehen bekommst.«

»Ich bin aber kein Baby mehr!«

»Das habe ich auch nicht behauptet.«

Draußen auf dem Gang liefen lachend und singend die Kinder vorbei, die das Waldvolk spielten.

»Die da draußen sind auch nicht älter als ich«, wandte Bobby gekränkt ein. »Eher jünger. Und sie dürfen sogar *mitspielen*.«

»Ist mir egal«, sagte Morgan. »Ich möchte, dass du hier in der Garderobe bleibst. Verstanden?«

Bobby verzog verdrossen das Gesicht, während über ihnen zu hören war, wie das Publikum in den Zuschauerraum strömte. Die Leute unterhielten sich lautstark oder grölten und johlten, als wären sie nicht im Theater, sondern auf dem Fußballplatz am anderen Ende der Stadt. Die meisten waren betrunken, weshalb Morgan besonders froh war, dass Bobby sich nicht dort oben aufhielt.

Das Publikum wurde von Jahr zu Jahr lauter und rüpelhafter, was besonders deutlich zu spüren war, sobald der Bettler die Bühne betrat. Zwischenrufe wurden vom Komitee ohnehin geduldet. Aber einige Zuschauer – junge Männer vor allem – schienen sich selbst als Schauspieler zu sehen und übten wochenlang allerlei wüste Beschimpfungen ein. Und nicht nur das – sie hatten auch begonnen, mit Dingen zu werfen.

Am Ende der Gerichtsszene wurde Morgan regelmäßig mit faulen Eiern, alten Kartoffeln oder matschigen Früchten beworfen. Diesen Anblick wollte er seinem Sohn ebenso ersparen, wie seinen Vater in den Fängen eines Albtraums zu erleben. Morgans Strenge diente nur dazu, Bobby zu schützen. Denn welches Kind wollte seinen Vater schon so hilflos sehen?

~

Das metallische Kreischen wurde derartig laut, dass Bobby sich grinsend die Ohren zuhielt. Für Morgan, bei dem die betäubende Wirkung des Brandys nachließ, war das Geräusch so schlimm, als schneide ihm eine Klinge ins Gehirn, und er flehte innerlich um Stille, die ihm nach etwa einer Minute weiterer Qual gewährt wurde. Dann jedoch klopfte es laut an der Tür.

»Das Komitee ist da«, verkündete Colin draußen.

»Geh mir mal zur Hand, Bobby«, sagte Morgan und wies mit dem Kopf auf das Kostüm, das an einem Nagel hing.

Rasch entkleidete Morgan sich bis auf die Unterwäsche und streifte fröstelnd das Leinengewand über.

Colin klopfte erneut, lauter und energischer diesmal, um seinen Pflichteifer unter Beweis zu stellen. Als Morgan die Tür öffnete, blickte er in das wie üblich spöttisch verzogene Gesicht des Jungen und auf die jovial lächelnden Mienen der Komiteemitglieder. Es war derart kalt hier unten, dass ihr nach Sherry stinkender Atem in der Luft Wölkchen bildete.

Morgan ließ alle zwölf ein, die Männer im Smoking, die Frauen in luxuriösen Abendkleidern. Einige trugen ein Papierhütchen und wirkten etwas albern und beschwipst, offenbar hatten sie bereits reichlich dem Alkohol zugesprochen. Sie stellten sich rundum an den Wänden auf und lächelten Bobby zu, der blinzelte und das Geschehen gespannt beobachtete.

Beckett, pensionierter Ratsherr und einer der Gründer des Komitees, legte Morgan die Hände auf die Schultern und musterte ihn beifällig.

»Großartig«, sagte Beckett. »Ganz großartig. Ihr Vater wäre stolz auf Sie. Ich habe ihn gekannt, wissen Sie. War ein wunderbarer Schauspieler, Bill Baxter.«

Diese Ansprache hielt der Ratsherr jedes Jahr aufs Neue.

»Und da ist ja auch schon die nächste Generation«, bemerkte er und strich Bobby übers Haar. »Wie schön. Du bist hier, um das Handwerk zu lernen, nicht wahr, mein Junge?«

»Sie wollten mich sprechen?«, warf Morgan ein.

»Wir wollen Sie gar nicht lange aufhalten«, sagte Beckett, dessen Hand noch immer auf Bobbys Kopf ruhte. Dann fügte der Ratsherr mit gekünstelter Vertraulichkeit hinzu: »Offen gestanden, wollte ich Sie gar nicht belästigen, alter Knabe. Die anderen haben darauf bestanden.«

Mrs Laycock, die stets finster blickende Vorsitzende, machte eine ungeduldige Handbewegung. Morgan fand diese Frau seit jeher hochmütig und überheblich.

»Wir möchten uns nur vergewissern, dass Ihr Auftritt heute Abend tadellos sein wird, mehr nicht«, sagte sie.

Colin, der rauchend am Türrahmen lehnte, grinste in sich hinein. Zweifellos hatte er dem Komitee schadenfroh berichtet, dass Morgan angetrunken und mit erheblicher Verspätung eingetroffen war.

»Tut mir leid, ich habe meine Armbanduhr verlegt«, sagte Morgan. »Und der heftige Regen …«

Mrs Laycock schüttelte gereizt den Kopf. »Darum geht es nicht. Uns ist vielmehr bei den Proben etwas aufgefallen.«

Jetzt kam das dicke Ende.

»Fahren Sie fort«, sagte Morgan.

Mrs Laycock zog ihre langen weißen Satinhandschuhe höher, während sie sich die nächsten Worte zurechtlegte.

»Nun«, begann sie schließlich, »wir hatten den Eindruck, dass bei Ihrer Rolle etwas … fehlt.«

»Aber mein Text saß doch einwandfrei«, wandte Morgan ein, worauf die anderen so herablassend lächelten, als hätte er etwas nicht verstanden.

»Daran gab es nicht das Geringste auszusetzen«, sagte Beckett. »Wie immer.«

»Es handelt sich eher um Ihr Spiel«, fügte Mrs Laycock hinzu. »Uns kam es vor, als würden Sie Ihren Text – wie soll ich sagen – eher sprechen, als die Rolle zu verkörpern. Das ist natürlich nur ein persönlicher Eindruck, ich bin keine Expertin.«

»Wie bedauerlich«, erwiderte Morgan und erhielt aufmunterndes Murmeln zur Antwort. Er hatte keinen Grund, sich für irgendetwas zu entschuldigen.

Er schaute auf die gönnerhaft lächelnden Gesichter über den Seidenfliegen und Perlenketten und fühlte sich in die Enge getrieben. Inzwischen hatte sich so viel Feuchtigkeit im Raum gestaut, dass Wasser von der Decke zu tropfen begann.

»Wir möchten lediglich zum Ausdruck bringen«, äußerte Major Broad, der Sekretär, »dass es die Illusion der Wirklichkeit zerstört, wenn Worte sich nur wie Worte anhören. Wenn es so wirkt, als *spiele* jemand eine Figur, anstatt sie zu sein. Die Zuschauer sollen ja glauben, dass alles, was sie sehen, *echt* ist, nicht wahr?«

Morgan hatte nicht das Gefühl, dass er in den Proben irgendetwas anders gemacht hatte als im Vorjahr. Er fand sich als Schauspieler überzeugend genug, dass man ihm seine privaten Probleme nicht anmerkte. Er hielt es für ausgeschlossen, dass sein Auftritt davon beeinträchtigt war.

»Wir hatten uns überlegt«, meldete sich jetzt die Schatzmeisterin, Miss MacLaine, zu Wort, »ob Sie vielleicht das Interesse an der Rolle verloren haben. Sie spielen sie schon so lange. Vielleicht ist es an der Zeit, sich von dieser Belastung zu befreien?«

»Es ist keine Belastung für mich«, entgegnete Morgan. »Ich spiele die Rolle gern. Hören Sie, worum geht es hier eigentlich?«

Solche Entschiedenheit war man von ihm nicht gewohnt, und Mrs Laycock wirkte unbehaglich.

»Ich hatte beabsichtigt, dieses Gespräch nur mit Ihnen persönlich zu führen«, sagte sie, was wohl bedeutete, dass sie sich in Bobbys Anwesenheit nicht klar ausdrücken wollte.

»Ich könnte Bobby mitnehmen«, schlug Colin vor und trat seine Zigarette aus.

»Prächtige Idee«, sagte Beckett und legte Bobby die Hand an die Wange. »Mach einfach mit, junger Mann. Auf die Bühne mit dir. Bestimmt lässt sich noch ein Kostüm für dich auftreiben.«

Colin nickte, und der Ratsherr klopfte Bobby auf die Schulter, als er aufstand.

»Augenblick«, sagte Morgan. »Ich möchte nicht, dass …«

»Das macht ihm gewiss Spaß«, erklärte Beckett lächelnd. »Er hat das ja im Blut.«

Colin legte Bobby den Arm um die Schultern, und der Junge plapperte aufgeregt los, als sie hinausgingen. Alle warteten ab, bis die Tür geschlossen war und sich die Schritte entfernt hatten.

»Wir haben ein paar Änderungen vorgenommen«, begann Mrs Laycock dann.

»Änderungen?«, wiederholte Morgan geistesabwesend. Er dachte daran, dass er Bobby nach dieser Unterredung sofort suchen und in die Garderobe zurückschicken musste.

»Am Ende des Stücks«, fuhr Mrs Laycock fort. »Verbesserungen, genauer gesagt.«

»Sie erwarten doch wohl nicht, dass ich jetzt noch neuen Text lerne?«

»Nein, nein«, sagte Beckett beschwichtigend. »Derartiges würden wir Ihnen nicht antun. Nicht so kurz vor der Vorstellung.«

»Worum handelt es sich dann?«

»Nun, das ist es eben ... Wenn wir es Ihnen verraten, würde es den Effekt verderben«, antwortete Mrs Laycock.

Beckett lachte, als er Morgans Stirnrunzeln bemerkte, und steckte die Hände in die Hosentaschen. »Ich hatte dich gewarnt, Dorothy, dass dieses Vorgehen für Verwirrung sorgen wird.«

Sein Tonfall war heiter, schien Mrs Laycock aber zu verärgern.

»Wir erwarten nur von Ihnen, dass Sie in der Rolle bleiben, was auch passiert«, sagte sie. »Wir wollen nicht, dass das Ende durch ... absonderliches Benehmen ruiniert wird. Sie dürfen die Bühne nicht verlassen, bis alles vorbei ist. Heute ist ein wichtiger Abend, und die Vorstellung soll besonders spektakulär sein. Das Alte Stück soll genau das Ende bekommen, das zu ihm passt.«

»Wann bin ich je aus der Rolle gefallen?«, wandte Morgan ein.

»Genau«, bekräftigte Beckett.

Mrs Laycock schnaubte ungehalten. »Vergessen Sie einfach nicht, dass die Zuschauer sehr viel Geld bezahlt haben, um heute Abend hier sein zu können.«

»Das weiß er doch«, warf der Ratsherr ein. »Er ist durch und durch Profi. Wie sein Vater.«

Der Holzboden oben knarrte unter den Füßen der Zuschauer, und Mrs Laycock blickte zu der feucht glänzenden Decke auf.

»Wir sollten jetzt lieber unsere Plätze einnehmen«, sagte sie, offenbar zweifelnd, ob die Sache zu ihrer Zufriedenheit geregelt worden war.

Beckett drückte Morgan die Schulter. »Toi, toi, toi, alter Knabe. Sie werden uns stolz machen, da bin ich mir sicher. Gibt keinen Anlass, so besorgt zu blicken.«

»Nicht vergessen, sobald Sie die Bühne betreten, *sind* Sie der Bettler«, fügte Major Broad hinzu und schüttelte Morgan die Hand.

Die anderen äußerten weitere ermutigende Worte, als sie hinausgingen, und Morgan sah noch, wie Beckett und Mrs Laycock sich draußen etwas zuraunten, sichtlich uneinig.

Das sah dem Komitee ähnlich. In letzter Minute Änderungen vornehmen, in seiner Garderobe über spektakuläre Aufführungen faseln und dann heuchlerisch Glück wünschen.

Nachdem sie verschwunden waren, machte Morgan sich auf die Suche nach Bobby, spähte in alle Räume im Keller und rief seinen Namen, hörte aber nur das Echo der eigenen Stimme. Entweder rührte der Junge sich nicht, oder er war schon hinter der Bühne.

Als Morgan sich in der Garderobe weiter schminkte, vernahm er ein seltsames Geräusch, das von einem Tier zu stammen schien. Das Komitee legte größten Wert auf die Echtheit von Requisiten. Seit dem letzten Jahr musste der Bettler auf einem lebendigen Esel auf die Bühne reiten. Vielleicht war beschlossen worden, dass der Richter einen Hetzhund bekommen sollte, der ebenso bösartig war wie er selbst. Oder die Hexe ein zu ihr passendes Tier.

Doch dieser Laut hörte sich nicht nach Hund oder Katze an. Morgan konnte nicht einmal orten, wo er herkam. Hier unten in diesem Labyrinth aus Gängen konnte ein Laut weit entfernt sein, obwohl er nah zu sein schien, und was fern wirkte, kam vielleicht von nebenan.

Morgan hörte das eigenartige Geräusch noch einmal, als

er in den Gang hinaustrat und zur Treppe ging. Colin wahrscheinlich – oder Bobby, der ihn imitierte. Sie alberten vermutlich irgendwo hier herum, und einer gab das dumpfe Brüllen des Minotaurus von sich, den angstvollen gequälten Schrei einer Kreatur, die gegen ihren Willen gefangen gehalten wird.

Hinter der Bühne herrschte reges Treiben, und Morgan hielt Ausschau nach Bobby und Colin. Als er keinen von beiden entdeckte, fragte er die Inspizientin.

»Hab sie nirgendwo gesehen«, antwortete Rennie knapp und hastete zu den Bühnenarbeitern, um ihnen Anweisungen zu geben.

Die anderen Darsteller warteten auf der Seitenbühne. Douglas in seinem Kostüm als der Richter, mit einer Maske, für die ein italienischer Künstler echte Haut und Haare verwendet hatte. Judith schon ganz in ihrer Rolle als Hexe, die gebückt umherschlich und eine rote Spur hinter sich ließ – Schweineblut, das aus einer Blase unter ihrem schweren braunen Umhang tropfte.

Morgan erwog, die Kollegen zu fragen, ob sie Bobby gesehen hatten, aber das Komitee verlangte, dass man in der Rolle blieb, sobald man sein Kostüm trug. Deshalb hätten sie wohl ohnehin geantwortet, sie würden ihn nicht kennen.

Wahrscheinlich hatte Colin ein Kostüm für Bobby aufgetrieben, und er war jetzt einer vom Waldvolk. Die Kinder standen auf der anderen Seitenbühne, sodass Morgan seinen Sohn inmitten der grün geschminkten Wesen nicht erkennen konnte.

»Wachen Sie auf, Mann. Sie sind gleich dran.«

Ted von der Requisite reichte Morgan ein Seil, das sich sofort anspannte, weil der Esel zu entkommen versuchte. Es war ein räudiges launisches Tier, das nach Lust und Laune überall Kot und Urin hinterließ, weshalb Teds Enkel häufig mit Eimer und Schaufel im Einsatz war.

Der Esel zerrte stärker am Seil und schnaubte. Morgan sagte sich, dass er wohl im Keller nicht Bobby, sondern dieses bedauernswerte Tier gehört hatte, und tätschelte es beruhigend.

Es war auch kein Wunder, dass der Esel sich unwohl fühlte, denn das Publikum begann bereits herumzulärmen, damit die Vorstellung begann. Das war nicht mehr die gespannte Vorfreude, die Morgan von früher kannte, vielmehr ein ungeduldiges Fordern. Wie Mrs Laycock gesagt hatte: Die Zuschauer hatten viel Geld bezahlt, um hier zu sein.

Denn heutzutage saßen im Publikum nur noch Leute, die eine Eintrittskarte ersteigert hatten – bei einem der Galadinner oder einer der Jagdgesellschaften, die vom Komitee veranstaltet wurden. Die Karten waren hart umkämpft, es kam sogar zu Handgreiflichkeiten bei den Auktionen, hatte Morgan gehört. Denn es ging darum, gesellschaftliches Ansehen zur Schau zu stellen, und wer es sich leisten konnte, am Silvesterabend im People's Playhouse gesehen zu werden, hatte Rang und Namen.

Doch auch die Verheißung einer spektakulären Aufführung machte die Karten so begehrt. Die Garantie von *Echtheit.*

Echte Birken standen auf der Bühne, um die englische Landschaft real wirken zu lassen. Und Enid in ihrer Rolle als Prinzessin lag unter einem Haufen Blätter, die man im Herbst in den Parks der Stadt gesammelt hatte.

Die chemische Substanz für den Bühnennebel schien verbessert geworden zu sein, denn es sah aus, als seien die Baumwipfel von echten Wolken verhüllt. Im hinteren Teil der Bühne waren Spiegel so arrangiert, dass der Wald endlos zu sein schien. Diesmal waren sie derart raffiniert platziert, dass man sie nirgendwo erkennen konnte.

Morgan hörte die Kinder auf der anderen Seite der Bühne kichern. Der blonde Junge musste Bobby sein. Er trug seine Brille nicht, deshalb hatte Morgan ihn nicht gleich erkannt. Er winkte, aber Bobby bemerkte ihn nicht. Er war zu sehr damit beschäftigt, sein Kostüm und seine grünen Hände zu bestaunen.

Nie und nimmer würde es jetzt noch gelingen, ihn in die Garderobe zu befördern, dafür blieb keine Zeit mehr. Morgan nahm sich vor, Bobbys Mutter morgen gründlich die Leviten zu lesen. Sie wusste nämlich ganz genau, dass der Junge das Stück nicht sehen, geschweige denn daran teilnehmen sollte.

Aber wenn es so schrecklich ist, wieso machst du dann jedes Jahr wieder mit?, hatte sie einmal gefragt.

War Eitelkeit der Grund? Hatte er sich durch die Schmeicheleien des Komitees überreden lassen? *Sie müssen beim Alten Stück mitspielen, Morgan*, hatte es anfangs geheißen. *Diese Rolle wartet doch schon Ihr ganzes Leben lang auf Sie. Tun Sie es für Ihren Vater.*

Oder war es Pflichtgefühl? Es gelang ihm allerdings ohnehin nur mit einigen Gläsern Brandy intus. Vielleicht war es auch Besessenheit? Die Andeutung von Miss MacLaine, dass er sich aus dem Stück zurückziehen könnte, verstärkte nur Morgans Beschluss, es nicht zu tun. Die Vorstellung, die Rolle des Bettlers jemand anderem zu überlassen – Colin womöglich –, erschien Morgan wie ein Verrat an seinem verstorbenen Vater.

Nein, dass Morgan sich hier alljährlich erneut auf die Bühne begab, hatte auch noch einen anderen Grund: Die Rolle tat ihm gut. Einmal im Jahr konnte er sich einen Abend lang ausgiebig bestraft fühlen, weil er mit Brandbomben Städte in Schutt und Asche gelegt hatte.

~

Das Publikum begann, auffordernd zu klatschen, und Rennie schickte alle auf ihre Plätze und gab dem Assistenten auf der anderen Bühnenseite ein Zeichen. Er zog die dunklen Tücher von den aufgehängten Vogelkäfigen, und die Zaunkönige, Rotkehlchen und Amseln stimmten ihre Gesänge an. Durch die Lautsprecher war heulender Wind zu hören. Und von der Galerie oben ließen die Bühnenarbeiter weiße Flocken herabrieseln, die auf den Ästen der Bäume liegen blieben wie echter Schnee.

Das Licht hinter der Bühne erlosch, und der Vorhang hob sich, begleitet vom trunkenen Johlen der Zuschauer.

Bobby hatte sich zwischen den anderen Kindern nach vorne durchgedrängt, und Morgan sah seine Zähne in dem grünen Gesicht schimmern, weil er breit grinste.

Alle Kinder der Stadt kannten die Handlung des Stücks, auch wenn sie es selbst nie gesehen hatten. Sie bekamen die Geschichte vor dem Einschlafen erzählt – wie die wunderschöne Prinzessin von der Hexe verwünscht und im fernen Wald in Tiefschlaf versetzt wurde. Wie die Hexe den Bettler überredete, das goldene Medaillon der Prinzessin zu stehlen, was er dann auch tat, um seine hungernde Familie zu ernähren. Wie das Waldvolk anbot, ihm den Weg aus dem großen Wald zu zeigen, ihn aber stattdessen zum Richter führte, der den Bettler zum Tode verurteilte.

Die Zuschauer wurden jetzt hörbar ärgerlich, weshalb Rennie Morgan half, schnell auf den Esel zu steigen. Das elende Biest warf den Kopf hin und her, biss um sich und stemmte störrisch die Hufe auf den Boden. Doch als Ted ihm auf die Nase schlug, gab es seinen Widerstand auf und trottete auf die Bühne.

Das Publikum verstummte, aber die gespannte Erwartung war immer noch zu spüren, wie etwas Köchelndes. Vollkommene Stille herrschte nie im Zuschauerraum. Vor allem heute nicht, denn das Komitee hatte allen eine besonders spektakuläre Vorstellung versprochen, die Urversion des Alten Stücks.

Bei der Bodenmarkierung stieg Morgan vom Esel und schlang das Seil um einen der Äste. Doch beim Binden des Knotens entdeckte er etwas, das in einem der verborgenen Spiegel erschien. Zwischen all den Bäumen, die scheinbar endlos reflektiert wurden, sah er ein Gesicht, ein kleines bleiches Gesicht. Sein eigenes sicherlich, das wie zufällig irgendwo in der Kette der Spiegelungen auftauchte.

Jetzt brach das Publikum in Gelächter aus, was ihn etwas aus dem Tritt brachte. Wenn der Bettler auf die Bühne kam, wurde normalerweise nie gelacht, und Morgan merkte, dass der Esel sein Gedärm entleert hatte. Der Gestank des Kots brachte Morgan fast zum Würgen, weshalb er früher nach vorne trat, als eigentlich vorgesehen.

Die Mitglieder des Komitees saßen in der ersten Reihe, die Augen aller waren auf ihn gerichtet. Mrs Laycock hatte die Arme vor der Brust verschränkt. Die Zuschauer grölten und johlten, und jemand schrie, er solle endlich anfangen.

Morgan sprach den ersten Satz, der aber im Tumult unterging, und wartete ab, bis es ruhiger wurde. Beckett bedeutete ihm, rasch von vorne anzufangen.

Er blickte auf zu dem wirbelnden Schnee und begann erneut mit seinem Monolog.

»In welchem Wald ich bin, das weiß ich nicht. Zehn Tage schon auf Wanderschaft und nirgendwo Barmherzigkeit noch Licht. Mein Weib daheim ist dürr und schwach, die Kinder weinen bitterlich. Nicht Münzen, Fleisch und Wein, nur Milch und Brot erbitte ich.«

Er überquerte die Bühne diagonal, klaubte dabei das Reisig auf, das die Bühnenarbeiter verstreut hatten, und spielte großes Erschrecken, als von der Seite das heisere Kichern der Hexe zu vernehmen war.

Dann kam sie herausgeschlurft. Aus dem Saum des Umhangs sickerte Blut und hinterließ eine rote Spur am Boden.

»Zwei Penny für ein Säckchen Salz, zwei Penny für ein Säckchen Nadeln. Zwei Penny für 'nes Toten Hand, zwei Penny, und es wird nicht hageln.« Judith war Kettenraucherin, was ihrer Stimme das perfekte Timbre für die Rolle verlieh. Heute gab sie sich besondere Mühe, es zur Geltung zu bringen.

»Ein armer Mann bin ich, im Kampf verwundet«, sprach Morgan, »zu Hause Weib und Kinder hungernd maledeit. Erstehen kann ich von Euch nichts, verzeiht.«

»Dann bring ich Euch zu einer Dame, die kann Gold verschenken«, erwiderte die Hexe. »Sie ist gütig, die Euren sollen nicht hungernd verenden.«

Von der großen Kapuze war Judiths Gesicht fast verdeckt, doch bei einer Bewegung konnte Morgan es einen Moment lang sehen, und es kam ihm vor, als sei sie heute merkwürdig geschminkt. Hatte man ihr künstliche verrottete Zähne gegeben? Oder hatte dieser Italiener ihr auch eine Maske angefertigt?

Sie humpelte zur Bühnenmitte, und während Morgan ihr folgte, sah er aus den Augenwinkeln Bobbys verzücktes Gesicht.

An dem Blätterhaufen, unter dem Enid lag, machte die Hexe eine kreisende Geste mit den Händen, bei der ein Donnergrollen durch die Lautsprecher drang, das gewaltiger und gewaltiger wurde. Die Blätter flogen auf, wirbelten durch die Luft und sanken mit den Schneeflocken wieder zu Boden.

Üblicherweise konnte man die Personen, die mit großen Wedeln den Luftzug erzeugten, auf der Seitenbühne sehen. Aber heute waren sogar sie so geschickt versteckt, dass Bobby zu glauben schien, die Hexe könne wirklich Dinge bewegen, und aufgeregt die Kinder neben sich anstupste.

Wie gebannt starrte er auf die Prinzessin mit ihrem weißen Seidenkleid und ihrer silberweißen Perücke, und Morgan überlegte, ob der Junge sich zu ihr hingezogen fühlte, auf eine Art vielleicht, die er noch nicht verstehen konnte.

»Da seht einmal an, Bettelmann«, rissen ihn die Worte der Hexe aus seinen Gedanken. »Was ich hier für Euch finden kann.«

Sie bückte sich, tastete in Schnee und Blättern umher und brachte schließlich das Medaillon der Prinzessin zum Vorschein. Judith musste von der Maskenbildnerin auch falsche Fingernägel bekommen haben, Morgan konnte sich nicht erinnern, dass ihre Hände früher wie Krallen ausgesehen hatten. Und ihre Hand fühlte sich schuppig und trocken an, als sie ihm das Medaillon überreichte.

»Das ist genug, um die Euren zu füttern, die Edelfrau wirds nicht erschüttern. Von Euch sie nichts weiß, deshalb flieht schnell und leis'.«

»Doch niemals würde ich stehlen«, sprach Morgan, der den Blick nicht von Judiths Krallenfingern wenden konnte. »Das werd ich der Dame nicht verhehlen. Wenn ich ihr sage, es war ein Fund, wird sie mich schonen und vielleicht auch reich belohnen.«

Die Hexe lachte wieder krächzend, als sie von der Bühne humpelte. Das Blut, das aus dem Umhang sickerte, dampfte leicht, als rinne es warm aus ihren Adern.

»So wollt Ihr spielen den Heil'gen«, erwiderte die Hexe über die Schulter, »und lasst die Euren lieber leiden? Ich hör bitterlich weinen Euer Weib, und euren Kindern schmerzt vor Hunger der Leib.«

Nach dem Abgang der Hexe schwand die Ehrlichkeit des Bettlers dann auch wahrhaftig schnell dahin, womit er sein Schicksal besiegelte.

Morgan hob das Medaillon hoch, damit es im Licht glitzerte, und machte ein begehrliches Gesicht. Im Hintergrund sah er, wie auch Bobby das Juwel bewundernd beäugte.

»Gewiss ist diese Dame reich«, sprach Morgan, »und besitzt derlei Schätze zuhauf. Mit dem Juwel ich nun von dannen schleich, werd füllen meinen Lieben den Bauch.«

Als er das Schmuckstück in seinem Beutel verschwinden ließ, begann das Publikum wie üblich, empört zu schreien und ihn zu beschimpfen. Dann flog etwas über seinen Kopf hinweg und prallte gegen die Äste, worauf der Esel scheute und am Seil zu zerren begann. Dass die Zuschauer schon so früh begannen, Dinge zu werfen, hatte es noch nie zuvor gegeben.

Bevor jemand besser zielen konnte, führte Morgan den Esel von der Bühne, und beim Abgehen sah er noch einmal das Gesicht – sein Gesicht – in der künstlich erzeugten Tiefe des

Waldes. Dass es sich von allein zu bewegen schien, war gewiss ein Nebeneffekt der kunstvoll arrangierten Spiegel. Als er sich der Seitenbühne näherte, war es schließlich verschwunden.

»Los, los, Beeilung«, knurrte Ted so feindselig, wie er wahrscheinlich einen echten Bettler behandelt hätte, und zog Morgan und den Esel grob vorwärts, damit das Waldvolk seinen Auftritt haben konnte.

Die verkleideten Kinder, etwa zwölf an der Zahl, kamen herausgesprungen, kleine und größere wie Bobby. Sie sollten Wesen darstellen, die halb Mensch, halb Pflanze waren, und trugen enge Anzüge, auf die man trockene Blätter genäht hatte, die bei jeder Bewegung raschelten wie Wind in Baumwipfeln.

Die Waldgeister bildeten Hand in Hand einen Kreis um die Prinzessin und begannen zu singen.

Wir sind die grünen Waldgeister,
und geistern durch den Wald.
Was wir sehn, erfährst du nie,
sonst würdest du nicht alt.

Bei der dritten Wiederholung hatte Bobby sich die Wörter gemerkt und sang aus vollem Hals mit. Er war zweifellos ein Naturtalent, schien sich pudelwohl zu fühlen auf der Bühne. Bestimmt würde er das wiederholen wollen, dachte Morgan. So war es also nun. Das Komitee hatte seine Autorität untergraben.

Als das Lied endete, sank Bobby mit den anderen im Kreis auf die Knie, während die Prinzessin sich reckte und gähnte und erschrocken zusammenzuckte, als sie die kleinen grünen Gesichter bemerkte. Doch die Waldgeister hatten den Bann der

Hexe gebrochen, und die Prinzessin wollte ihnen zum Dank etwas schenken. Als sie merkte, dass ihr Medaillon verschwunden war, begann sie, bitterlich zu weinen.

Das wirkte etwas übertrieben. Enid spielte für gewöhnlich nicht so melodramatisch. Als Morgan zu ihr hinüberspähte, hatte er den Eindruck, dass die Prinzessin auch gar nicht von Enid gespielt wurde, sondern von einem jungen Mädchen. Ihrer Tochter vielleicht? Das Mädchen schien kaum älter als Bobby zu sein.

»Unsere Hilfe ist Euch gewiss, holde Maid«, verkündete der älteste der Waldgeister und lüpfte seinen spitzen roten Hut. »Von einem Schuft bestohlen worden Ihr seid.«

»Fangt den gemeinen Dieb und schafft zum Richter den Bösewicht«, sprach die Prinzessin. »Ich belohn euch mit Rubinen, so strahlend wie Licht.«

An dieser Stelle sollten die Kinder ernst blicken, aber Bobby lächelte versonnen. Vermutlich dachte er daran, wie man ihn in der Schule bewundern würde, weil er in dem Alten Stück mitgespielt hatte.

Immer noch lächelnd, sprang er auf und huschte mit den anderen zur Seitenbühne.

Nun kam Douglas als Richter herausgeschritten und wurde mit anerkennenden Rufen empfangen. In seiner langen schwarzen Robe stellte er die Verkörperung von Recht und Ordnung dar. Als er seinen Monolog über Missetaten und finstere Schurken im königlichen Wald begann, schwang er drohend sein Schwert.

Morgan drängte sich durch die Kinderschar, und als er Bobby erreichte, packte er ihn an der Hand, zog ihn mit sich und erklärte streng, er müsse jetzt in die Garderobe zurückgehen. Er hätte seinen Spaß gehabt und etwas vom Stück gesehen, aber nun wäre Schluss damit.

Als Bobby sich losreißen wollte, blickte Morgan auf ihn hinunter und stellte bestürzt fest, dass er gar nicht Bobby an der Hand hielt. Es war nicht einmal ein Junge, sondern ein kleines blondes Mädchen, das jetzt zu den anderen Kindern zurückrannte. Sie flüsterten untereinander und betrachteten Morgan mit schadenfrohem Blick, als wüssten sie etwas, wovon er nichts ahnte.

Von fern hörte er erneut das Brüllen dieses Tiers. Der Laut schien wieder von unten aus den Kellergängen zu kommen. Oder vielleicht auch von draußen aus der Gasse. Und jemand schrie, als versuche er, das Tier zu bezähmen oder zu lenken.

Schlagartig merkte Morgan, dass Rennie auf ihn einredete, damit er ihr zuhörte.

»Werd endlich wach«, fauchte sie. »Bist du immer noch nicht nüchtern? Dein Auftritt!«

»Wo ist Bobby?«, fragte Morgan.

»Er ist bei Colin …« Sie winkte gereizt ab und half ihm wieder, auf den Esel zu steigen.

Der Richter hatte inzwischen ein Feuer angezündet und wärmte sich daran die Hände, während er die letzten Zeilen seines Monologs sprach.

»Nur Güte für die Armen kennt das Königshaus, doch Schufte stehlen, dass es ist ein Graus. Unheil droht dem Volk, bei dem verrotten die Sitten. Bettler ruinieren das Reich, dagegen helfen keine Bitten.«

Morgan beugte sich zu Ted hinunter und fragte, ob er Bobby oder Colin gesehen hätte, aber der Requisiteur schien ihn nicht zu hören und reichte das Seil dem kleinen blonden Mädchen. Es zog daran, und der Esel trottete wieder auf die Bühne, gefolgt vom Waldvolk.

»Kommt, müder Wanderer, wärmt Euch am Feuer«, sprach der Richter und nahm dem Mädchen das Seilende aus der Hand. »Der Schnee liegt hoch, und nachts ist es hier nicht geheuer.«

»Ich dank Euch, Sir«, erwiderte Morgan, dem seine Stimme plötzlich dünn vorkam. »Doch kann ich nicht bleiben, muss noch viele Meilen reiten.«

»Güte soll man nie verschmähen«, sagte der Richter, »denn sie kann gar zu schnell vergehen. So ruht Euch aus und gebt mir Euren Beutel.«

Es war kaum zu glauben, dass Douglas eine Maske trug, sie wirkte so lebendig. Auf der Stirn glänzte sogar Schweiß im Licht der Scheinwerfer.

Morgan merkte, dass Douglas ihn mit seltsam geröteten Augen anstarrte, und sprach rasch seine nächste Zeile.

»Mein Weib erwartet meine Wiederkehr. Zehn Tag' bin ich schon weg, sie erträgts nimmermehr. Die Kinder schreien, das jüngste weint, bald sind vor Hunger sie im Tod vereint.«

»Doch was habt Ihr ihnen denn zu geben, Bettelmann? Ich fülle Euren Beutel gern mit Brot, dann ist zu Hause Ende mit der Not.«

An dieser Stelle musste der Bettler schuldbewusst seinen Beutel umklammern und sich des Waldvolks erwehren, das ihn zu ergattern versuchte. Das sollte lange genug gespielt werden, damit das Publikum die Waldgeister anfeuerte, was auch geschah. Und zwar mit solchem Radau, dass der Esel sich erschrocken aufbäumte und Morgan abwarf. Schallendes Gelächter war aus dem Publikum zu hören, während der Esel von der Bühne floh und dabei mit den Hinterbeinen ausschlug. Auch die Kinder schütteten sich aus vor Lachen, und Morgan rappelte sich hoch und versuchte, nicht zu beachten, wie sehr sein Rücken schmerzte.

Der Beutel befand sich jetzt in den Händen des Richters, der darin herumtastete und nach und nach allerlei faulige Früchte zum Vorschein brachte, während das Publikum angewidert stöhnte. Schließlich entdeckte er das Medaillon und hielt es hoch, worauf die Zuschauer buhten und Beschimpfungen schrien.

»Ein Schuft seid Ihr!«, rief der Richter aus und trat auf Morgan zu. »Ein böser Mann! Was habt Ihr vorzubringen mir?«

Douglas trug doch keine Maske. Konnte das eine Maske sein?

Morgan kam ins Stocken und hörte, wie die Zuschauer aufgebracht zu murmeln begannen.

»Weiter!«, zischte Rennie von der Seitenbühne. »Im Schnee!«

»Im Schnee«, sagte Morgan schnell, »da fand ich dies Juwel, es ward verlorn, Mylord.«

Der Richter zog sein Schwert und richtete die Spitze auf Morgans Herz.

»Ein Lügner und Dieb seid Ihr, der Unschuld'gen schadet. Waldgeister, haltet den Mann, bestraft muss er werden, sofort!«

~

An dieser Stelle sollte der Bettler einen Fluchtversuch wagen, und Morgan bewegte sich schnell seitwärts, obwohl er sich durch den Sturz noch geschwächt fühlte. Der älteste der Waldgeister packte ihn am Arm und rief den anderen zu, sie sollten den Schurken fesseln.

Zahllose kleine Hände machten sich an Morgans Körper zu schaffen, und er spürte, dass die Seile an Hand- und Fußgelenken viel fester als sonst geschnürt wurden. Das kleine Mädchen mit den blonden Haaren bohrte ihm sogar die Fingernägel in den Arm, sichtlich erfreut, Schmerzen verursachen zu können. Zwei andere Kinder trieben es noch wüster, sie kniffen und knufften Morgan, während er in dem Getümmel nach Bobby Ausschau hielt. Doch er war nirgendwo zwischen den Blätterwesen zu entdecken.

Morgan sank auf die Knie, würgend, weil ein Kind ihm den Arm um den Hals schlang und fest zudrückte. Dieser Moment war das Stichwort für den Richter, der sich jetzt dem Publikum zuwandte, das Schwert hoch über den Kopf erhoben.

»Ob fremd oder verwandt, ob adlig oder arm – für Sünd' und Missetaten gibt es kein Erbarmen. Gesetz ist Gesetz, Verbrechen Verbrechen. Soll dieser Mann schuldig sein, so ruft alle Ja!«

Wie üblich ertönte an dieser Stelle ohrenbetäubendes Geschrei. Das Waldvolk hüpfte wild auf und ab. Der Älteste schleuderte seinen spitzen roten Hut in die Luft. Dieses Jahr hielt der Tumult sogar so lange an, dass Douglas' letzte Sätze kaum vernehmbar waren.

»Weg mit dem alten Jahr, begrüßt das neue. Beim letzten Glockenschlag wirst du gerichtet, zeigst du nun Reue? Das Urteil ist gefällt, der Henker schafft dich jetzt aus dieser Welt.«

Der Richter steckte das Schwert in die Scheide und ging unter tosendem Applaus ab. Die Kinder ließen Morgan nach und nach los und sprangen lachend davon, auch das kleine Mädchen, das seinen Arm so zugerichtet hatte, dass er blutete. Morgan war allein mit dem Publikum.

Jedes Jahr brachten einige Zuschauer Waldhörner und Trompeten mit und erzeugten damit laute, misstönende Klänge.

Es war Mitternacht.

Nun wurden die übelsten Schimpfwörter geschrien, und ein Hagel aus Gegenständen ging auf den Bettler nieder. Etwas Vergorenes traf Morgan am Auge, roter Matsch troff von seiner Brust, sein Ohr schmerzte, getroffen von einem Stiefel. Andere Dinge landeten in den Ästen der Bäume, und Schnee rieselte herab. Aus den Lautsprechern krachten erneut Donnerschläge, und die Vögel in den Käfigen versuchten zu flüchten und flatterten panisch. Der Esel stieß hinter der Bühne heisere Schreie aus.

Die Mitglieder des Komitees in der ersten Reihe hatten sich allesamt von ihren Plätzen erhoben und stampften mit den Füßen. Sämtliche anderen Zuschauer wohl auch, denn der Lärm war unbeschreiblich und schien immer lauter zu werden.

Doch bald würde das Stück zu Ende sein. Die Hinrichtung des Bettlers wurde niemals *gezeigt*, das Publikum musste sie sich selbst vorstellen. In diesem Jahr allerdings wartete Rennie ungewöhnlich lange mit dem Vorhang und ließ zu, dass die Zuschauer sich in eine regelrechte Raserei hineinsteigerten. Als Morgan in die Seitenbühne spähte, schien niemand Anstalten zu machen, den Vorhang zu schließen. Alle standen abwartend da und beobachteten ihn.

Eine faule Birne zerplatzte an seinem Kinn; Eigelb rann ihm übers Gesicht.

War das die Veränderung, die das Komitee vorgenommen hatte? Die Bestrafung des Bettlers auszudehnen? Ihn ein paar Minuten länger misshandeln zu lassen, bis er seine Missetat wahrhaft bereute?

Doch die wussten alle gar nicht, was Reue war. Sie mussten nachts nicht von Dresden und Hamburg träumen.

~

Schließlich ließ der Krawall nach, und keine Geschosse kamen mehr angeflogen. So still hatte Morgan die Zuschauer noch nie erlebt. Sicher würde gleich der Vorhang fallen. Das Publikum hatte das Alte Stück so erlebt, wie es aufgeführt werden sollte, und das Komitee hatte sein neues Ende bekommen.

Als Morgan zu erkennen versuchte, ob die Mitglieder zufrieden aussahen, stellte er fest, dass sie den Blick auf den hinteren Teil der Bühne gerichtet hatten. Dann sah er, dass auch alle auf der Seitenbühne dorthin starrten. Die Prinzessin, die Hexe, der Richter und das Waldvolk drängten sich um die besten Plätze. Nur Bobby blieb weiterhin verschwunden. Und Colin.

Der Wald schien dieses Jahr eine unendliche dunkle Tiefe zu besitzen, als habe man gar nicht mit Spiegeln gearbeitet. Die Bäume im Nebel wirkten so echt wie die vorne auf der Bühne.

Und Morgan hörte wieder diesen Tierlaut, dieses tiefe dumpfe Röhren. Es kam näher.

In der Dunkelheit rührte sich etwas und wurde langsam sichtbar – das bleiche Gesicht, das er vorher bemerkt hatte, verschwommen in Nebel und Schnee. War das Colin?, fragte sich Morgan. War es ihm nun wahrhaftig gelungen, eine Rolle zu ergattern?

Doch als die Gestalt sich näherte, erkannte Morgan, dass es sich um ein Kind handelte – ein Kind, das als etwas Uraltes zurechtgemacht war, sehnig und mit lehmfarbener Haut. Zwei kleine Hörner ragten auf dem Kopf auf.

Das musste Bobby sein. Sie hatten ihn als Kobold oder Teufel oder Minotaurus verkleidet. Aber das Kostüm und die Maske waren außergewöhnlich und verblüffend, so etwas hatte Morgan noch nie zuvor gesehen. Als die Scheinwerfer das Wesen beleuchteten, sah man, dass sein Gesicht grauenvoll verunstaltet war, es glich einem grotesken Lehmklumpen. Die Augen waren zusammengekniffen und blinzelten, als bräuchte das Wesen eine Brille.

Jetzt stieß es diesen dumpfen, tiefen qualvollen Schrei aus – das konnte auf keinen Fall Bobby sein. Oder doch? Er war schließlich kein Junge mehr, auch seine Stimme wurde männlicher …

Was diese Kreatur auch darstellen sollte – sie beäugte den Bettler, Morgan, jetzt so wachsam wie ein Hund, der eine Ratte in die Ecke getrieben hat und überlegt, was er als Nächstes tun soll.

Als Rennie zweimal in die Hände klatschte, begann das Wesen, auf Morgan zuzugehen. Dabei breitete sich ein Lächeln auf der Fratze aus, als habe die Kreatur gerade erst begriffen, welche Tat – und welchen Gnadenstreich – es ausführen konnte mit dem Beil in seiner Hand.

Ein echtes Beil, bemerkte Morgan. Frisch geschärft.

ADA LARK

Jess Kidd

ADA LARK (WAISE, ETWA ACHT JAHRE ALT, klein und spindeldürr) ist, solange sie denken kann, in Diensten von Madam Bellerose (früher Betty »Das Messer« Rigg, etwa fünfzig, stämmig und drall). An das Waisenhaus, in dem Ada zuvor untergebracht wurde, kann sie sich kaum erinnern. Nur an bittere Kälte, zerlumpte Hemdchen und kleine blau gefrorene Hände und Füße (zumeist nicht die ihren). Da Ada als Kleinkind befreit wurde, sind ihr zum Glück langfristige Folgen des Heimlebens erspart geblieben, von einem fehlenden Zeh und schrecklicher Angst vor Ratten einmal abgesehen. Mittlerweile plagen sie weder Kälte noch Ungeziefer, denn Madam Belleroses Stadtvilla in Pimlico ist prunkvoll und stets mollig warm. Die Wohnräume sind mit schweren Vorhängen und weichen Teppichen ausgestattet und tagtäglich nur mit Kerzenlicht erleuchtet, um Madam Belleroses Kundschaft, der lebendigen ebenso wie der verblichenen, ein Gefühl von Komfort und Diskretion zu vermitteln. Dieses schummrige Zwielicht ist nicht nur vorzüglich geeignet für Unterredungen mit dem Jenseits, sondern schmeichelt auch Madam Belleroses reifer Schönheit. Im Kerzenlicht erscheint ihr Dekolleté so weiß und glatt wie Alabaster, ihr Gesicht taufrisch. Ihre dunklen Augen schimmern, wenn sie die Bedürftigen im Empfangsraum willkommen heißt. Ihre üppigen schwarzen Locken glänzen, und das Geschmeide an Hals und Armen glitzert ebenso im Flammenschein wie die kostbaren Stoffe ihrer Gewänder. Ada weiß, dass Madam Bellerose ihren wahren Zauber in ihrer eigenen Verwandlung wirkt. Noch eine Stunde zuvor saß die alte Gaunerin ohne Perücke an ihrer Frisierkommode, das Gesicht runzlig wie ein knittriges Bettlaken, missmutig blinzelnd im Pfeifenrauch und dem viel zu grellen Licht der Wintersonne. Im Séancensalon jedoch entfaltet Madam Bellerose ihre ganze Wirkungskraft. Sobald sie in dem schummrigen Raum eine hellseherische Erscheinung hat, glühen ihre Augen geheimnisvoll (oder klappen zu, öffnen sich ruckartig und verdrehen sich, wenn ein Wesen aus dem Jenseits in sie fährt). Ihr Mienenspiel ist vielfältig und faszinierend. Schmerzvolles Stirnrunzeln, Grauen im Angesicht des Todes, dann die erlösende Befreiung. Madam Bellerose ist ohne jeden Zweifel das Sprachrohr der Verblichenen, wie ihre Séancen zeigen. Ihr Körper (füllig genug dafür ist er) beherbergt einen ganzen Chor von Stimmen. Vom gurgelnden Stöhnen eines Kapitäns, der in den Wellen versank, bis zum letzten Wispern einer liebreizenden jungen Dame, die an ihrem gebrochenen Herzen starb. Das strapaziert noch die stärksten Nerven. Stets hält die Hausdienerin Riechsalz und Süßwein bereit. Madam Bellerose bietet eine vortreffliche Mischung aus Erbauung und Beruhigung. Durch ihr okkultes Talent werden die Trauernden getröstet, wahre Erben ermittelt, Kränkungen gelindert und Weisheiten der verlorenen Lieben aus dem Jenseits ausgerichtet. Ihr Erfolg zeigt sich in den Bergen von Briefen, die sich auf ihrem Sekretär stapeln. Außer den täglichen Sitzungen (und den Matineen zweimal die Woche) bietet Madam Bellerose geheime Séancen für diejenigen an, deren Status oder Umstände höchste Diskretion erfordern.

Ada sind diese Sitzungen verhasst, weil sie stets ihren Tag in die Länge ziehen, der schon seit Stunden begonnen hat, sobald ihre Herrin sich die erste Pfeife stopft. Es gibt zahllose Pflichten für Ada: Nachttöpfe leeren und Kohleschütten füllen, Sherryflaschen öffnen und Kuchen backen, Betten machen und Schuhe polieren. Ada, flink und geschickt, kann jede der unzähligen einfachen Aufgaben erledigen, die in einem gehobenen Haushalt anfallen, in dem es nur eine ergraute Dienerin und eine betagte Köchin gibt. Denn für Madam Bellerose ist strenge Verschwiegenheit über alle Geschehnisse im Haus unerlässlich, und Bedienstete, die nicht tratschen, lauschen und jammern, sind rar gesät.

Für eine ganz bestimmte Aufgabe ist nur Ada allein zuständig.

Wenn Madam Bellerose zu tief ins Glas schaut, erzählt sie gerne haarklein, wie sie in sämtlichen Waisenhäusern von London nach einem Kind gesucht hat. Es sollte klein und schmächtig, still und doch robust sein, um seine bedeutungsvolle Aufgabe erfüllen zu können. Und zwar: der herausragendsten Hellseherin ihrer Zeit beim kometenhaften Aufstieg in der Londoner Gesellschaft behilflich zu sein. Madam Bellerose bekommt feuchte Augen, wenn sie schildert, wie sie Ada den Klauen der Armut entrissen, das Kind aufgepäppelt und ordentlich bekleidet, mit einem gefälligen Namen versehen und in ein Geheimnis von großer Tragweite eingeweiht hat.

Dieses Geheimnis, bei dem es sich zweifellos – abgesehen von ihren ausdrucksstarken Augen und einem Repertoire an Stimmimitationen – um den Schlüssel zu Madam Belleroses

Ruhm handelt, ist ein Mahagonitisch mit einem außergewöhnlichen Mechanismus. Sie kam auf diese Idee vor über zehn Jahren durch eine raffinierte Gerätschaft, die sie bei der Großen Weltausstellung entdeckte. Madam Belleroses erster Gatte war Tischler, der zweite Schauspieler, und so lag es nahe, dass sie als Witwe die Talente beider kombinierte. Der auf Hochglanz polierte Séancentisch ist rund, vier bis sechs Kunden, die sich an den Händen halten, finden daran Platz.

Was ihn jedoch von jedem schlichten oder prunkvollen Tisch in London unterscheidet, ist ein Geheimfach im Sockel. Wenn sich ein Kind dort hineinzwängt, findet es über seinem Kopf eine raffinierte Konstruktion aus Hebeln, Hämmern und einem Magneten. Durch Steuerung des Magneten bewegt sich auf der Tischfläche eine Planchette, mit der die Botschaften aus dem Grab aufgezeichnet werden. Mittels der Hebel und Hämmer können kratzende und klopfende Geräusche wie von Geisterfingern erzeugt werden. Der Tisch kann auch gerüttelt und geneigt werden, was aber nur bei besonders temperamentvollen Geistern geschieht, denn Madam Bellerose empfindet diesen Effekt dann doch als zu dramatisch.

Auch geniale Erfindungen können anfänglich Schwächen aufweisen. Das Versuchsmodell krankte an klemmenden Hebeln und sperrigen Magneten und klapperte wie ein schadhaftes Klavier. Als Madam Bellerose ein Geheimfach entwarf, das klein genug sein sollte, um nicht den Argwohn von Zweiflern zu erwecken, vergaß sie, einen Lüftungsschlitz einzufügen. Dieses Manko hatte das unglückselige Ableben eines klapperdürren Straßenkehrerjungen zur Folge, der früher gegen ein Trinkgeld vornehmen Herrschaften den Weg säuberte. Doch als Ada Lark erkoren, entlaust und später ins Halbdunkel eines

Salons in Pimlico geschoben wurde, funktionierte der Tisch bereits einwandfrei.

Für Madam Bellerose ist es sehr ungünstig, dass sie ihre fantastische Gerätschaft nicht publik machen kann; sie hätte sie sich ansonsten patentieren lassen. Für Ada wiederum ist es äußerst günstig, dass sie kaum gewachsen ist und sich noch immer in den gefürchteten Tisch zwängen und allabendlich eine ganze Schar Geister erscheinen lassen kann. Sie ist überzeugt davon, dass ihre Herrin durch und durch skrupellos ist. Falls Ada daran Zweifel hegt, muss sie nur hinausblicken auf den kleinen Grashügel, unter dem die Gebeine von Billy dem Straßenkehrerjungen verwesen.

Die Luftzufuhr, die Billy nicht mehr zuteilwurde, besteht aus einem fingerbreiten Gitter. Ada sitzt zusammengekauert in dem Fach, die Knie an den Ohren, die Arme nach oben gestreckt. Sie muss den Tisch nach Gefühl steuern, denn sie sitzt fast komplett im Dunkeln. Obwohl Ada sich täglich in diesem beengten Raum aufhält (an Matineetagen sogar zweimal), hat sie sich nie daran gewöhnen können. Sie hat kaum mehr Platz als in einem Schirmständer, und die erstickende Hitze ist unerträglich. Jedes Mal bricht ihr der Schweiß aus, und das Herz schlägt ihr bis zum Hals. Am schlimmsten ist das Geräusch, wenn Madam Bellerose die Tür zum Fach abschließt. Ada muss dann besonders gleichmäßig atmen, um nicht in Panik zu geraten. Muss auf die Ankunft der Kunden horchen, auf das Rascheln der Satinröcke, das Knarren der Stühle. Muss sich auf die Lippe beißen, weil ihre Muskeln sich verkrampfen, und Niesen und Husten unterdrücken. Und sie muss sich auf die Äußerungen ihrer Herrin konzentrieren und darauf achten, keinen Namen falsch zu buchstabieren oder verspätet Klopftöne zu erzeugen. Aber sie vernimmt alles nur gedämpft, und oft wird die Abfolge verändert. Wenn die Gäste gegangen sind und die Einnahmen gezählt werden, hört Ada, wie aufgeschlossen wird, und taucht um Luft ringend wieder auf. Eine gute Leistung wird mit einem Grunzen quittiert, eine schlechte mit einer Nacht bei den Ratten im Keller.

Trotz alledem verfällt Ada nie auf die Idee, ihre Stellung zu beklagen und sich der Köchin, der Hausdienerin oder den Kunden anzuvertrauen. Denn im Garten ist genügend Platz für einen weiteren Grabhügel, und Madam Bellerose hat vorgeführt, dass dieses Luftgitter auch geschlossen werden kann.

Jetzt gerade ist es geöffnet. Ada döst, die Nase dagegen gepresst. Die Matinee ist beendet, die Privatsitzung beginnt.

Ein Tritt gegen den Sockel des Tischs lässt Ada aufschrecken.

»Hör auf zu schnarchen, gleich kommt ein Gentleman.« Madam Bellerose klingt heiser. Sie hat heute drei an Schwindsucht Verstorbenen und einem ermordeten Viehauktionator ihre Stimme geliehen und die Botschaften einer ganzen Horde kritzelnder und klopfender Geister gedeutet. Madam Bellerose teilt ihren Kunden immer mit, dass ihr beispielloser Erfolg darauf beruht, dass sie als Medium sowohl mit dem Inneren als auch dem Äußeren der Toten Kontakt aufnehmen kann. Manchmal sprechen sie *durch* sie, manchmal *zu* ihr.

Ada beobachtet durch das Gitter, wie sich der Raum erhellt. Madam Bellerose lässt mehr Kerzen anzünden und die Weinkaraffe hereinbringen und platziert sich dann auf dem niedrigen Sofa in der Ecke. Der angekündigte Gentleman kommt herein. Dass er ein vornehmer Herr ist, erkennt man auf den ersten Blick: Er hält sich bemerkenswert aufrecht, bewegt sich gemessen, hat einen prächtigen Schnauzbart. Der Herr trägt elegante Kleidung, und seine Stimme klingt sonor und kultiviert, als er zu sprechen beginnt.

»Madam.« Er verbeugt sich galant, und als Madam Bellerose sich erhebt, ergreift er ihre Hand. »Cecil Woodgate. Was für eine Freude, Sie endlich kennenzulernen.«

Madam Bellerose vollführt einen anmutigen Knicks, bevor sie in derbem Tonfall zu ihrem Gast sagt: »Cecil Woodgate, dass ich nicht lache!«

~

Ada ist fasziniert. Madam Bellerose raucht Pfeife, die Perücke liegt auf dem Teppich, die Weinkaraffe ist leer, und sie haben nach Champagner und einer Fleischplatte verlangt. Der vermeintliche Fremde erklärt ein Komplott. Der Plan sei einfach, könne nicht scheitern und solle sie beide bis an ihr Lebensende lachhaft reich machen, und hätten sie das denn nicht wahrlich verdient? Madam Bellerose saugt das Mark aus einem Schweinehuf, während sie zuhört.

»Dann bring deine reiche Witwe doch hierher«, sagt sie schließlich.

»Betty, ich sags doch! Wegen ihrer verstorbenen Tochter verlässt sie das Haus nicht mehr. Geht nicht mal pissen, ohne die vorher zu fragen. Der gesamte Haushalt wird von einer Toten beherrscht!«

Madam Bellerose zögert. »Und glaubst du daran?«

Woodgate schnaubt. »Raunen im Wind, Schritte im Kinderzimmer, was um Himmels willen denkst du wohl?«

Madam Bellerose hält ihm ihr Glas hin, er öffnet eine neue Weinflasche.

»Der kleine Geist müsste lediglich die Frau Mama überreden, wieder zu heiraten«, erklärt er.

»Den schmucken Mr Woodgate, vermute ich mal?«

Sie stoßen an.

»Aber ich mache keine Hausbesuche.«

»Du hast es hier ja sehr hübsch, nicht wahr?« Woodgate trinkt einen kräftigen Schluck und lässt den Blick durchs Zimmer schweifen.

Madam Bellerose beäugt ihn argwöhnisch. »Was soll das heißen?«

Woodgate grinst. »Du hast es zu etwas gebracht, Mädchen. Aber du bist nicht das einzige beliebte Medium in der Stadt. Und wer sagt, dass nicht jemand deine Methoden entlarvt und an die große Glocke hängt?«

Sie verengt die Augen. »Das würdest du wagen, Schätzchen?«

Woodgate erwidert mit gespielter Gekränktheit: »Du verletzt mich, Betty. Auf jeden gutgläubigen Trauernden kommt ein Zweifler. Leute, die schrecklich neugierig sind und herumstochern, die herausfinden wollen, wie deine Tricks funktionieren …«

»Ich habe keine Tricks. Sondern die Gabe.«

»Mir machst du aber nichts vor, Schätzchen.« Er lächelt milde. »Ich sage ja nur: Du erledigst diese eine Sache, und danach wird es dir an nichts mehr fehlen. Ob du dann mit deinem Hokuspokus weitermachst, liegt ganz bei dir.«

Madam Bellerose steht auf, den Schweinsfuß in der Hand, zieht den Vorhang auf und deutet nach draußen. Im Licht der Straßenlaterne kann Ada erkennen, dass dicke Schneeflocken durch die Luft wirbeln.

»Die Straßen sind aber befahrbar«, erwidert Woodgate ungerührt, »und es muss unbedingt an Heiligabend geschehen.« Mit gespieltem Bedauern fügt er hinzu: »Die Toten merken sich nun einmal ihre Jahrestage.«

Madam Bellerose schnieft. »Wie viel also?«

Woodgate tritt zu ihr und flüstert ihr etwas ins Ohr, worauf sie verblüfft zusammenzuckt. Er fängt den fetttriefenden Schweinsfuß auf, der ihr aus der Hand fällt.

»Verdopple die Summe«, sagt Madam Bellerose. »Und mein Tisch kommt mit.«

Woodgate nickt breit grinsend und beißt ein Stück von dem Schweinsfuß ab.

~

Darauf bricht eilige Geschäftigkeit aus, um die Reise vorzubereiten. Mäntel werden gelüftet, prachtvolle Kleider herausgesucht. Den Mahagonitisch zerlegt Madam Bellerose eigenhändig und verpackt ihn, die Pfeife zwischen die Zähne geklemmt. Zur Bestürzung ihrer Kundschaft werden sämtliche Séancen abgesagt. Dienerin und Köchin erhalten Anweisung, das Haus in Tiefschlaf zu versetzen. Nach ihrem Ausflug aufs Land beabsichtigt Madam, wärmere Gefilde aufzusuchen. Die Entrüstung löst die Zungen der beiden Frauen. In der Küche essen sie Plumpudding, bevor sie das Haus verlassen müssen, um sich eine neue Stellung zu suchen, und das in ihrem hohen Alter.

Während Ada den Boden der Spülküche wischt, lauscht sie der ungewöhnlich lebhaften Unterhaltung nebenan.

»Was hat sie denn davon, wenn sie uns rausschmeißt, das bringt doch kein Glück«, bemerkt die Hausdienerin.

»Nur Unheil und Ruin. Bestimmt kippt die Kutsche um, und Madam findet auf der vereisten Straße den Tod«, bekräftigt die alte Köchin.

»Und was wird aus dem Waisenmädchen?«

Ada legt den Lappen weg und schiebt die Tür einen Spalt auf.

»Ist die Kleine überhaupt noch hier?« Die Köchin schaut zur Spülküche hinüber. »Ich seh sie kaum mehr.«

»Gibt ja auch nichts zu sehen bei dem dürren kleinen Ding.«

»Die landet im Armenhaus.« Die Köchin verschränkt die Arme vor der mächtigen Brust. »Oder auf der Straße, wenn Madam sie rauswirft.«

»Und das an Weihnachten.«

Die Köchin nickt.

Die Hausdienerin schnalzt mit der Zunge. »Ungeheuerlich.«

»Das kann man wohl sagen.«

~

Am Morgen der Abreise, zwei Tage vor Heiligabend, bringt Ada Madam Bellerose das Tablett mit ihrem Frühstück ins Ankleidezimmer. Sie musste die heiße Schokolade, das Butterbrötchen und die Soleier selbst vorbereiten, denn die Köchin hatte schon das Haus verlassen, mitsamt einer Reisetasche, in der das gestohlene Besteck klirrte. Als Ada das Zimmer betritt, sitzt Madam Bellerose am Fenster und starrt mit leerem Blick hinaus auf den Grashügel. Bei Adas Anblick richtet sie sich auf.

»Ada Lark, du hattest eine glückliche Zeit hier.« Das ist keine Frage.

Ada nickt und stellt das Tablett ab.

Madam Bellerose steht auf, nimmt Ada bei der Hand und führt das Mädchen zum Spiegel. »Siehst du auch, was ich sehe?«

Ada betrachtet ihre Herrin und bemerkt ein seltsames Leuchten in ihren Augen, das knittrige Gesicht im hellen Licht …

»Du sollst nicht mich anschauen, sondern dich, Mädchen.«

Jetzt mustert Ada sich selbst: die schlichte Haube, das reizlose Kleid, die magere Gestalt mit den spitzen Ellbogen, den fragenden Augen, dem verkniffenen Gesicht. Und ihr schießt ein Gedanke durch den Kopf: Sie sieht aus wie der Geist eines Mädchens, knochig und fahl.

»Isst du denn nichts?«

»Doch«, lügt Ada.

»Aber du wächst nicht.«

Bevor sie sich bremsen kann, schaut Ada in Richtung des Hügels im Garten.

Madam Bellerose lässt Adas Hand los, setzt sich an die Frisierkommode und greift nach der Tasse Kakao. »Du wirst mich zu dem Anwesen auf dem Land begleiten, wo ich für eine adlige Dame eine Privatséance abhalte.« Mit gezierter Stimme fügt sie hinzu: »Für Lady Bentham von Hadlow Hall, wenn du es genau wissen willst.«

Aufregung erfasst Ada.

»Aber freu dich nicht zu früh. Du wirst in einer Truhe reisen. Darin wird es eng sein, aber nicht enger, als du es gewohnt bist.«

»Einer Truhe?«, wiederholt Ada erschrocken.

»Ich kann es mir nicht erlauben, dass du gesehen wirst – schließlich bist du mein hilfreicher Geist.« Madam Bellerose nimmt sich ein Ei, weicht dabei Adas Blick aus. »Wenn du den Tisch noch ein letztes Mal bedienst, bist du danach frei.«

»Und was soll dann aus mir werden?«

Madam Bellerose wedelt wortlos mit der Hand und stopft sich das Ei in den Mund.

~

Im Vergleich zu dem Séancentisch ist die Truhe überraschend geräumig. Als Ada darin liegt, ist ihr abwechselnd heiß und kalt. Sie wird kräftig durchgeschüttelt, manchmal so heftig, dass ihr die Zähne klappern. Durch das Schlüsselloch und einen Spalt in dem schiefen Deckel nimmt sie Geräusche und Gerüche wahr. Die Rufe von Schaffnern, den Dampf von Lokomotiven. Das Rumsen von Kisten, den muffigen Geruch der Postkutsche. Das Schnauben von Pferden, dann frische Landluft. Sie hat Lebkuchen und eine Flasche Milch als Wegzehrung bekommen und wurde in alte Schals gehüllt.

Auf dem flachen Weg nach Hadlow Hall schläft sie ein, eingelullt durch das Schwanken der Kutsche und das Hufgetrappel. Mit einem Mal schreckt Ada auf, als die Truhe Stufe für Stufe eine Treppe hinaufgeschleppt und schließlich unsanft abgestellt wird.

Ada bleibt reglos liegen. Sie hört nur ihren eigenen Atem, nimmt den Geruch von milchgetränkter Wolle und Lebkuchen wahr. Und ihr Kopf schmerzt heftig, was wohl kein Wunder ist nach dieser strapaziösen Reise.

Sie bewegt vorsichtig ihre steifen Glieder, wartet ab.

Dann hört sie es: ein sachtes Klopfen auf dem Deckel der Truhe.

Ada hält die Luft an und horcht. Nach einer Weile wird das Klopfen schneller und klingt übermütig, fast wie bei einem munteren Liedchen.

Sie muss ihren ganzen Mut zusammennehmen, flüstert dann aber: »Ist da jemand?«

Das Klopfen bricht ab, stattdessen ist jetzt Kratzen und Scharren zu vernehmen, an allen Seiten der Truhe.

Ada kneift die Augen fest zusammen und versucht, an etwas Schönes, Weihnachtliches zu denken: singende Kinder mit leuchtenden Laternen, üppig geschmückte Schaufenster, eine Familie beim Festmahl, Gänsebraten und Pastinaken, Orangen und Maronen, Zähne und Lindwurmschwänze, Glupschaugen und Krallen …

Jetzt ist das Kratzen an der Vorderseite angelangt, am Schloss, und Ada spürt einen eisigen Luftzug durch den Spalt. Dann klackt der Riegel, der Deckel springt auf. Langsam öffnet Ada die Augen, rappelt sich hoch, sieht sich um. Sie ist allein in einem prachtvollen Zimmer.

Es ist sogar vornehmer als der Salon von Madam Bellerose. Von ihr keine Spur, nur ihr Reiseumhang hängt über einer Stuhllehne. Im Kamin lodert ein lebhaftes Feuer, adlige Damen blicken freundlich von goldgerahmten Gemälden herab. Durch hohe Fenster hat man Aussicht auf eine ausladende Terrasse und einen Park, beides liegt unter einer dichten weißen Decke aus Schnee, auf der nur die Spuren von Vögeln und Eichhörnchen zu sehen sind. In der Ferne verfärbt sich der Himmel blauschwarz, kündigt weitere Schneefälle an. Im Zimmer bilden sich Schatten, das Zwielicht bricht an, der Tag neigt sich dem Ende entgegen. Die Petroleumlampen wurden bereits angezündet, und ihr Licht ist so weich wie die dicken Teppiche und so schimmernd wie die mit Seidenbrokat bezogenen Wände. Ein Pfostenbett mit blassblauer Decke, ein bequemer Sessel, einige Schränke und Vasen, alles makellos gepflegt, ergänzen das Bild.

Ada, schmutzig und verwirrt, fühlt sich inmitten dieser eleganten Pracht vollkommen fehl am Platz.

Als ihr auffällt, dass sie mit Milchflecken und Krümeln bedeckt ist, geht sie zum Waschtisch. Sie zieht sich aus, trägt nur ihr weißes Unterkleid, als sie einen Luftzug hinter sich spürt und herumfährt. Über der Truhe sieht sie Nebelschwaden, die sich ausbreiten, immer dichter werden und sich auf das Feuer im Kamin senken, das nach und nach erlischt. Dann umringen sie die Tischlampe, die Flamme flackert, wird bläulich und erstirbt. Der Nebel zupft an den Vorhängen, die Fensterscheiben beschlagen. Solch einen Nebel hat Ada noch nie erlebt, nicht einmal in London. Unversehens nimmt er die wabernde Gestalt eines wohlgenährten achtjährigen Mädchens an, weht dann zur Tür und verschwindet mit einem schrillen Pfeifton durchs Schlüsselloch. Ada läuft hin und späht hindurch. Der Gang ist menschenleer, sie sieht nur einen Marmorwandtisch, doch ihr Blick trübt sich plötzlich. Sie weicht zurück, ist sicher, dass der Nebel *sie beobachtet*. Und ihr bleibt fast das Herz stehen, als der Knauf sich dreht und die Tür aufschwingt. Doch draußen im Korridor ist der Nebel nirgendwo zu sehen. Zögernd blickt Ada sich um, schließt dann hastig die Tür hinter sich und läuft los.

Am Ende des Gangs holt der Nebel sie ein. Ada muss sich gar nicht umdrehen, sie spürt die klamme Feuchtigkeit im Rücken. Das Herz schlägt ihr bis zum Hals. Der Nebel bleibt ihr auf den Fersen, als sie weiterhastet. Einmal dreht sie sich um, die weiße Wolke wird dichter, dehnt sich aus, erfüllt den ganzen

Flur bis zur hohen Decke. Als sie an einem Fenster vorbeirennt, beschlägt es sofort. Türknäufe vereisen, und Ada rennt noch schneller. Der Nebel ballt sich zu einem grauen Klumpen, prallt von den Wänden ab, verschwindet manchmal dahinter, kehrt aber immer zurück. An Ecken lauert er ihr auf, und wenn sie hindurchläuft, ist sie von grimmiger Kälte umhüllt. Sie rasen durch endlose Korridore und flüchten in leere Zimmer, Ada und der Nebel. Brausen an Dienerinnen mit weißen Schürzen und Hauben vorbei, die Mädchen pressen sich an die Wand, blicken starr zu Boden. Ada kann ihnen nichts zurufen, ihre Lunge scheint zu bersten. Doch dann, ganz plötzlich, hält der Nebel inne und löst sich in Luft auf. Vor Ada, umrahmt vom Lichtschein in einer offenen Tür, steht ein wunderschöner ernst blickender Engel.

»Bist du tot?«, fragt der Engel.

»Ich weiß nicht«, antwortet Ada.

Der Engel ist Lady Bentham. Auf den zweiten Blick leuchtet sie nicht mehr so stark, bleibt aber bezaubernd schön, auf eine ganz irdische Art. Sie wirkt zwar ernst, jedoch keineswegs unfreundlich. Ihr helles Haar ist mit Silberfäden durchwirkt, ihr Gesicht von langem Kummer gezeichnet. Sie trägt ein schwarzes Trauerkleid mit violetter Borte. Lady Bentham ihrerseits stellt fest, dass Ada offensichtlich nicht tot ist. Dafür ist das Mädchen sehr dankbar, als es mit einer Decke um die Schultern auf einem Stuhl am Kamin sitzt. Vor Ada steht ein Tablett mit Tee, und das Feuer knistert behaglich. Der Nebel hat sich wieder eingefunden, aber hinter den Vorhang verkrochen.

»Es lag an deinem weißen Unterkleid, verstehst du«, sagt Lady Bentham entschuldigend. »Ich hielt es für ein Leichentuch. Du siehst furchtbar mager aus, liebes Kind. Isst du zu wenig?«

»Nicht allzu viel, Mylady«, gesteht Ada.

»Willst du es versuchen?«

Ada nickt. Lady Bentham gießt Tee ein und schneidet ein Stück Kuchen ab.

»Sag, was hat dich hierhergeführt?«

»Ich kann mich nicht erinnern, Mylady.«

Die vornehme Dame betrachtet Ada mitfühlend. »Das Gedächtnis ist bisweilen ein Schelm, nicht wahr? Führt noch die Klügsten an der Nase herum. Vielleicht bleibst du am besten hier, bis die Erinnerung zurückkehrt.«

Der Vorhang gerät in Bewegung, schwungvoll fegt ein kalter Windhauch an Adas Knien vorbei, das Feuer flackert und erlischt. Lady Bentham beäugt ungerührt das Kaminsims.

Ein leises Klopfen an der Tür, dann tritt eine Zofe ein. Sie ist beinahe so gekleidet wie die Hausherrin, nur schlichter. Das dunkelrote Haar ist adrett frisiert, ihr Blick geduldig. Auf den Armen trägt sie einen Stapel Kleider, wankt unter dem Gewicht. Der Nebel wallt aus dem Kamin heraus, kriecht unter den kunstvoll verzierten Feuerschirmen hindurch und verschwindet durch die Tür. Ada könnte sich irren, aber es scheint ihr, als halte die Zofe die Tür länger als nötig auf.

»Du hast die Kleider gefunden!« Lady Bentham runzelt die Stirn. »Einen Augenblick – habe ich die Kutsche gehört?«

»Ja, Ma'am«, antwortet die Zofe. »Mr Woodgate und ein Medium aus London sind vorhin eingetroffen. Sie hatten angewiesen, die Gäste in die Bibliothek zu bitten.«

Lady Bentham lächelt. »Der gute Woodgate, er hat doch stets launige Einfälle, nicht wahr?«

Die Zofe blickt zweifelnd, antwortet aber: »Ja, Ma'am.«

»Und wo ist Reverend Toop?«

»Er macht einen Spaziergang im Irrgarten, Ma'am, um sein magnetisches Gleichgewicht wiederherzustellen.«

»Gewiss. Nun, alle werden sich noch ein wenig gedulden müssen. Zunächst wollen wir unseren mysteriösen Gast hier einkleiden – was wird sie dann hübsch aussehen, die Kleine!«

Davon scheint die Zofe keineswegs überzeugt zu sein, ihrem Blick auf Ada nach zu schließen.

Aus dem modrig riechenden Stapel wird ein pflaumenfarbenes Samtkleid für Ada ausgesucht, das schon längst aus der Mode ist, soweit sie weiß. Es hängt schlaff an ihr herab und lässt ihr ohnehin schon blasses Gesicht gespenstisch bleich wirken. Doch sie in diesem Kleid zu sehen scheint Lady Bentham in wehmütiger Weise zu erfreuen. Die Zofe bindet die Schärpe um Adas Taille und bürstet ihr das Haar, bis es einigermaßen ordentlich aussieht.

Lady Bentham steigen Tränen in die Augen, und sie blinzelt. »Bezaubernd! Du musst mit uns dinieren, mein Kind!«

Die Zofe hüstelt betont.

»Ja?«

»Bitte verzeihen Sie, Ma'am, aber könnte die Gesellschaft unten nicht ein wenig … *beunruhigend* sein für ein Kind?«

»Meinst du? Daran hatte ich nicht gedacht. Wie alt bist du, liebes Mädchen?«

»Wohl acht Jahre alt, Mylady.«

»Dann bist du doch schon groß. Fürchtest du dich vor Geistern?«

»Nein, Mylady. Soweit ich weiß, nicht. Gibt es hier welche?«

Lady Bentham streichelt Ada die Wange. »Das wollen wir doch hoffen.«

~

Als die Hausherrin in ihrem schwarzen Seidenkleid die Bibliothek betritt, würdevoll und aufrecht, wie es bei ihrem Stande zu erwarten ist, wirkt sie umso mehr wie ein ernster dunkler Engel. Die drei wartenden Gäste erheben sich sofort. Woodgate verbeugt sich galant, Reverend Toop rückt seinen Kneifer zurecht, und Madam Bellerose setzt ein ehrerbietiges Lächeln auf.

Die Bibliothek ist festlich geschmückt mit Stechpalmenzweigen am Kaminsims und an den Bücherregalen. Bequeme Sessel wurden zurechtgerückt, warmer Feuerschein taucht den Raum in gedämpftes Licht. Die Petroleumlampen wurden gedrosselt, so bemerkt Ada den Séancentisch – bereits zusammengebaut – erst auf den zweiten Blick. In der hohen Bibliothek wirkt er zwar kleiner als gewöhnlich, aber sein Anblick erfüllt Ada dennoch mit Grauen. Die drangvolle Enge und Dunkelheit, die körperliche Qual, um Heerscharen von Geistern heraufzubeschwören! Dazu die Angst, das Gitter könnte verschlossen werden. Bei diesem Gedanken erfasst Ada die entsetzliche Gewissheit, dass ihr Schicksal bei Madam Bellerose weder die Gosse noch das Armenhaus sein wird.

»Ich möchte Ihnen einen weiteren Hausgast vorstellen.« Lady Bentham streckt die Hand nach Ada aus.

Als Madam Bellerose ihren Schützling erblickt, erstirbt ihr Lächeln.

»Ich habe die Kleine im Gang entdeckt, wo sie herumirrte. Sie kann sich nicht mehr erinnern, wie sie hierhergelangt ist. Stellen Sie sich das einmal vor! Als gäbe es nicht schon genügend absonderliche Vorkommnisse auf diesem Anwesen.« Lady Bentham wendet sich zu Madam Bellerose. »Sie verfügen doch über Kenntnis im Umgang mit Spuk, Madam. Können Sie dieses Mysterium vielleicht aufklären?«

Madam Bellerose räuspert sich unbehaglich und läuft rot an. »Bedaure, Mylady, nein. Ich bin zuständig für die Geheimnisse der Geisterwelt, nicht für die Welt der Lebenden.«

»Gewiss.« Lady Bentham lächelt traurig. »Unter diesen Umständen fürchte ich, dass der charmante Mr Woodgate Sie irrtümlich hierhergebracht hat. Denn sehen Sie, wir benötigen hier kein Medium, um unsere Toten zu verhören – sie sind in Hadlow Hall gerne gesehen und haben alle Freiheit.«

Madam Bellerose erwidert das Lächeln. »Sie missverstehen mich, Mylady. Ich bin nur hier, um als Werkzeug zu dienen.«

Ada wirft ihrer Herrin einen verstohlenen Blick zu. Die scheint nach ihrem anfänglichen Schrecken die Fassung wiedergewonnen zu haben.

»Ich bin nur eine Mittlerin«, verkündet Madam Bellerose, die ein schillerndes mitternachtsblaues Kleid trägt, in gewohnter Erhabenheit. »Um Ihre Fragen weiterzuleiten.«

»Fragen habe ich in der Tat«, erwidert Lady Bentham.

»Nach meinen Séancen finden die verstorbenen Liebsten meist ihren Frieden und verschwinden gänzlich. Wenn ein Geist beispielsweise Gelegenheit bekommt, endlich eine Botschaft …«

»Ich möchte nicht, dass meine verstorbenen Liebsten verschwinden«, erklärt Lady Bentham ruhig und entschieden.

Ein unbehagliches Schweigen entsteht. Der Reverend nimmt seinen Kneifer ab, blickt kurzsichtig blinzelnd um sich und setzt ihn wieder auf.

»Wie faszinierend, nicht wahr«, spricht der Reverend schließlich, »dass Madam Bellerose eines der Hauptelemente von Spuk erkannt hat – ein Geist verfolgt stets eine *Absicht*. Sie mag prophetischer Natur sein und dem Dahinscheiden eines Familienmitglieds vorausgehen. Oder praktischer Natur, wenn ein bedeutsamer verlorener Gegenstand gefunden werden soll. Es gibt freilich auch bösartige Geister, die einfach willkürlich Unheil verbreiten. In jüngerer Zeit gab es sogar einige Fälle, bei denen durch einen Geist schreckliches Unrecht wiedergutgemacht werden konnte. Da wiesen die Toten sozusagen aus dem Jenseits auf den Schuldigen. Doch so überzeugend diese Fälle erschienen, kann man sie doch als Humbug bezeichnen. Es braucht den aufgeklärten Geist …«

»Danke, Reverend.« Lady Bentham wendet sich den anderen zu und sagt entschuldigend: »Reverend Toop rühmt sich gern seiner nüchternen Betrachtungsweise.«

Woodgate lächelt. »Auch ich hatte meine Zweifel, Reverend, bis ich durch unwiderlegbare Beweise – privater Natur – davon überzeugt wurde, dass Madam Bellerose meinen geliebten verstorbenen Vater nicht nur hören, sondern sich sogar mit seiner Stimme ausdrücken kann! Meine Zweifel wurden vollständig zerstreut. An Ihrer Stelle würde ich kein vorschnelles Urteil fällen, Sir.«

Der Vikar blickt verdrossen. »Madam Belleroses Darbietung wird gewiss für uns alle erbaulich sein.«

»Die Bühne ist vorbereitet für Heiligabend.«

Lady Bentham schaudert. »Sprechen wir nicht mehr darüber, Mr Woodgate, die Zeit vergeht so rasch. Bis dahin lade ich Sie herzlich ein, meine Gäste zu sein und sich hier wie zu Hause zu fühlen.«

Der Geistliche hebt den Zeigefinger und wirft der Hausherrin einen bedeutungsvollen Blick zu.

»Das habe ich vergessen«, sagt sie ergeben. »Reverend Toop lädt uns zu einem Vortrag hier in der Bibliothek ein. Das Thema ist mir entfallen.«

Dankbar rückt der Vikar seinen Kneifer zurecht. »›Eine Abhandlung über Unterhaltung mit dem Jenseits, bislang unbewiesen durch Gelehrte der Wissenschaft‹. Sollte ich mein Werk zusammenfassen, würde ich …«

Lady Bentham tippt ihm auf den Arm. »Vielleicht klären Sie uns lieber nach dem Essen darüber auf, ja, Reverend?«

Der Esstisch ist riesig. Sogar Madam Bellerose wirkt eingeschüchtert angesichts der Fülle an schimmerndem Besteck, Silberschalen und Girlanden mit Weihnachtssternblüten und kandierten Früchten. Zahllose Kerzen brennen ruhig und stetig, unberührt von der kalten Luft, die unter dem Tisch umherwabert. Ada fragt sich, ob sie als Einzige bemerkt, wie sich die Ränder des Tischtuchs bauschen und die Teppichfransen gezaust werden. Livrierte Diener stehen am Rand, so reglos wie die Steinbüsten auf der Kredenz, zwischen denen üppig gefüllte Platten erlesener Speisen aufgetragen wurden. Von Gemälden blicken Ahnen mit Schnallenschuhen und gepuderten Perücken hochmütig auf die Gäste herunter, und adlige Damen in kostbaren Gewändern halten geziert prachtvolle Fächer vor ihrer Brust.

Kühne Herren posieren mit Schwertern, flankiert von stolzen Hunden.

Ada wirft einen Blick in die Runde. Lady Bentham lacht, als Woodgate mit verwegenem Grinsen eine amüsante Anekdote zum Besten gibt. Reverend Toop säubert seinen Kneifer, den der Butler aus der Suppenterrine gerettet hat. Madam Bellerose hält auffordernd ihr leeres Weinglas hoch, damit es gefüllt wird. Als sie Adas Blick bemerkt, greift sie nach ihrem Buttermesser und gestikuliert damit drohend vor ihrem Hals.

Ada schaut auf den Teller vor sich und bemerkt Buchstaben in ihrer Erbsensuppe. N E L L A.

»Nella«, liest Ada laut.

Lady Bentham hört abrupt auf zu lachen und starrt das Mädchen an. »Was hast du gerade gesagt?«

»Nella. Ist in meiner Suppe geschrieben.«

Lady Bentham schluchzt auf, erschrocken und verzückt zugleich.

Woodgate wird auf der Stelle tätig. Er inspiziert Adas Hände und befindet sie als einigermaßen sauber, jedenfalls frei von Suppenspuren. Der Koch wird aus der Küche geholt, der Butler befragt. Beide können bezeugen, dass es keine Buchstaben in der Suppe gab, als sie serviert wurde. Lady Bentham beteuert, sie sei zu aufgeregt, um weiter zu essen, und betrachtet Adas Teller so begeistert, als sei er das Gesicht eines geliebten Menschen. Madam Bellerose kippt sich mit grimmiger Miene den größten Teil einer Karaffe Wein hinter die Binde. Reverend Toop hat den Tisch verlassen, um nach seinem Vergrößerungsglas zu suchen.

»Sie ist hier«, sagt Lady Bentham zu Ada. »Sie hat mir schon so viele Zeichen gegeben, aber das hier …«

Woodgate legt der Hausherrin sachte die Hand auf den Arm. »Mylady, das ist zu viel für die Kleine, sehen Sie, wie bleich sie geworden ist? Gestatten Sie, dass ich das Kind an die frische Luft bringe.«

Lady Bentham will den Blick kaum von Adas Suppenteller wenden. »Gewiss, werter Woodgate, tun Sie das.«

Ada schwant Übles, als Woodgates Finger mit eisernem Griff ihre Schulter umklammern. Er steuert das Mädchen zur Terrassentür, öffnet sie. Der eisige Hauch, den Ada an ihren Fußknöcheln spürt, ist so kalt wie die Nachtluft, die jetzt hereindringt.

»Ich geb dir einen guten Rat«, zischt Woodgate. »Morgen verschwindest du in diesem verfluchten Tisch, sonst wirst du selbst ein Geist, hast du verstanden?«

~

Die Zofe, Kitty, bekommt den Auftrag, Ada zu ihrem Zimmer zu geleiten. Man wird ihr etwas zu essen bringen, das für ein Kind besser geeignet ist als Spuksuppe. Unten schleppt sich das Dinner dahin. Lady Bentham ist abgelenkt, Madam Bellerose einigermaßen ramponiert. Woodgate und der Reverend erklären einander komplizierte Sachverhalte, indem sie silberne Salzstreuer und Brotstücke hin und her schieben.

Als sie die breite Treppe emporsteigen, bemerkt Ada einen kleinen Stechpalmenzweig, den Kitty in einer Falte ihres Kleids festgesteckt hat.

Der Zofe entgeht der Blick des Mädchens nicht. »In Irland heißt es, damit könne man Geister abwehren, Miss.«

»Gibt es denn hier welche?«

»Weiß ich nicht genau, Miss.«

Das bedeutet so viel wie: *Ja.*

Ada sieht, dass sich der Nebel, der ihnen gefolgt ist, auf der untersten Stufe niederlässt.

»Wer ist Nella?«, fragt sie.

Die Zofe runzelt die Stirn. »Steht mir nicht zu, von ihr zu sprechen, Miss.«

»Bitte.«

Die junge Frau nickt. »Hier entlang, Miss.«

Am Ende des Korridors hängt ein lebensgroßes Porträt an der Wand, gerahmt in schwarzem Ebenholz.

Kitty hält die Laterne hoch. »Eleanor, das einzige Kind von Lady Bentham.«

Auf dem Gemälde ist ein hellblondes Mädchen in einem zu eng sitzenden pflaumenfarbenen Samtkleid abgebildet. Das Kind starrt herausfordernd zu ihnen herunter, in den molligen Händen eine goldene Kugel.

Ada bemerkt aus den Augenwinkeln, dass die Zofe sich bekreuzigt.

Im Hintergrund sieht man den Park von Hadlow Hall, detailgetreu dargestellt. Der Barockgarten liegt unter einer Schneedecke. Am Fuße eines Abhangs befindet sich eine Steinmauer mit einem offen stehenden Tor. Dahinter kann man eine trostlose Landschaft erkennen, ein Moor vielleicht. Am Himmel flammen die letzten Strahlen der Abendsonne auf, rötliches Licht schimmert auf dem Haar des Kindes. Ein Rabe hockt auf einer urnenähnlichen Vase und beäugt das Mädchen Unheil verkündend.

»Was ist mit Eleanor Bentham geschehen?«, fragt Ada.

Kitty zuckt zusammen und schaut sich um. Sie scheint sich

zunehmend unwohl zu fühlen. »Diese Geschichte erzählt man lieber bei Tageslicht, Miss.«

Ada flüstert: »Dieser Nebel …«

»*Am Tage*, Miss.«

Das Mädchen nickt.

Kitty öffnet die Tür zum Kinderzimmer und wirft Ada einen unsicheren Blick zu. »Wir haben bessere Gästezimmer in Hadlow Hall, aber Lady Bentham möchte, dass Sie in diesem schlafen.«

In dem Zimmer ist es so kalt, dass Ada ihren Atem sehen kann.

Zwei Zimmermädchen entfernen Spinnweben, ein drittes ist damit beschäftigt, ein Feuer zu entfachen. Die Möbel in dem Raum sind dunkel und wuchtig, die Fenster vergittert. Die mit Pfingstrosen gemusterte Tapete sollte wohl für heitere Stimmung sorgen, ist jedoch mittlerweile schimmelig. In Regalen sitzen reihenweise Porzellanpuppen mit gehässigen Gesichtern, Bilderbücher sind wellig geworden vor Feuchtigkeit. Das Schaukelpferd bleckt höhnisch die Zähne, Mähne und Schweif sind zottig und verfilzt. An einem halb verfallenen Puppenhaus scheinen sich Mäuse gütlich getan zu haben.

Nachdem die Zimmermädchen ihre Arbeit erledigt haben, eilen sie fröstelnd hinaus.

Kitty stellt die Lampe auf den Nachttisch, dreht die Flamme auf, damit sie hell leuchtet. Dann zieht die Zofe die schweren Vorhänge zu und schlägt die Tagesdecke zurück. Die Laken riechen frisch, doch die Matratze sieht derart klumpig aus, dass sogar die Liege am Küchenherd bei Madam Bellerose Ada verlockender erscheint.

Kitty löst den Stechpalmenzweig von ihrem Kleid und legt ihn unter Adas Kissen.

»Lassen Sie die Lampe an und bleiben Sie im Bett«, flüstert sie. »Ihnen wird nichts geschehen.«

Ada schlüpft unter die Decke, die sich so kalt und feucht anfühlt wie ein frisch geschaufeltes Grab.

»Und denken Sie nur dran, Miss, morgen ist Heiligabend.« Kittys Lächeln erstirbt unversehens. Bestimmt bemerkt auch sie die dunklen Schatten in den Ecken, das seltsame Glitzern der Puppenaugen und das leichte Schaukeln des Holzpferds.

»Gute Nacht, Miss.«

Ada hört noch, wie Kitty beim Hinausgehen vor sich hin flüstert: *Behüt Sie Gott.*

~

An einem solchen Ort zu schlafen scheint schier unmöglich, doch Ada gelingt es wahrhaftig. Entweder hat Kittys Segen für Schutz gesorgt, oder der Stechpalmenzweig wirkt einen Abwehrzauber. Aber vielleicht ist Ada durch die Ereignisse dieses Tages auch einfach vollkommen erschöpft.

Friedlich ist ihr Schlaf aber nicht.

In ihren Träumen streift sie durch die Flure von Hadlow Hall. Allerdings erscheint ihr diesmal kein ernst blickender Engel, sie begegnet auch keinen Bediensteten oder Gästen. Ada ist mutterseelenallein in dem riesigen Herrenhaus. Sie späht in alle Räume: Bibliothek, Speisezimmer, Kinderzimmer, Gästezimmer. Als sie die breite Haupttreppe hinuntergeht, öffnet sich die Haustür zu einer im hellen Sonnenlicht glitzernden Schneelandschaft.

Ada tritt nach draußen und spaziert über den knirschenden Schnee hinunter in den Park.

Und in ihrer Hand – oh, eine goldene Kugel!

Makellos und schimmernd. Ada wirft sie zum Himmel hinauf. Strahlendes Blau, glänzendes Gold. Doch dann greift sie daneben, und die Kugel rollt weg, hinterlässt kaum eine Spur auf dem vereisten Schnee. Ada rennt hinterher, den Abhang hinunter bis zu der Steinmauer, an der knöcherne Skelette von Spalierbäumen auf den Frühling warten.

Das Tor in der Mauer steht offen.

Dahinter ist eine Landschaft zu sehen, endlos bis zum Horizont, mit glänzenden Tümpeln, niedrigen Hügeln, dürrem Schilfgras. Die Kugel rollt durchs Tor hinaus, Ada muss folgen.

Sie erwacht, als ein Zimmermädchen ein Frühstückstablett abstellt und rasch wieder hinauseilt. Ada schlüpft in das pflaumenfarbene Samtkleid und tritt zum Fenster. Draußen sieht sie die Szenerie aus ihrem Traum, nur beginnt der Schnee hier zu schmelzen, und das Tor zu den Sümpfen ist verschlossen und vernagelt. Von der Terrasse sind Stimmen zu hören. Ada öffnet das Fenster und schaut hinunter, erkennt Madam Belleroses beste Haube. Woodgate geleitet Madam galant an Eisflächen vorbei. Er scheint zu spüren, dass sie beobachtet werden, und schaut nach oben. Ada zuckt zurück, aber zu spät, denn als sie wieder einen Blick riskiert, schaut Madam Bellerose drohend zu ihr hinauf. Hinter den beiden schreitet Reverend Toop einher, lässt dabei seinen Gehstock schwingen. Lady Bentham neben ihm scheint in Gedanken verloren. Dann und wann blickt sie zum Tor hinüber oder zupft an einer vertrockneten Blüte, die sie in der Hand hält.

Und hinter Lady Bentham: eine dichte Nebelwolke.

~

Kitty hat für Ada robuste Stiefel, einen Umhang und eine alte Haube aufgestöbert, sodass sie gemeinsam spazieren gehen können. Ada bemerkt, dass die Zofe sich wieder einen Stechpalmenzweig angesteckt hat.

Unterhalb der Terrasse zeigt Ada hinüber zu dem Tor in der Gartenmauer. »Ich habe letzte Nacht geträumt, dass ich dort hinausgehe. Ist dieses Tor jemals geöffnet?«

Kitty schüttelt den Kopf. »Lady Bentham sagt, die Sümpfe dahinter seien gefährlich.«

»Sie haben versprochen, mir zu erzählen, was mit Eleanor geschehen ist.«

»Stimmt.«

Sie gehen weiter, und Ada spürt eine Kälte hinter sich, die nichts mit dem Wetter zu tun hat.

»Kitty, was hat es mit diesem Nebel auf sich? Sie sehen ihn gewiss auch, oder?«

»Der Nebel kommt von den Sümpfen herein, Miss.«

»Aber er kriecht durch Schlüssellöcher und wandert durch Flure!«

Kitty nagt an ihrer Unterlippe. »Manche Leute sehen ihn, andere nicht.«

»Und Sie? Sehen Sie ihn?«

»Ich spüre ihn eher.«

Sie umrunden das Haus und treten auf die Zufahrt hinaus. Das Mauerwerk von Hadlow Hall leuchtet honigfarben in der Wintersonne. Eine Steintreppe führt hinauf zur Eingangstür, die mit einem glänzenden Stechpalmenkranz verziert ist. Durch die Fenster im Erdgeschoss kann man in der Eingangshalle die hohe Fichte sehen, die mit Glaskugeln und Perlenband, Kerzen und Papiergirlanden geschmückt ist. Die beiden schlendern weiter und begeben sich auf einen Weg, der zu einer Kapelle führt.

Niedrig und bemoost steht sie auf einer Wiese inmitten von Schafen, denen die Besucherinnen gleichgültig sind. Kitty schiebt die schwere Holztür auf, legt hinter ihnen den Riegel um. Es ist dämmrig im Inneren, aber die Kapelle ist säuberlich gefegt und ebenfalls geschmückt. Auf dem Altar stehen Gläser mit Zweigen, am Ende jeder Gebetsbank hängt ein Sträußchen aus Stechpalme und Efeu.

Kitty führt Ada zu einer Marmorplatte unterhalb eines Buntglasfensters. Farbiges Licht beleuchtet die Inschrift:

Eleanor Elizabeth Bentham
24. Dezember 1835 – 24. Dezember 1843
Geliebte Tochter von Charlotte, Lady Bentham
Für immer in den Armen ihres lieben Vaters

»Sie sind eine vom Unglück verfolgte Familie«, sagt Kitty. »Lord Bentham hatte einen tödlichen Reitunfall, als Eleanor erst ein paar Tage alt war. Lady Bentham hat das Kind allein großgezogen und es vergöttert und verhätschelt. Wie man hört, war Eleanor eigensinnig und recht widerspenstig.«

»Sie ist vor zwanzig Jahren am heutigen Tag gestorben.«

Kitty nickt. »An ihrem Geburtstag, Miss.«

»Wie ist das geschehen?«

»Sie ist beim Spielen in den Sümpfen umhergestreift und nie wieder zurückgekehrt. Ist sicherlich dort verunglückt, vielleicht in der Dämmerung irgendwo ausgerutscht und eingesunken. Aber ihre Leiche wurde nie gefunden.«

Ada berührt an der Grabplatte eine Marmorputte, die starr ins Leere blickt, und denkt daran, wie unterschiedlich Menschen den Tod betrachten.

»Es heißt, ihr Geist sei ruhelos«, fährt Kitty fort. »Bei Missgeschicken in Hadlow Hall gibt man ihr die Schuld. Manche behaupten, Eleanor würde gemeine Streiche spielen.«

»Was denn zum Beispiel?«

»Ach, Türen knallen, glühende Kohlen aus dem Kamin werfen, die Hausmädchen zum Stolpern bringen und mit den Flaschen im Keller klirren. Manche Dienstboten bleiben deshalb nicht lange.«

»Und der Nebel.«

»Ja. Der ist oft am schlimmsten.«

Ada betrachtet die Gedenktafel und überlegt, wie es wohl sein mag, ein Geist zu sein. Würde sie wie Eleanor ein eisiger wabernder Dunst werden? Oder sich mit einer Planchette ausdrücken als verwehende Stimme aus dem Jenseits? Doch wer würde ihr Fragen stellen wollen? Madam Bellerose gewiss nicht, so viel steht fest.

Spukte ein Geist nur dann, wenn Lebende nach ihm suchten? Ada denkt an den Hügel in Madam Belleroses Garten und den kleinen Straßenkehrer, der darunter ruht. Wer horcht auf seine Stimme? Auf seine Worte, seine Klopfzeichen?

»Die Leute erzählen«, sagt Kitty, »das Herz von Lady Bentham sei gebrochen beim Tod ihres Gatten und ganz zersplittert, als sie auch noch ihr einziges Kind verlor.«

»So traurig«, murmelt Ada.

Kitty nickt. »All die Jahre hat sie jeden Verehrer verschmäht und ist allein geblieben. Doch an Anwärtern mangelt es noch immer nicht.« Die Zofe wirft Ada einen wissenden Blick zu. »Mr Woodgate ist schon eine ganze Weile auf der Pirsch.«

»Er ist nicht der, der er zu sein vorgibt«, erwidert Ada zu ihrem eigenen Erstaunen.

»Das denk ich mir. Jeder Pfau schlägt sein Rad, um zu blenden«, erwidert die Zofe. »Aber wäre es denn so verkehrt, wenn sie wieder jemanden an ihrer Seite hätte? Ich glaube, deshalb hat er dieses Medium mitgebracht. Um die Toten endgültig zur Ruhe zu betten, damit die Lebenden zum Zuge kommen.«

Als sie zum Haus zurückgehen, ist Ada in Gedanken versunken. Kitty sieht sie von der Seite an.

»Was ist denn, Miss?«

Ada erwägt, ihr die Wahrheit über den Plan von Madam Bellerose und Woodgate anzuvertrauen. Aber sicher würde Kitty schlecht von ihr denken? Auch Ada war ein Teil der Täuschung, sie hatte so viele Menschen an der Nase herumgeführt.

»Gibt es für mich noch ein bisschen Stechpalme?«, fragt sie stattdessen. »Falls Nella nicht verschwinden will?«

Kitty lächelt. »Ich schneide Ihnen ein Zweigchen ab.«

~

Nach dem Spaziergang überreicht Kitty Ada ein Geschenk. Es ist ein herrliches Ding: eine Orange, mit einem goldenen

Band umwickelt und mit Gewürznelken gespickt. Das Wunderbarste daran ist, dass es eigens für Ada gemacht wurde. Das sei ein *Pomander*, sagt Kitty, und Ada erwidert, Kitty sei *extravagant*. Beide lachen.

Um ihr Geschenk ungestört zu bewundern, geht Ada damit auf ihr Zimmer. Es riecht noch immer modrig, ist aber nicht mehr eiskalt. Die Porzellanpuppen blicken weiter schnippisch und das Schaukelpferd höhnisch, aber Ada hat sich ein wenig eingewöhnt. Das Bett ist gemacht, im Kamin brennt ein Feuer, wenn auch etwas dürftig, als seien die Flammen kraftlos.

Ada geht zum Fenster und öffnet es, um zu lüften. Sie dreht die Orange in den Händen, schließt die Augen und genießt den Duft von Zitrusfrucht und Nelken. Das wird für immer ihr Duft des Glücks sein, denkt Ada.

Wäre sie achtsamer gewesen, hätte sie vielleicht gehört, dass hinter ihr heimlich die Tür geöffnet wird. Und sie hätte sich vielleicht umgedreht und die Gestalt gesehen …

Ein Schlag auf den Kopf.

Ada stürzt.

~

Die Orange entgleitet ihr und fällt aus dem Fenster, während Ada auf den staubigen Teppich sinkt. Einen Moment lang bleibt die Frucht auf dem verharschten Schnee liegen. Dann beginnt sie, über die Terrasse zu rollen, wird schneller und schneller und kullert den Abhang hinunter Richtung Tor.

~

Als Ada zu sich kommt, ist es dunkel. Sogleich nimmt sie den Geruch von Bienenwachs wahr. Zuerst glaubt sie, tot zu sein, in einem Sarg zu liegen. Doch mit ihren Armen kann etwas nicht stimmen, sie liegen nicht an ihrer Seite, sondern sind nach oben gereckt.

»Aufwachen.«

Sie riecht Portwein und Tabak im Atem von Woodgate, der durch das Gitter späht.

»Die Séance beginnt gleich«, raunt er. »Nella wird ihrer Mama brav mitteilen, dass sie im Jenseits glücklich ist und dass Mama Mr Woodgate heiraten soll, der ein famoser Kerl ist. Kapiert?«

Anstelle von Woodgates Auge erscheint jetzt Madam Belleroses Mund. »Und diesmal benutzt du die Planchette, nicht deine Suppe. Und buchstabiere gefälligst richtig.«

»Sie verstehen nicht«, sagt Ada matt. »Es gibt hier einen echten Geist im Haus.«

Der Mund zieht sich missbilligend zusammen und verschwindet.

Ein kurzes Gezischel ist zu hören.

Dann taucht das Auge wieder auf.

»Was soll das heißen?«

»Ich habe nichts in die Suppe geschrieben. Das war der Geist.«

Das Auge wird weit aufgerissen und entschwindet erneut.

Jetzt ist Murmeln zu vernehmen. Woodgate klingt ärgerlich und versucht, Madam Bellerose zu beruhigen, die sich panisch anhört.

Woodgates Stimme von draußen: »Willst du uns irgendwie reinlegen?«

»Nein! Ich lüge nie!«

»Wenn du nämlich krumme Dinger drehen willst«, erwidert Woodgate, »geschieht *das hier.*«

Er schließt das Gitter. Die Dunkelheit ist erdrückend. Viel zu viel Zeit vergeht, bevor es wieder geöffnet wird. Ada drückt die Nase an den Schlitz und atmet gierig ein.

Nervöses Murmeln draußen, dann verstummen die Stimmen, als die Tür aufgeht. Ada spitzt die Ohren. Sie hört das leise Klacken, als Madam Bellerose einen Schluck aus ihrem Flachmann nimmt. Das Scharren, als sie die Planchette mit dem Schreibstift auf dem Tisch platziert. Das Rascheln von Kleidung, als alle sich niederlassen.

Ada späht durch den Schlitz, kann die Beine der Anwesenden erkennen: Lady Benthams schwarzes Seidenkleid, Reverend Toops dürre bestrumpfte Waden, Woodgates unruhig zuckendes Knie und Madam Belleroses ausladendes Gewand.

Gewiss wirft sie gerade den Anwesenden ihr mysteriöses Lächeln zu.

Mit dieser bedeutungsvollen Stimme, die Madam Bellerose für den Umgang mit den Verstorbenen anwendet, beginnt sie zu sprechen. Sie klingt vollkommen anders, wenn sie Ada tadelt, Schweinefüße bestellt oder mit den anderen Halunken zecht. Die Regeln für die Anwesenden werden verkündet: Alle müssen sitzen bleiben und sich an den Händen fassen. Niemand darf Schreie ausstoßen oder den Kreis unterbrechen. Nur wer vom Medium dazu aufgefordert wird, darf dem Geist Fragen stellen. Die Geister, die sich durch Madam Bellerose zeigen, kennen mehrere Methoden, um sich mit den Lebenden zu verständigen: Klopfen, das Rütteln des Tischs, Schreiben. Madam Bellerose weist die Gäste auf die Planchette hin, eine geniale Gerätschaft, die es den Geistern ermöglicht, selbst zu schreiben. Sie trägt jedoch keinerlei Verantwortung für etwaige turbulente Ereignisse und Schäden an Gegenständen oder Personen, verkündet Madam und fügt hinzu, dass es nach einer Séance zur Abnahme oder Zunahme übernatürlicher Phänomene kommen kann.

»So wollen wir beginnen.«

~

Stille. Eine Ewigkeit.

Madam Bellerose steigert die Spannung. Sie atmet tief ein und langsam aus. Gleich wird sie in ihren Trancezustand fallen, die Augen kaum noch geöffnet, die Atmung flach.

Sie bittet die Geister, mit ihr in Verbindung zu treten.

~

Alles verläuft prächtig. Madam Bellerose hat mit weniger einflussreichen Geistern begonnen: einem Mönch in Kutte, der im Rhododendronhain spukt, einem liebeskranken Soldaten und einer namenlosen alten Dame, die im Salon in einem Sessel am Kaminfeuer zu verweilen pflegt. Lady Bentham erkennt in ihr die liebe Großmama. Die alte Dame gibt Ratschläge zum vernünftigen Haushalten auf dem Anwesen und übermittelt ein Rezept für Apfelauflauf. Das beeindruckt die Anwesenden nicht sonderlich, alle warten gespannt auf Eleanor.

Madam Bellerose verstummt. Schließlich sagt sie: »Da ist noch jemand, der sich aus dem Jenseits bemerkbar machen möchte. Ich kann dich nicht genau erkennen, Liebes, komm ins Licht. So ist es gut. Wen haben wir denn hier? Ein Kind?«

Lady Bentham zieht aufgeregt die Luft ein.

»Ja, Liebes?« Madam Bellerose lauscht aufmerksam. »Verrätst du uns deinen Namen? Fünf Buchstaben? Ein Name mit fünf Buchstaben also. Kannst du ihn für uns aufschreiben? Lass dir ruhig Zeit.«

Vier Augenpaare starren wie gebannt auf die Planchette.

~

Indessen weht ein Nebel in die Bibliothek und verdichtet sich rings um den Tisch. Als Ada hinausspäht, kann sie keine Beine mehr erkennen. Nur den Nebel, der so hell leuchtet, wie von Mondlicht beschienen. Fasziniert beobachtet Ada, wie eine kleine Nebelschwade durch das Gitter hereinweht. Sachte umschlingt sie Adas Arme und berührt ihre Finger, die auf dem Mechanismus für die Planchette ruhen. Ada, die nicht fliehen kann, ergibt sich dem Willen des mysteriösen Nebels.

~

Ein lachendes Mädchen mit einem zauberhaften Spielzeug in Händen. Eine goldene Kugel wie aus einem Märchen, rund wie eine Orange, schimmernd wie das Haar des Kindes im Sonnenschein. Die Sonne könnte den Schnee tauen lassen, doch es ist Heiligabend, da gehört der Schnee dazu. An ihrem Geburtstag muss Schnee liegen. Das Mädchen wirft die Kugel höher und höher. Sie kreiselt und funkelt. Das Mädchen tänzelt damit über den Rasen, den Abhang hinunter, genießt die kalte Luft an den Wangen, das Knirschen unter den Füßen. Nur ihre Fußabdrücke in dieser gefrorenen Welt. Doch dann fällt die Kugel zu Boden, rollt den Hang hinab und zum Tor hinaus, das Mädchen läuft hinterher, beachtet die Rufe der Kinderfrau und des Gärtners nicht. Hals über Kopf rennt das Kind hinaus in die Sumpflandschaft, die unter dem strahlend blauen Himmel harmlos erscheint. Die Sümpfe sind ein Ort watender Vögel, rauschender Schilfhaine, tückischer Tümpel, saugender Erde, ein Ort des Zwielichts, der jähen Angst, des Fehltritts, des Wintermonds, der tödlichen Stille.

~

Madam Bellerose fragt erneut: »Kannst du deinen Namen buchstabieren?«

Der Nebel scheint zu überlegen, Ada lächelt im Dunkeln, die Planchette setzt sich in Bewegung.

B I L L Y

~

Später hört Ada den Butler berichten, denn er stand schließlich vor der Tür, nicht wahr? Soweit er im Bilde ist, erloschen die Kerzen, nachdem der Geist geschrieben hatte, und die Planchette flog quer durchs Zimmer, wobei sie zwei der Anwesenden erwischte und dazu brachte, Sternchen zu sehen, und dem Kneifer des Reverend den Garaus machte. Fluchtartig verließen die drei die Bibliothek. Eine Lampe wurde angezündet, und der Butler betrat bangend den Raum. Am Tisch saßen strahlend und vergnügt Lady Bentham und Miss Ada, Hand in Hand.

Der Arzt wurde gerufen. Das Medium aus London hatte die Schneidezähne eingebüßt und Mr Woodgate eine gebrochene Nase davongetragen. Seine Wortwahl war nicht die eines feinen Herrn. Ihre Wortwahl war nicht die einer feinen Dame. Das Paar wurde strengstens aufgefordert, umgehend abzureisen.

Am Weihnachtsmorgen, als nachts frischer Schnee gefallen ist und über der glitzernden unberührten Welt die Sonne am strahlend blauen Himmel steht, spazieren Ada und Lady Bentham durch den Park zu dem Tor in der Mauer. Der alte Gärtner folgt ihnen. Ada muss nicht fragen, ob er der gleiche Mann ist, der versuchte, die eigensinnige Nella aufzuhalten, als sie ihrer goldenen Kugel nachlief. Er nickt Ada zu, als würde er sie kennen.

Lady Bentham gibt die Anweisung, der Gärtner öffnet das Tor.

Lady Bentham schaudert, als sie über die vereisten Sümpfe blickt, aber Ada ergreift ihre Hand. Trotz des frischen Schnees kann das Mädchen die Spur noch erkennen.

Das Ding, nach dem sie Ausschau halten, ist erstaunlich weit gerollt. Lady Bentham meint, Ada habe außergewöhnlich gute Augen, dass sie es vom Fenster des Kinderzimmers aus erkennen konnte. Sie murmelt, sie habe das goldene Band schimmern sehen. Die Duftorange wird wieder in ihre Hände gelegt, der Fundort sorgfältig markiert. Der Küster und die mutigsten Diener werden bei Tauwetter Ausschau halten.

In der Eingangshalle werden acht Kerzen am Weihnachtsbaum angezündet, eine für jedes Lebensjahr von Eleanor.

Ada und Lady Bentham arbeiten in geselligem Schweigen in der Bibliothek. Es gibt viel zu tun. Ada hat mit der Planchette am Séancentisch geübt. Veränderungen wurden für sie vorgenommen, es gibt kein Geheimfach mehr. Lady Bentham sitzt an ihrem Sekretär und verfasst eine Abhandlung über den Kontakt mit dem Jenseits, die Reverend Toops Werk widerlegt.

Es klopft leise, Kitty kommt herein. Sie trägt noch immer einen Stechpalmenzweig am Kleid, obwohl alle wissen, dass man damit Geister nicht fernhalten kann. Doch Kitty sagt, sie fühle sich wohler damit.

»Der Küster ist eingetroffen, Mylady.«

Lady Bentham legt ihren Füller beiseite und erhebt sich etwas steif. Sie ist gealtert, während sie auf den Frühling wartete. Als sie die Hand nach Ada ausstreckt, tritt das Mädchen zu ihr. »Vielleicht wird sie uns verlassen.«

»Das mag wohl sein.«

Lady Bentham nickt. »Dann bin ich bereit. Und du, Ada Lark? Wirst du noch ein Weilchen spuken?«

Ada lächelt.

Kitty hält hinter ihnen etwas länger die Tür auf, obwohl es ein klarer, nebelloser Tag ist in Hadlow Hall.

JENKIN

Catriona Ward

SEINEN NAMEN HABE ICH ihm als Kind gegeben. Wie ich darauf kam, weiß ich nicht mehr. Vielleicht kannte ich damals einen Kater oder einen Handwerker, der so hieß. Ich bin nicht wie Vera, die unsere Gärtner anhimmelte und sich an jeden erinnern kann. Wer Jenkin ist und wo er herkam, ist mir ein Rätsel. Ich weiß nur, dass er mir schon mein Leben lang folgt. Ich sehe ihn aus den Augenwinkeln, wenn er an Fußleisten entlanghuscht und durch Lücken im Vorhang schlüpft. In meiner Kindheit kroch er durch die Stäbe des Schulzauns. Jetzt windet er sich zwischen den Barhockern des *Bagatelle* in Greenwich Village hindurch und meidet geschickt die Beine der Tänzerinnen. Seine weichen Pfoten hinterlassen kein Geräusch auf den rissigen Bodendielen.

Das Besondere an Jenkin war, dass er nur in Erscheinung trat, wenn ich log oder mich anderweitig unaufrichtig verhielt. War es also Jenkin, der mich zur Unwahrheit bewegte? Oder wurde er von der Unwahrheit selbst unweigerlich angelockt? Wie ein hungriges Kind an einem kalten Morgen von den Düften einer Bäckerei? Mama sagte immer, Lügen sei die schlimmste Sünde überhaupt. Vera hat, glaube ich, so gut wie nie gelogen. Aber ich muss es irgendwie immer wieder tun.

Jenkin ist etwa so groß wie eine Katze, aber sein Körper

ähnelt mehr dem eines Fischotters, ist lang, geschmeidig und gedrungen zugleich. Der Kopf gleicht dem eines Menschen, ist jedoch mit braunem Fell bedeckt. Manchmal hat das Jenkin-Gesicht eine Tierschnauze und Barthaare, manchmal eine Stupsnase wie ich.

Das mag sonderbar wirken, aber ich habe nie viele Gedanken auf Jenkin verschwendet, es sei denn, er war gerade sichtbar. Was aus der Kindheit stammt, stellen wir meist nicht infrage.

Meine Mutter starb im November 1948. Deshalb waren Vera und ich am Ende dieses trostlosen Jahres damit beschäftigt, das Haus auszuräumen, in dem wir unser ganzes bisheriges Leben verbracht hatten. Ich kann mir kaum vorstellen, dass es etwas Traurigeres gibt, als an einem kalten Novembernachmittag in Poughkeepsie die Sachen einer Toten einzupacken. Wir mussten uns beeilen, denn das Haus wurde bereits verkauft. Es war nicht weit entfernt von den Läden im Stadtzentrum, hatte einen üppigen Rasen, der von unserer Mutter liebevoll gepflegt worden war, und einen Kirschbaum, dessen Blütenpracht jedes Frühjahr so weiß erstrahlte wie der Schleier einer Braut. Sogar in der grauen leblosen Winterzeit spürte man noch, dass dieser Ort eine glückliche Geschichte hatte. Das Einzige, was den Frieden immer gestört hatte, waren die Streitereien zwischen Vera und mir. Eine Schwester zu sein ist nicht leicht. Unsere Mutter sagte manchmal verzweifelt: »Eines Tages bin ich tot, dann habt ihr nur noch euch beide.« Als wir klein waren, erschien uns das unmöglich. Aber dann war es so gekommen.

Wir versuchten, uns zu sagen, dass wir es gut gehabt hatten in dem Haus und dass jetzt eine andere Familie hier einziehen sollte, damit wieder Kinder durch die Flure flitzten. Die

Krankheit unserer Mutter hatte sich lange hingezogen. Vielleicht wünschte sich das Haus selbst ein neues Leben.

Vera und ich umklammerten die Kleider unserer Mutter und weinten. An diesem ersten Tag brachten wir nichts zustande, wir weinten nur und hielten uns in den Armen. »Ich will sie nicht gehen lassen«, schluchzte Vera und streichelte ein purpurrotes Wollkleid.

»Ich auch nicht«, erwiderte ich. »Aber uns bleibt nichts anderes übrig.«

»Was soll nur aus uns werden, Maggie?« Vera war neunzehn, zwei Jahre jünger als ich. Schon ihr ganzes Leben lang war sie eher verträumt und überließ Entscheidungen mir.

»Das haben wir doch schon besprochen«, antwortete ich energischer, als ich mich fühlte. »Wir werden das Geld vom Hausverkauf nehmen und nach New York gehen, um dort als Sekretärinnen zu arbeiten. Wir sind jung und bereit, fleißig zu arbeiten. Geschäftsleute brauchen immer persönliche Assistentinnen.«

»Aber wir können doch gar nicht Schreibmaschine schreiben. Und mit Akten kennen wir uns auch nicht aus.«

»Das lernen wir. Ich habe uns bei der Schule von Miss Alperton an der Madison Avenue angemeldet. Wohnen können wir zuerst mal bei unserer Cousine Charlotte. Nach drei Monaten werden wir alles beherrschen und uns eine Stelle suchen können. Das macht doch vielleicht auch Spaß, meinst du nicht?«

Mama war recht altmodisch gewesen, hatte Korsagen getragen, und auch in unserem Haus hatte die Atmosphäre einer vergangenen Zeit geherrscht. Aber ich sehnte mich nach Neuem. Sogar inmitten der Trauer spürte ich diese Sehnsucht in mir – nach leuchtenden Neonlichtern, Broadway-Musicals, Perry-Como-Konzerten und Spaziergängen im Central Park. All das zog mich so magisch an, dass es regelrecht wehtat.

Vera wisperte: »Charlotte schlägt mir aber immer mit dem Suppenlöffel auf die Finger.«

»Wir müssen nur so lange bei ihr wohnen, bis wir genügend gelernt haben«, sagte ich. »Dann suchen wir uns etwas Eigenes. Zwei Großstadtmädel!«

»Ich will hierbleiben, zu Hause.«

»Na, das geht aber nicht, das habe ich doch jetzt schon hundertmal erklärt.« Ich war erschöpft und gereizt, und Vera wich erschrocken zurück, als wolle ich sie schlagen. Zu viel menschliche Nähe überfordert Vera. Bei mir ist es genau umgekehrt.

Nach dem Tod unseres Vaters hatten wir festgestellt, dass er sämtliche Rücklagen in absonderliche Geschäftsideen wie zum Beispiel Zahnersatz für Hunde investiert hatte. Für ein anderes Projekt von ihm wurden im ganzen Land Waffen im Boden vergraben, für den Fall eines weiteren Bürgerkriegs. Damals war Mama bereits krank und bekam das alles gar nicht mehr mit. Wir wollten sie nicht damit belasten. Ich hatte mir immer gedacht, dass sich schon eine Lösung finden würde. Nun stellte sich heraus, dass ich sie mir selbst ausdenken musste, und ich war keineswegs sicher, ob ich es richtig machte. Ich merkte, dass es alles andere als einfach war, Familienoberhaupt zu sein und Entscheidungen für andere zu treffen. Doch als ich in Veras blasses Gesicht blickte, verstand ich, dass es auch sehr schwer sein kann, die Entscheidungen anderer zu akzeptieren. Meine Schwester tat mir leid, und ich umarmte sie. Nach kurzem Zögern legte auch sie die Arme um mich.

»Kann ich zum Kirschbaum gehen?«, flüsterte sie mir ins Ohr.

»Okay«, sagte ich so sanft wie möglich. »Aber nicht raufklettern, Vera, ist das klar?«

Der Kirschbaum stand eigentlich auf dem Grundstück der Nachbarn und ragte weit über unseren Zaun. Als wir klein waren, ärgerte sich unsere Mutter darüber, weil die Äste im Sommer einen Teil des Rasens so überschatteten, dass er dort nur spärlich wuchs. Sie wollte immer, dass die Nachbarn den Baum fällten. Doch dann freundete sich Vera mit dem Sohn an, Alec, und die beiden wurden ein Paar. Deshalb ließ Mutter schließlich von dem Thema ab. Ihre Tochter zu verheiraten war ihr wichtiger als saftiges Gras, denke ich mir.

Vera lächelte verstohlen. »Mutter erfährt es ja nicht mehr, wenn ich raufklettere. Komm schon, Maggie. Nur ein Mal. Früher hab ich das so gern gemacht. Ich versteh gar nicht, weshalb du mir das verbietest.«

»Weil der Baum alt und morsch ist«, fauchte ich. »Was du auch genau weißt. Warum bist du ständig so starrsinnig und anstrengend?«

Ich versuchte, die Bewegung in der Ecke zu ignorieren. Jenkin starrte mich aus den Schatten heraus an, mit meinem Gesicht, die Augen aber so gelb wie Butterblumen.

Vera sah so bestürzt aus, dass ich mich sofort wieder schlecht fühlte.

In dieser Nacht schliefen wir in Mamas Bett, aneinandergeschmiegt wie Katzen, den Duft ihres Parfüms in der Nase, der noch an den Laken haftete. Jedenfalls schlief Vera. Ich lag wach, starrte an die Decke, wo ich wie auf einer Landkarte alle Stationen eingezeichnet sah, die uns in diese Lage gebracht hatten.

Mama hatte nie Bedenken, Alec und Vera allein zu lassen, weil die beiden immer nur kicherten und rot anliefen. Alec war ein fröhlicher Junge. Doch dann zog er in den Krieg und sagte zu Vera, er würde wiederkommen. Das stimmte zwar, aber er war nicht mehr er selbst. Alec sprach kaum noch, sondern starrte nur auf Dinge wie einen vorbeifahrenden Bus oder die Zuckerdose. Ich habe ihn einmal gefragt, was er da machte, und er antwortete: »Ich zähle Sachen.« So versuche er, die Gedanken an den Tod fernzuhalten, sagte Alec. Er zählte Zuckerwürfel, Wolken am Himmel, die Knöpfe an meinen Kleidern. Mit den Knöpfen verbrachte er viel Zeit.

Ich habe ihn dann gefunden, als er an einem Ast des Kirschbaums hing. Auch noch auf unserer Seite, mit den Füßen über Mamas Rasen. Es war Frühling, der Baum stand in voller Blüte. Weiße Blätter hafteten an Alecs Gesicht. Ich danke Gott noch immer täglich dafür, dass Vera bei einer Freundin übernachtete und erst am nächsten Tag zurückkam. Bis dahin war Alec heruntergeholt und weggebracht worden.

Wir sagten ihr, er sei bei einem Unfall ums Leben gekommen. Vera weinte wochenlang. Aber ich war erleichtert und sah meiner Mutter an, dass sie es auch war. Alec hatte sich durch den Krieg komplett verändert. Den fröhlichen Jungen hatte es schon lange nicht mehr gegeben.

Danach sah ich jedes Mal Alecs blaurote heraushängende Zunge, wenn ich zum Kirschbaum blickte, und roch den Gestank, der aus seiner Hose drang. Ich war froh, dass Vera nichts von alldem wusste. Aber seit damals ließen wir sie nicht mehr auf den Kirschbaum klettern. *Das wars, Leute!*, wie es bei den *Looney Tunes* heißt. Wenn ich Angst habe, sage ich das manchmal laut zu mir selbst: *Das wars, Leute!*

Ich hätte so gern einen Fernseher gehabt. Ich liebe fernsehen. Im Schaufenster des Elektrogeschäfts an der Main Street war ein großes Fernsehgerät ausgestellt. Stundenlang stand ich davor in jenem letzten brütend heißen Sommer vor Mutters Tod und sah mir Kochsendungen oder Talkshows an. Vielleicht würden wir es uns leisten können, einen kleinen Fernseher zu mieten, dachte ich mir, wenn wir erst in New York waren. Die Vorfreude darauf fühlte sich beinahe an wie körperliche Lust.

Der nächste Tag war ein wenig besser; zumindest gelang es Vera und mir, mit dem Einpacken Fortschritte zu machen. Am Vormittag räumten wir die große Speisekammer aus und warfen sämtliche Einmachgläser mit Marmeladen und sauren Gurken in den Abfall. Für die neuen Eigentümer musste das Haus vollständig geleert sein.

Am Nachmittag verpackten wir behutsam das Porzellan, das nach und nach verkauft werden sollte. Ich liebe Porzellan, es kommt mir immer beinahe menschlich vor, weil es so widerständig und doch zugleich zerbrechlich ist. Wir hatten uns gerade mein Lieblingsservice mit dem Rosenknospenmuster vorgenommen, als Vera plötzlich innehielt und auf die Zeitung in ihrer Hand starrte.

»Vera«, sagte ich sanft. »Wir sollten nicht trödeln.«

»Aber schau dir mal das hier an, Maggie«, erwiderte sie und hielt einen handgeschriebenen Brief hoch, der aus der Tageszeitung herausgerutscht war.

Auf den ersten Blick kam mir die Handschrift vertraut vor. *Sandrine*, dachte ich, und mir gefror das Blut in den Adern. Ich riss Vera den Brief grob aus der Hand.

»Maggie! Was soll das?«

Als ich ihn genauer betrachtete, beruhigte sich mein Herzschlag. Der Brief stammte nicht von ihr, wie ich befürchtet hatte. Ich sah, dass er zwischen die Seiten von einem der Strickmuster geraten war, die Mama in der Tageszeitung so geliebt hatte. Wahrscheinlich hatte sie sie geistesabwesend zusammengefaltet, als sie durch irgendetwas abgelenkt wurde, und seither war der Brief hier verborgen gewesen, bis Vera mit dem Zeitungspapier das Geschirr verpacken wollte.

Laut Datum war der Brief vor einem halben Jahr geschrieben worden.

Liebe Cousine,
mir ist wohl bewusst, dass wir eine Auseinandersetzung hatten, aber ich möchte jetzt für Versöhnung sorgen. Ich habe gehört, dass es Dir nicht gut geht, und ich weiß, dass Deine Töchter keine Bleibe haben werden, wenn Du nicht mehr da bist. Verzeih mir bitte diese Direktheit, aber es ist schließlich sinnlos, sich in so einem Fall unklar auszudrücken. Ich würde also gern Vera ein neues Zuhause anbieten. Ich erwarte Deine Antwort.
Deine Cousine
Eliza Ellis

Als Absender war nur ein Postfach angegeben, Postfach 6264, Cary, im Bundesstaat Maine.

»Siehst du?«, sagte Vera. »Das ist Mama, die auf diese Weise für uns sorgt.«

»Also, ich glaube nicht …«

»Wieso habe ich gerade nach dieser Zeitung hier gegriffen? Und schau dir die Zahlen an, Maggie! Zweiundsechzig, vierundsechzig! Mama ist mit vierundsechzig gestorben. Sechs war ihre Lieblingszahl, und wir beide sind zu zweit!«

»Ach, Vera …« Es war vollkommen sinnlos, ihr zu widersprechen, wenn sie sich wieder in diese Sache mit den Zahlen verrannte. Das hatte sie von Alec übernommen, nach seiner Rückkehr aus dem Krieg.

»Sag jetzt nicht, dass ich albern bin. Bitte.« Ihre Lippen zitterten. »Wir sind nicht dazu bestimmt, Sekretärinnen zu werden, Maggie. Familie ist wichtiger.«

Ich ergriff ihre Hand. »Gut. Wir werden Cousine Eliza zumindest mal schreiben.« Ich ging davon aus, dass sie uns nicht antworten würde, bis wir in zwei Wochen unsere Zimmer an der 59th Street beziehen und unsere Ausbildung beginnen würden. Bestimmt hatte diese Cousine die Sache abgehakt, weil sie keine Antwort bekommen hatte, oder war inzwischen selbst umgezogen. Wir mussten nur die drei Cent für eine Briefmarke ausgeben, und das Ganze würde sich von selbst erledigen, sagte ich mir.

Während Vera ihren Lunch zu sich nahm, sah ich die anderen Zeitungen durch, die wir uns als Packpapier zurechtgelegt hatten. Ich fand aber keine weiteren Briefe, auch nicht von Sandrine, und war mir nicht ganz sicher, ob ich froh oder enttäuscht darüber war.

Natürlich wollte ich auch wegen Sandrine nach New York ziehen. Ich wusste, dass sie seit den Ereignissen von damals dort lebte. Allerdings ahnte ich auch, dass ich sie vermutlich nicht finden würde. Bestimmt hatte sie inzwischen geheiratet. Oder lebte vielleicht gar nicht mehr.

Zehn Tage später, während die Umzugshelfer gerade das Klavier und die letzten Wohnzimmermöbel aus dem Haus schleppten, stand ich inmitten von Staub und Lärm und las verblüfft den Antwortbrief von Cousine Eliza.

Ich hatte nicht erwartet, dass Ihr beide kommen würdet, verstehe aber, dass Vera nicht allein reisen kann. Ich werde Euch also das Geld für die Fahrt schicken.

Ich steckte den Brief in die Tasche meines Overalls und beschloss, Vera nichts davon zu sagen. Was sollte das auch nützen? Unsere Pläne standen fest, wir würden doch jetzt nicht Hals über Kopf nach Maine ziehen, um Himmels willen.

»Halt die Klappe«, sagte ich zu Jenkin, der sich zwischen den Kartons herumtrieb und zischte wie ein Wasserkessel.

Jenkin sah mich an und fauchte, und mir wurde plötzlich bewusst, dass er zum allerersten Mal Geräusche von sich gab.

Nachts wachte ich auf, weil mir jemand die Kehle zudrückte. Würgend versuchte ich mich zu befreien, aber die Finger an meinem Hals fühlten sich an wie ein Schraubstock.

»Du wolltest es mir verheimlichen«, hörte ich Veras Stimme an meinem Ohr. »Die Antwort von Cousine Eliza.«

Ich röchelte, sah Sterne und rote Funken vor meinen Augen. »Lass los«, ächzte ich. »Lass mich los.« Mir wurde schwarz vor Augen, und ich hatte schon das Gefühl, in Dunkelheit zu sinken, als die kleinen kräftige Hände meinen Hals endlich freigaben.

Vera stand von der Matratze auf, die uns als Nachtlager diente (die Betten waren am Vortag weggebracht worden), und trat ans Fenster, an dem keine Vorhänge mehr hingen. Ihre Silhouette zeichnete sich vor dem sternenübersäten Nachthimmel ab. Ich rappelte mich hoch und stellte mich zu meiner Schwester.

»Durchsuchst du meine Sachen?« Ich hörte ein merkwürdiges Brummen in meinem Kopf. »Bist du verrückt geworden? Du schnüffelst? Was fällt dir ein?« Ich versetzte ihr einen harten Stoß. Sie keuchte erschrocken und fiel nach hinten auf die harten Bodendielen.

»Vera«, sagte ich ängstlich. »O Gott, Vera, entschuldige. Das wollte ich nicht.«

Sie stemmte sich langsam hoch, rieb sich den Nacken. »Warum musst du immer lügen? Damit alle machen, was du willst?« Sie baute sich vor mir auf. »Tut mir leid, wenn ich dir wehgetan habe. Aber du hast mich zuerst verletzt. Es ist jetzt nicht mehr wie früher, Maggie. Mama ist nicht mehr da, um dafür zu sorgen, dass wir uns vertragen. Wir sind nur noch zu zweit.« Sie pikte mich mit einem spitzen Fingernagel in die Schulter. »Dafür hast du gesorgt. Und jetzt sag ich dir was: Wenn wir nicht nach Maine fahren, werde ich nie mehr auch nur ein einziges Wort mit dir sprechen. Ich werde mit dir zusammenwohnen und mit dir essen. Ja, ich werde mit dir in diesen grässlichen Kurs gehen, und vor anderen Leuten werde ich reden. Aber wenn wir dann zu Hause nur zu zweit sind, wird Stille herrschen, endlose Stille, so lange, bis du auch verrückt wirst – *genau wie ich*.«

Ich atmete tief ein. »Okay. Kompromiss?« Ich versuchte, mit dem Tonfall unserer Mutter zu sprechen. Wenn sie dieses Wort benutzt hatte, pflegte Vera sich zu beruhigen.

Sie nickte mürrisch, und ich empfand einen Anflug von Erleichterung.

»Wir gehen nach Maine«, sagte ich. »Aber nur über den Winter, okay? Wir sparen Geld. Und im Frühjahr ziehen wir in die Stadt.« Ich hielt Ausschau nach Jenkin, aber er ließ sich nirgendwo blicken. Daraus schloss ich, dass ich wohl die Wahrheit sagte.

Vera sah mich an, Vorwurf und Anklage in den dunklen Augen, und ich hielt den Atem an.

»Okay«, sagte sie schließlich. »Das ist ein gerechter Kompromiss.«

Ich spürte, wie sich die Nabelschnur, die mich mit New York verband, so schmerzhaft anspannte, dass sie schließlich zerriss. *Ich komme zu dir*, gelobte ich der Stadt. Ich würde nicht zulassen, dass mich der Norden festhält. Denn ich ahnte natürlich, dass Vera genau darauf abzielte – wenn wir erst einmal dort waren, würden uns hundert Hindernisse davon abhalten zurückzukehren.

»Ich hasse große Städte.« Vera begann zu weinen. »Da sind die Menschen zusammengepfercht wie Sardinen in einer Büchse.«

»Oh«, sagte ich erschrocken. »Bitte weine nicht. Komm, lass uns unter die Decke kuscheln, es ist kalt.«

Dankbar und fröstelnd schmiegte sie sich an mich.

~

Am Bahnhof herrschte ein Riesentumult. Wir nahmen unsere Plätze ein und packten unsere Sandwiches aus. Eliza hatte nur das Geld für die Fahrkarten geschickt, den Speisewagen konnten wir uns nicht leisten. Ich tastete nach dem Päckchen aus Zeitungspapier in meiner Handtasche. Ein Souvenir aus unserem alten Leben hatte ich verdient, fand ich, und wenn die neuen Besitzer des Rosenknospengeschirrs merkten, dass eine Tasse fehlte, würden wir schon weit weg sein.

Während der Fahrt saß Vera still und aufgerichtet da und schaute nach draußen auf die vorüberziehende Landschaft. Ich spürte den aufgewühlten Zustand meiner Schwester. In einer Woche war Weihnachten, das wir zum ersten Mal nicht zu Hause verbringen würden – weil wir gar kein Zuhause mehr hatten.

»Maggie«, sagte Vera, als wir durch New Hampshire fuhren, »ich habe dich nie gefragt, wie Alec eigentlich genau ums Leben gekommen ist. Aber ich möchte, dass du es mir erzählst.«

Ich sah sie überrascht an.

»Mama ist nicht mehr da, wir sind jetzt die Erwachsenen«, fuhr sie fort. »Deshalb will ich mich auch so benehmen. Und das bedeutet für mich auch, dass man Dingen nicht ausweicht.«

»Die Einzelheiten sind nicht wichtig, Vera«, sagte ich leise und ergriff ihre Hand, um mein Ausweichen zu überspielen. »Es tut mir leid. Aber der Krieg war schuld. Er hat so viele Menschenleben gekostet, selbst als er bereits vorbei war. Und du bist wirklich schon sehr erwachsen.«

Etwas zupfte an meinem Rock. Unter meinem Sitz kam eine braune Pfote hervor und schlug die Krallen in den Wollstoff. Das beunruhigte mich nicht sonderlich, sondern etwas anderes. Ich konnte den schmutzigen Holzboden unter meinem Fuß sehen. Ich konnte durch meinen Schuh und meinen Fuß *hindurchschauen*, als sei er so durchsichtig wie Glas.

Ich schrie und riss mich los. Die Pfote verschwand.

»Maggie, was ist?«, rief Vera entsetzt aus.

»Mein Rock ist an einem Nagel hängen geblieben«, antwortete ich und beugte mich vor. Jenkin hockte unter meinem Sitz, die Augen leuchteten schwefelgelb.

»Nicht alle Lügen sind schlecht«, zischte ich, durch das Rattern des Zuges unbemerkt.

An einer kleinen Bahnstation hinter Portland legten wir einen Halt ein. Alle Fahrgäste stiegen aus und spazierten auf dem Bahnsteig umher. Ihr Atem bildete weiße Wölkchen in der kalten Luft. Die Landschaft ringsherum bestand aus Schilf, Seen und dem Meer, das überall nach dem Land zu greifen schien. Im Sommer würde es hier zweifellos schön sein, aber unter dem lastenden grauen Himmel wirkte dieser Ort so trist und düster, als sei alles Leben aus ihm verbannt.

Dann trat plötzlich die Abendsonne hinter einer Wolke hervor und funkelte rotgolden auf dem Wasser. Der Schnee glitzerte blendend weiß. Einen Moment lang schien dieser Ort wunderschön zu sein – aber nur für diesen kurzen Augenblick, dann wurde die Welt wieder von einem Grauschleier verhüllt.

Vera und ich gingen zu den Toiletten am Ende des Bahnsteigs. Vor dem Damenklo stand eine Frau, die Hände in die Hüften gestemmt, als wolle sie sich Respekt verschaffen. Sie trug Wollhosen und einen langen Mantel. Ich erinnerte mich vage, sie im Zug gesehen zu haben. Ein Gepäckträger wartete in der Nähe, schien sich neben der Örtlichkeit unwohl zu fühlen.

»Dadrin wird gerade sauber gemacht«, erklärte die Frau. Wir verstanden sie nicht gleich und baten sie, ihre Worte zu wiederholen, denn sie hatte einen eigenartigen Akzent.

»Oh«, sagte Vera betreten. »Na, wir können warten.«

Dann sagte die Frau: »Die Toilette ist kaputt, wird repariert.«

»Ich dachte, sie wird gesäubert?«, fragte ich scharf.

»Funktioniert nicht.«

In diesem Augenblick zerriss ein Schrei die Luft, wie ich ihn noch nie gehört hatte. Er klang kaum menschlich, so schrill und hoch war er, und bohrte sich wie eine Nadel ins Ohr. Dieser markerschütternde Laut kam aus der Toilette. Die Frau hämmerte mit beiden Fäusten an die Tür. »Liebling, lass mich rein!«, schrie sie. »Ich kann dir helfen! Lass mich rein!« Doch der Schrei wurde nur noch gellender und lauter, bis ich dachte, mein Schädel würde gleich platzen. »Billy!« Die Frau wandte sich zu dem Gepäckträger. »Brechen Sie die Tür auf, schnell!« Der Mann warf sich mit Wucht gegen die Holztür. Die Szene erschien mir plötzlich wie in einem Theaterstück, in dem man irgendwann merkt, dass Figuren, die zunächst wie Fremde erschienen, sich in Wirklichkeit kennen.

Ich fasste Vera am Arm und führte sie weg, zum Zug zurück. Das grelle unmenschliche Kreischen verfolgte uns durch die kalte Winterdämmerung, dann hörte man das Krachen und Bersten, als die Tür zerbrach. Es erschien mir zu gefährlich, mich noch einmal umzudrehen.

~

Am Bahnhof in Augusta wurden wir mit einem Studebaker abgeholt, einem Auto, das ich wunderschön finde. Die Frau, die ausstieg, um uns mit dem Gepäck zu helfen, schien etwas jünger zu sein als unsere Mutter. Sie wirkte kraftvoll, hatte graues Haar und trug Hosen, wie es offenbar hier im Norden üblich war. »Ich bin eure Cousine Ellis«, sagte sie freundlich. »Eliza finde ich so umständlich. Ist euch kalt, Mädels? Auf der Rückbank liegen Decken.«

Während sie unser Gepäck in den Kofferraum lud, pfiff Ellis vor sich hin, und ich lächelte in mich hinein, weil ich das irgendwie vorhergeahnt hatte.

Die Ledersitze waren weiß und rot, im Radio lief heitere Musik. Ellis fuhr sehr schnell, trotz der vereisten Straßen, und als ich protestierte, erwiderte sie nur: »Wir müssen vor dem Schneesturm nach Hause kommen«, und pfiff munter weiter. Als wir uns von der Stadt entfernten, verloren wir den Sender und hörten nur noch Rauschen. Ellis stellte das Radio aus. Auf einmal war es sehr still im Auto, während wir die Küstenstraße entlangrasten und im Westen die Sonne unterging, ein schmaler goldener Streifen über dem Meer.

~

Cary sitzt, einer Erbse auf einer Messerspitze gleich, am innersten Zipfel einer Reihe schmaler Buchten, die scharfkantig an der Küste von Maine aufeinanderfolgen. Als wir durch den Ort fuhren, sahen wir einige Häuser mit erleuchteten Fenstern, aber ringsum war bald nur noch Dunkelheit.

Schließlich fuhr Ellis zwischen zwei Torpfosten hindurch und eine Schotterstraße entlang. Aus den Fenstern des großen Hauses am Ende der Zufahrt strahlte warmes Licht, an der Tür hing ein Kranz aus Tannengrün. In der Eingangshalle stand neben dem Treppenaufgang ein festlich geschmückter Weihnachtsbaum. Vera quiekte entzückt.

»Ihr seid bestimmt müde«, sagte Ellis. »Ich zeige euch eure Zimmer.«

»Wir wollen uns das Zimmer teilen«, sagte Vera. »Das sind wir so gewohnt.«

»Kommt nicht infrage. Ihr seid ja schon junge Damen und braucht euren eigenen Raum.«

»Wir wollen ein Zimmer zusammen«, erwiderte ich fest.

»Sechzehn Stufen«, flüsterte Vera mir zu, als wir Ellis nach oben folgten. »Das ist eine Glückszahl, Maggie!«

Auf der Tapete leuchteten gelbe Blumen, die beiden Einzelbetten waren mit hellgelber Wäsche bezogen. Schwere golden glänzende Brokatvorhänge säumten die Fenster. Vera und ich blieben eingeschüchtert stehen, als wir das Zimmer betraten. Alles hier war aufeinander abgestimmt, und wir fühlten uns vollkommen fehl am Platz.

Nachdem Ellis sich verabschiedet hatte, packte ich die Teetasse mit dem Rosenmuster aus. Ich stellte sie auf die Frisierkommode, eine Erinnerung an unsere hübsche liebevolle Mutter und unser einstiges Zuhause. Dann legten Vera und ich uns zusammen in eines der beiden Betten, umklammerten uns und fielen in einen unruhigen Schlaf.

~

Sandrine und ich waren in einer Außentoilette eingesperrt. Ich sah, wie der Boden sich langsam anhob und der Decke näherte. Die Tür ließ sich nicht öffnen, wir schrien, aber niemand befreite uns. Bald konnten wir nicht mehr aufrecht stehen, mussten den Kopf zur Seite legen. Dann wurden wir geknickt und zusammengedrückt, und als Decke und Boden aufeinandertrafen, wurden wir zerquetscht. Ich hörte das Knacken, als Sandrines Knochen brachen.

Ich wachte auf, weil jemand laut schrie, und merkte dann, dass ich es selbst war. Vera rüttelte mich an der Schulter, die Sonne schien durch die Fenster. »Alles ist gut«, wiederholte Vera immer wieder. Ich streckte mich vorsichtig, unendlich erleichtert, mich frei bewegen zu können.

An diesem Morgen war Cary House in strahlendes Nordlicht getaucht, das für diese Gegend typisch ist. Jetzt bei Tage sahen wir, dass das Haus auf einem Kliff erbaut worden und an drei Seiten vom Ozean umgeben war. Es gab keinen Strand, nur einen Anlegeplatz an einem Felsen, an den die Wellen gischteten.

Als wir nach unten kamen, fanden wir Ellis in einem sonnendurchfluteten Esszimmer vor. Sie schien schon ohne uns angefangen zu haben, den Krümeln und Klecksen von Blaubeergelee auf ihrem Teller nach zu schließen.

Ellis wies auf unsere Plätze, und wir ließen uns zögernd nieder. Zum ersten Mal mit jemandem gemeinsam zu essen ist eine intime Angelegenheit, vor allem beim Frühstück, wenn alle noch verschlafen sind.

Ellis reichte mir eine Zeitung, und ich blätterte sie gedankenverloren durch.

»Warum machst du das immer so, Maggie?«, fragte Vera unvermittelt.

»Was?«

»Die Zeitung so durchzublättern, bevor du sie richtig liest.«

»Weil ich sonderbar bin, wahrscheinlich.«

»Ich finde, Sprechen beim Frühstück behindert die Verdauung«, verkündete Ellis, worauf ich mich dankbar in Schweigen hüllte. Eine Weile war nichts zu hören außer Kaugeräuschen.

Als Vera den letzten Rest von ihrem Brötchen verspeist hatte, nickte Ellis, als habe sie darauf gewartet.

»Ihr werdet euch nützlich machen wollen«, erklärte sie. »Habt ihr schon einmal Brennholz gespalten?«

Wir schüttelten betreten den Kopf.

»Dann müsst ihr das lernen. Ihr seid schließlich kräftige junge Frauen! Theo wird es euch beibringen. Wie sieht es mit Nähen und Stopfen aus?«

Veras Augen leuchteten auf. »Das kann ich gut.«

Ich schaute auf meine Hand, und einen schrecklichen Moment lang kam es mir vor, als könnte ich darunter die Butterdose und das bunte Tischtuch erkennen. »Ich verschwinde«, murmelte ich.

»Was?« Ellis beäugte mich scharf.

»Ich werde lernen, Brennholz zu spalten«, sagte ich.

Ein rotwangiger junger Mann um die zwanzig streckte den Kopf herein und lächelte freundlich. »Soll ich abräumen?«

»Ja, bitte, Theo«, antwortete Ellis. »Und dann nimm Maggie hier unter deine Fittiche. Sie muss einiges lernen, damit sie mit anpacken kann.«

~

Theo erwies sich als brauchbarer Lehrer.

»Nicht auf die Spitze des Holzscheits zielen, sondern auf die Unterseite«, erklärte er. »Als sei es schon zerteilt, verstehst du?«

»Danke. Wie ist Ellis denn so?«

»Meine Chefin, meinst du? In Ordnung. Ist immer gerecht.«

Ich gab auf. Männer können einfach keine Menschen beschreiben. Nur Frauen können das richtig.

Das Beil spaltete das Holzscheit beim ersten Hieb, das verletzliche weiße Innere kam zum Vorschein. *»Das wars, Leute!«*, rief ich aus.

~

Zufrieden mit meinem Erfolg, schleppte ich das Brennholz in den Lagerraum. Ich war verschwitzt, meine Haare sahen aus wie ein Vogelnest, aber ich fühlte mich so wohl wie seit Monaten nicht. Vielleicht hatte Vera recht, vielleicht würde uns der Aufenthalt hier tatsächlich guttun.

Ich warf das Holz auf den Stapel Scheite und wandte mich zum Gehen, als ich ein unheimliches Geräusch hörte. Hier endeten einige Heizungsrohre, die durchs Haus verliefen, und sie schienen Stimmen zu übertragen. Sie klangen blechern und hohl, aber es waren eindeutig Ellis und Vera, die sich im Wohnzimmer unterhielten.

Lautlos trat ich näher zu dem Rohr.

»Sie fehlt mir schrecklich«, sagte Vera. »Maggie will nie darüber sprechen, weil sie denkt, *sie* sei jetzt meine Mutter. Aber das ist sie nicht!«

»Das tut mir leid.« Ellis hörte sich traurig an. »Als meine Mutter starb, fühlte sich das für mich an wie eine klaffende Wunde.«

»Früher haben wir uns gut verstanden, aber jetzt sieht Maggie nur noch so aus …« Ich wusste, dass Vera jetzt meine Miene imitierte, was ich hasste. Ein paarmal hatte ich sie dabei erwischt, wie sie das hinter meinem Rücken machte.

Ellis lachte. »Ach, komm schon. Sie hat doch bestimmt Freundinnen, oder?«

»Nein, eigentlich nicht«, antwortete Vera. »Sie hatte Schwierigkeiten an der Schule, da gab es irgendeinen Vorfall, aber ich weiß nicht, was es war. Sie hat ja nie Freundschaften geschlossen. Und hatte auch keinen Verehrer, im Gegensatz zu mir.«

»Du bist ein sehr hübsches Mädchen«, sagte Ellis. Dann herrschte eine Zeit lang Schweigen, während sich die beiden wohl mit ihren Näharbeiten beschäftigten.

»Hör zu, Vera«, sagte Ellis dann plötzlich. »Du darfst dich nicht zu sehr auf Maggie verlassen oder sie dir gar zum Vorbild nehmen, verstehst du?«

»Warum?«

»Weil sie widernatürlich ist. Hat eure Mutter jemals ein Mädchen namens Sandrine erwähnt?«

»Nein.«

»Ach so«, sagte Ellis betreten. »Einerlei. Deine Mutter hat einmal darüber gesprochen, aber vielleicht habe ich das auch falsch verstanden.« Mein Herz pochte wie wild. Es stimmt, dass der Lauscher an der Wand seine eigene Schand hört, aber das hier war noch schlimmer. Ellis wusste Bescheid über mich.

Ich horchte angestrengt, aber entweder waren die beiden in ein anderes Zimmer gegangen oder erneut in Schweigen verfallen, denn jetzt herrschte Stille.

Plötzlich hörte ich ein Scharren, als sich ein widerwärtiger brauner Schwanz aus dem Brennholzhaufen hervorschlängelte und die Form eines Fragezeichens annahm.

»Ach, lass mich in Ruhe«, sagte ich. »Ich habe nur gelauscht, das ist doch was ganz anderes als lügen.«

Jenkin grinste. Seine spitzen Zähne glänzten weiß, die gelben Augen leuchteten im Halbdunkel. Und ich sah, dass meine Hand, mit der ich mich an der Wand abstützte, einen Moment lang durchsichtig war, nur der Umriss war zu erkennen. Ein eiskalter Schauer lief mir über den Rücken.

»Was geschieht mit mir?«, fragte ich leise. Eine Antwort erwartete ich natürlich nicht.

»Daran bist du selbst schuld, Maggie.« Die Stimme schien aus der Luft zu kommen, den ganzen Raum zu erfüllen. Sie klang sanft, als spräche ein gütiger Großvater. Verstört fragte ich mich, wo sich hier ein alter Mann verstecken könnte, als ich sah, dass sich Jenkins Schnauze zu den Worten bewegte.

Ich keuchte erschrocken und wich zurück. »Ich wusste nicht, dass du sprechen kannst«, sagte ich schließlich.

»Konnte ich bislang auch nicht.« Die gütige Stimme drang in mich ein, schien mein Inneres zu erfüllen. Es war grauenhaft. »Aber mit jeder deiner Unehrlichkeiten werde ich stärker. Und du wirst immer weniger. Bald wird nichts mehr von dir übrig sein.«

»Und was passiert als Nächstes?«

»Ich werde dich ersetzen«, antwortete Jenkin, leckte sich eine Pfote und strich sich damit über den Kopf wie eine Katze.

In diesem Moment bemerkte ich, dass sich Jenkins haariges Gesicht verändert hatte. Sein Kinn war schmaler geworden, und an seiner Wange sah ich einen dunklen Fleck, geformt genau wie mein Muttermal an dieser Stelle.

Ich schrie und rannte hinaus, schlitternd auf dem vereisten Boden.

An Weihnachten war es düster und stürmisch. Ellis schenkte uns beiden einen Stickrahmen, und sie bekam von Vera selbst gestrickte Handschuhe. Da ich nicht stricken konnte, hatte ich für niemanden ein Geschenk.

Der Christbaum war üppig geschmückt mit Goldkugeln und schimmernden Bändern. Solche Pracht hatte es bei uns zu Hause nie gegeben. Mama hatte das Fest lieber schlicht gefeiert, mit Plumpudding zum Beispiel.

Theo erwies sich als exzellenter Koch: Die Gans war vorzüglich, dazu gab es eine Salbei-Orangen-Soße und ausgezeichneten Wein. Mit mir sprach niemand, aber ich hätte es auch gar nicht bemerkt, weil ich in Gedanken mit Jenkin und seinen Worten beschäftigt war. Immer wieder bildete ich mir ein, seine spitzen Ohren an der Tür oder hinter dem Sofa hervorragen zu sehen.

»Alles in Ordnung, Maggie?«, hörte ich Ellis wie aus weiter Ferne fragen, als ich mir zum dritten Mal ans Knie fasste, um zu testen, ob ich noch da war.

Jenkin konnte mich doch nicht wirklich ersetzen, oder? Aber andererseits war es auch ein Ding der Unmöglichkeit, dass ein sprechender Otter mit meinem Gesicht auftauchte, sobald ich ins Lügen verfiel, nicht wahr? Ich hoffte inständig, dass ich vielleicht an einer Form von Wahnsinn litt oder gemütskrank war. Bis zu diesem Zeitpunkt hatte ich mir kaum Gedanken über Jenkin gemacht. Da ich zuvor kein Wort mit ihm gesprochen hatte, war es auch einerlei gewesen, ob er tatsächlich existierte oder nicht. Er war für mich nicht realer gewesen als meine Gedanken an Sandrine an einem warmen Sommerabend – und ebenso sinnlos.

Nicht zum ersten Mal wünschte ich mir, dass Mama erscheinen und meine Probleme lösen würde. Doch dann fiel mir ein, was sie Ellis über mich erzählt hatte, und einen Moment lang war ich so rasend wütend auf meine tote Mutter, dass ich fast in Ohnmacht gefallen wäre.

Der Tag schien kein Ende nehmen zu wollen, wie das an Weihnachten häufig ist. Am frühen Abend verabschiedete sich Theo und machte sich auf den Weg zu seinen eigenen Festlichkeiten. Vera klimperte ein bisschen auf dem kleinen Flügel, und wir sangen langweilige Weihnachtslieder. Gegen acht Uhr beschloss ich, mich zurückzuziehen. Vera und Ellis saßen auf der Couch mir gegenüber und unterhielten sich mit gedämpfter Stimme. Durch das Fenster sah ich in der Ferne über dem Wasser die Lichter von Cary leuchten.

»Ja, du kannst nach oben gehen«, sagte Ellis, ohne mich anzusehen. Dann wandte sie sich wieder Vera zu und fuhr leise fort: »Ich habe mir immer schon eine Tochter gewünscht, der ich das alles hinterlassen kann.«

Ich ging auf unser Zimmer. Doch dort fand ich nur noch Veras Sachen vor. Meine Kleider, meine Bürste, meine Bücher – alles war verschwunden.

Sofort rannte ich nach unten.

»Ach so, ja«, sagte Ellis. »Ich finde, es ist höchste Zeit, dass jede von euch ein eigenes Zimmer hat. Ihr könnt den Platz doch bestimmt gebrauchen. Du bist jetzt im blauen Schlafzimmer, Maggie.«

»Aber ich will nicht ohne Vera schlafen«, wandte ich ein.

»Ihr beiden müsst mehr Abstand haben«, erwiderte Ellis ruhig. »Vielleicht ist diese übertriebene Nähe sogar der Grund, warum du so anders geworden bist, Maggie. So oder so: Du bist Gift für deine jüngere Schwester. Deshalb wird sie hierbleiben, und du wirst dieses Haus verlassen.«

»Aber wohin soll ich denn gehen?«, fragte ich perplex. Mein Magen fühlte sich so flau an wie nach einer Karussellfahrt auf dem Jahrmarkt.

»Das ist nicht meine Sache«, antwortete Ellis knapp.

»Augenblick mal«, warf Vera ein. In ihren Augen schien etwas zu lodern. »Du willst Maggie wegschicken?«

»Es ist doch nur zu deinem Besten«, sagte Ellis. »Sollte deine Schwester sich widersetzen, fühle ich mich gezwungen, die Behörden über ihre Eigenart zu informieren.«

»Wir bleiben beide«, beharrte ich verzweifelt.

»Du bist hier nicht willkommen, Maggie«, entgegnete Ellis. »Theo wird dich morgen nach Augusta zum Zug bringen.«

»Ich gehe nicht«, insistierte ich. »Ich werde Vera nicht alleinlassen.«

»Doch, geh lieber, Maggie«, sagte Vera. Ihr Gesicht war verschlossen. »Du lügst ohnehin ständig, ich kann dir das ansehen.«

»Tu das nicht, Vera!« Angst und heißer Zorn erfassten mich.

»Und warum nicht?«, schrie sie.

»Ich habe immer nur versucht, dich zu beschützen!« Aus Gewohnheit schaute ich mich um, aber Jenkin war nirgendwo zu entdecken. »Können wir reden? Unter vier Augen?«

»Nein«, antwortete Vera. Mir wurde glühend heiß vor Scham. Vor anderen zu streiten fand ich beinahe so intim, wie gemeinsam zu frühstücken.

Ich packte Vera am Arm und zerrte sie rasch aus dem Wohnzimmer.

»Was machst du da?«, schrie Ellis und lief uns nach, aber ich knallte ihr die Tür vor der Nase zu und drehte den Schlüssel im Schloss um.

Vera fauchte mich erbost an, aber ich ließ sie nicht los. »Ich muss mit dir sprechen«, sagte ich entschieden. Drinnen hämmerte Ellis an die Tür und kreischte so schrill unsere Namen, dass ich keinen klaren Gedanken fassen konnte. »Und zwar draußen.«

Die Brandung und das Donnern der Wellen auf den Felsen waren ohrenbetäubend. Entlang der Küste tobte der Sturm, es würde eine unruhige Nacht werden. Die kahlen Äste der Birken peitschten im Wind, und auch hinter dem Haus war der Boden so hart gefroren wie Stein. Unser Atem bildete dichte weiße Wolken in der Luft.

Vera riss sich los. »Sag, was du zu sagen hast.«

Doch ich stand nur da wie betäubt.

»Das habe ich mir gedacht«, bemerkte Vera. »So ist das immer bei dir: jede Menge mysteriöse Andeutungen, aber nichts dahinter. Weißt du, dass Ellis mich in ihrem Testament als Erbin eingesetzt hat? Dich aber nicht.«

Ich hatte schon oft überlegt, ob Vera womöglich eine eigene Version von Jenkin hatte. Aber sie danach zu fragen wäre viel zu intim gewesen, selbst unter Schwestern. Falls sie einen Jenkin hätte, würde er ihr aber wahrscheinlich die Wahrheiten anderer Menschen zeigen, nicht ihre eigenen Lügen. Vera lügt nie.

»Ellis liebt mich«, sagte sie jetzt. »Warum willst du mir das wegnehmen, Maggie? Du hast seit Mamas Tod kaum mit mir gesprochen. Dabei haben wir uns früher so gut verstanden. Aber du hast dich mir gegenüber abgeschottet – das fing sogar schon an, bevor Mama gestorben ist. Seit Alec nicht mehr da ist, bist du so seltsam fern, gar nicht wie meine Schwester.«

»Ich … Vera, ich …« Ich verstummte und starrte sie hilflos an.

»Na schön«, zischte Vera. »Ich will dich nie wieder sehen. Und ich behalte die Teetasse mit dem Rosenmuster.«

Ich konnte mich nicht daran erinnern, mich auf sie zubewegt zu haben, aber im nächsten Moment biss ich sie in den Arm. Vera schrie und schlug mir auf den Kopf. Wir rissen uns gegenseitig an den Kleidern und Haaren. Sie haute mir auf die Nase, und ich bog ihren kleinen Finger nach hinten, bis sie weinte. Wir rollten auf der kalten Erde herum, knurrten und wüteten wie zwei Kampfhunde.

Schließlich ließen wir keuchend und erschöpft voneinander ab.

»Wer ist Sandrine?«, fragte Vera mit stählerner Stimme.

»Ich weiß nicht, was du meinst.« Im erleuchteten Fenster der Eingangshalle erschien Jenkins Gesicht. Er lachte, und ich sah, dass in seinem Maul jetzt meine Zähne mit den überlappenden Schneidezähnen aufblitzten. »Okay«, sagte ich wütend. »Ich erzähls dir.«

Ich rappelte mich hoch und hielt Vera die Hand hin, die sie nach kurzem Zögern ergriff.

»Mir ist kalt«, sagte sie.

»Ich weiß, wo wir hingehen können.«

~

Vera sah sich misstrauisch in dem Lagerraum um, ließ sich dann aber auf einem Baumstumpf nieder.

»Sandrine ist das Mädchen, das uns früher Milch und die Zeitung gebracht hat«, erklärte ich. »Ich war achtzehn, du sechzehn. Alec war gerade aus dem Krieg zurückgekommen.«

Vera nickte. »Ich erinnere mich an das Mädchen, wusste aber den Namen nicht mehr. Sie hatte schwarzes Haar.«

»Ja. Sie war aus Frankreich geflüchtet.« Ich holte tief Luft. »Wir schrieben uns heimlich. Die Briefe haben wir in den Zeitungen versteckt, die sie auslieferte.«

»Aber warum habt ihr sie versteckt?«

»Aus Spaß.« Ein großes gelbes Auge spähte aus einer Lücke im Brennholzstapel hervor. Jenkin blinzelte. »Nein, nicht aus Spaß. Wir … mochten uns sehr gern, fürchteten aber, dass Mama etwas dagegen haben würde.«

Veras Blick war so starr wie der einer Schlange. »Widernatürlich«, flüsterte sie. »Wie Cousine Ellis gesagt hat.«

»Das Wort hat Alec auch benutzt.« Mir wurde schwindelig. »Er hatte einen unserer Briefe gefunden. Sagte, er würde uns an niemanden verraten, wenn Sandrine und ich ihn im Dunkeln unter dem Kirschbaum treffen würden.«

»Was wollte er denn, Maggie? Warum wollte er euch abends treffen? Selbst wir haben uns nie im Dunkeln verabredet.«

Ich schloss die Augen. Spürte erneut Alecs Hände, wie sie die Knöpfe meines Kleids zählten. Ich dachte, ich würde es niemals aussprechen können, aber irgendwie brachte ich die Worte dann hervor. »Er wollte uns wehtun, Vera.«

»Das begreife ich nicht.« Doch dann riss sie die Augen auf, und ich sah, dass sie verstanden hatte – wenigstens ungefähr.

»Er hatte ein Seil dabei«, sagte ich. »Eine Schlinge. Aber ich konnte mich befreien. Und dann …«

Ich durchlebte alles noch einmal: das Knarren des Astes, als Sandrine die Schlinge um Alecs Hals legte, das Zappeln, als wir ihn gemeinsam hochzogen. Das Seil schürfte uns die Haut an den Händen auf, und wir keuchten schwer, während wir darum rangen, nicht loszulassen. Solche Laute, wie sie Alec von sich gab, möchte ich nie mehr im Leben hören müssen. Kirschblütenblätter taumelten im Licht des Halbmonds durch die Sommerluft.

»Ich konnte nicht zulassen, dass er Sandrine verletzte«, sagte ich zu Vera. »Ich konnte nicht zulassen, dass er dich heiratete.

Dir hätte er auch wehgetan. Alec war völlig verändert, als er aus dem Krieg zurückkam, das weißt du, Vera. Irgendetwas war ihm da zugestoßen.«

»Oh, Maggie, was hast du getan?«, flüsterte Vera. Wir starrten uns eine ganze Weile wortlos an. Ich spürte, dass meine Schwester sich jetzt vor mir fürchtete. Doch dann flackerte etwas anderes in ihren Augen auf.

Ich fuhr herum, aber es war schon zu spät. Das Letzte, was ich sah, war Ellis, die Arme hoch erhoben. Etwas traf mich mit voller Wucht auf den Kopf, und ich sah nur noch Sternchen.

Als ich zu mir kam, dachte ich zuerst, ich sei wieder dort unter dem Kirschbaum, denn ich war gefesselt. Ich rang um Atem und versuchte zu schreien, aber es kam nur ein Flüstern heraus. Doch ich sah keinen Baum, keine Kirschblüten, keinen Alec. Ich war in der Speisekammer von Cary House.

»Du bist wach«, hörte ich Ellis' Stimme.

»Wo ist Vera?«

»Schläft. Sie hatte einen furchtbaren Schock.« Ellis kam zwischen Reihen von Bohnengläsern auf mich zu, zog meine Augenlider hoch und beäugte meine Pupillen. »Alles in Ordnung, du hast keine Gehirnerschütterung. Du kannst über Nacht hier drinbleiben.«

»In der Speisekammer?«

»Bis ich morgen früh nach Cary fahren und die Polizei holen kann. Du gehst ins Gefängnis.« Als ich protestieren wollte, brachte sie mich mit einer Handbewegung zum Schweigen. »Das kannst du lassen. Es gibt eine Eigenart der Rohre zwischen Wohnzimmer und Lagerraum. Sie sind beinahe wie ein Telefon. Ich habe alles gehört.«

Nach allem, was wir durchgemacht hatten, war es das, was mich jetzt zum Weinen brachte: meine eigene Dummheit, weil ich nicht daran gedacht hatte, dass diese Übertragung in beide Richtungen funktionierte.

»Ich hasse dich«, sagte ich mit erstickter Stimme.

»Du hast einen Mann getötet«, erwiderte Ellis, »und wirst dafür büßen.«

Dagegen konnte ich nichts einwenden, weil es der Wahrheit entsprach. Ich weinte noch heftiger, aber nicht aus Reue oder wegen Alec. Sondern weil ich Vera vermisste und mich davor fürchtete, die ganze Nacht in dieser Kammer eingesperrt zu sein.

Ellis beäugte mich, die Hände in die Hüften gestemmt. »Du kannst heulen, so viel du willst«, sagte sie. »Dich muss man einschließen. Damit du deiner Schwester nicht schadest. Oder anderen gesetzestreuen Menschen.«

Sie zog die Tür hinter sich zu, es wurde dunkel. Der Schlüssel im Schloss wurde umgedreht, und Ellis' Schritte entfernten sich. Ich schlug an die Tür und schrie nach Vera. Niemand antwortete. Ich schrie weiter in die Stille hinein und spürte, wie Spinnen aufgeschreckt hinter mir herumkrabbelten. Ich war ihnen beinahe dankbar dafür, weil ich nicht allein war.

Ich verlor jedes Zeitgefühl und fürchtete mich entsetzlich, sehnte mich nach etwas Lebendigem, das mir Gesellschaft leistete. Es kam mir vor, als sei ich an diesem Bahnhof in der Toilette eingesperrt. Aber niemand brach die Tür auf, um mich zu befreien.

Zittrig holte ich Luft. »Beruhig dich, Maggie«, sagte ich streng zu mir. »Angst bringt dich keinen Schritt weiter.« Dann kam mir ein Gedanke. »Ich fürchte mich nicht«, flüsterte ich. »Ich fürchte mich überhaupt nicht!«

Etwas Größeres als eine Spinne rührte sich raschelnd hinter den Mehltüten und Pflaumenbüchsen.

»Jenkin«, flüsterte ich.

»Hallo, Maggie.« Er trat aus der Dunkelheit in den dünnen Lichtstrahl, der durchs Schlüsselloch drang, und schaute blinzelnd zu mir auf. Sein Gesicht war jetzt wieder otterartig und ähnelte meinem gar nicht mehr. »Du hast dein Geheimnis preisgegeben«, sagte er säuerlich.

»Hab ich. Und damit habe ich dich besiegt.« Trotz meiner Lage empfand ich einen Anflug von Triumph.

»Ach, na ja«, erwiderte er. »Du wirst die Leute, die du liebst, bald wieder belügen. So seid ihr Menschen nun mal. Irgendwann kriege ich dich auf jeden Fall.«

Ich beugte mich so dicht zu ihm, dass ich ihn hätte küssen können. »Niemals«, sagte ich und spuckte ihm ins Auge. »Ich bin frei.«

Er jaulte, fluchte und krümmte sich.

»Ruhe dadrin!«, rief Ellis von draußen. Ich hörte das Klacken eines Lichtschalters, dann war es vollkommen dunkel. Ich fragte mich, wie es im Gefängnis sein würde. Und bedauerte mich selbst, weil ich mich zwar aus Jenkins Zugriff befreit hatte, aber jetzt mein Leben in einer anderen Form von Gefangenschaft verbringen würde.

Ich hörte seltsame Geräusche in der Dunkelheit, etwas wie rauschendes Wasser und ein ersticktes Würgen. *»Das wars, Leute!«*, flüsterte ich, bevor ich in einen unruhigen Schlaf sank, der durchdrungen war von diesen Geräuschen. Ich träumte von Kirschblüten und einem Seil.

Grelles Licht weckte mich. In einem lichtdurchfluteten Torbogen stand ein Riese. Dann trat Vera auf mich zu, legte die Arme um mich und half mir hoch. Ich fühlte mich wie steifgefroren von dem eiskalten Boden. Als ich etwas klappern hörte, dauerte es einen Moment, bis ich begriff, dass es meine eigenen Zähne waren.

»Komm raus hier, Maggie«, sagte meine Schwester.

»Vera«, stammelte ich. »Oh, Vera.« Ich umklammerte sie, und sie hielt mich eng umschlungen. Es war fast, als würde ich von meiner Mutter in den Armen gehalten.

»Wo ist Ellis?«, fragte ich ängstlich.

»Mach dir keine Gedanken. Du musst dich jetzt erst mal aufwärmen.«

Bestürzt sah ich, dass die Teetasse mit dem Rosenmuster zerbrochen war, drei große scharfkantige, spitze Scherben lagen auf dem Küchentisch.

»Tut mir leid, Maggie«, sagte Vera. »Ich weiß, dass du sie geliebt hast.« Sie hielt inne und wiederholte: »Tut mir leid.«

»Ich weiß. Mir auch.« Wir umarmten uns wieder. »Wo ist Ellis?«, fragte ich leise. Vera gab einen undefinierbaren Laut von sich, antwortete aber nicht.

Ich griff nach den Scherben. Es betrübte mich schrecklich, dass die Tasse zerbrochen war, und ich überlegte, ob ich sie wieder zusammenkleben könnte. Doch an einer der scharfen Kanten zog sich ein seltsamer rotbrauner Fleck entlang, der vermutlich nicht zu entfernen sein würde. Ich roch daran und witterte den typischen Eisengeruch von Blut.

»Wir sollten sie ins Meer werfen«, sagte Vera, die mich nicht aus den Augen gelassen hatte.

Einen Moment lang schwebte ich in der Zeit, sah, wie alle

Entscheidungen, die ich traf, sich bis in die Zukunft erstreckten. »Vera«, sagte ich. »Was hast du getan?«

»Sie wollte dich ins Gefängnis bringen, Maggie«, antwortete meine Schwester und nahm mich wieder in die Arme. Ich spürte ihren warmen Atem an meinem Ohr. »Jetzt war es meine Aufgabe, *dich* zu beschützen.«

~

Wir standen gemeinsam in der Morgensonne und warfen die Porzellanscherben in die kalten Wellen.

Hinter uns ertönte plötzlich ein Pfeifen, und Theo kam zwischen den Birken hervor. Zwei tote Hasen baumelten an seiner Hand. »Guten Morgen«, rief er uns fröhlich zu. »Wo ist Ellis?«

»Schwimmen gegangen«, antwortete Vera munter, und ich empfand eine dumpfe Traurigkeit, weil ich meine Schwester gerade zum ersten Mal hatte lügen hören.

Auf dem Rückweg zum Haus tat ich, als bemerkte ich nicht, was uns auf Schritt und Tritt folgte und sich geschmeidig zwischen den Stämmen der Birken hindurchwand. Aber Vera blieb plötzlich stehen und packte mich am Arm. »Etwas folgt uns, Maggie«, sagte sie ängstlich. »Irgendein Tier, ein Wolf oder ein Fuchs vielleicht? Meinst du, es wird uns angreifen?«

»Nein, nein«, antwortete ich beruhigend. »Uns droht keine Gefahr.« Meine Stimme klang zittrig, und ich versuchte, nicht nach hinten zu schauen, als ich Vera drängte, schnell weiterzugehen. Aber ich hatte ihn ohnehin bereits gesehen. Jenkins Kopf bestand jetzt zur Hälfte aus Veras Gesicht und zur Hälfte aus meinem. Ein blaues Auge, ein erdbraunes beobachteten uns auf dem gesamten Rückweg, und ich spürte den stechenden Blick im Nacken.

Hastig schloss ich die Haustür hinter uns. »Wir müssen schnell weg von hier«, sagte ich. »Geh nach oben, pack deine Sachen.«

Vera schüttelte den Kopf. »Aber warum denn? Mir gefällt es hier. Mach dir nicht immer so viele Sorgen, Maggie. Schau.« Sie griff nach einem Zettel auf dem Tisch am Eingang. »Bin ich nicht schlau?« Mit ihrer eleganten Handschrift hatte Ellis geschrieben, dass sie schwimmen gegangen sei.

»Wie hast du sie …?« Ich unterbrach mich, weil ich es lieber nicht wissen wollte.

»Ach, das spielt keine Rolle«, antwortete Vera leichthin. »Niemand wird Fragen stellen.« Ihr Gesicht, das ich so sehr liebte, strahlte vor Stolz und Glück. Mein Herz fühlte sich bleischwer an.

Als Vera später am Abend tief und fest schlief, ging ich nach unten in die Küche und setzte mich an den Tisch. Ich spürte, dass er ob kurz oder lang auftauchen würde. Wer oder was Jenkin nun wirklich war, konnte ich nicht ermessen. Aber ich ahnte, dass er seinen Triumph bestimmt auskosten wollte.

Und tatsächlich erschien er aus den Schatten, nahm seine neue Gestalt mit den zweifarbigen Augen an. Die linke Hälfte seines Munds bestand aus Veras schön geformten Lippen, die andere aus meinen schmalen.

»Bitte verfolge Vera nicht«, sagte ich flehend. »Das hat sie nicht verdient.«

»Ach ja?« Wieder die sanfte, weise Stimme. »Du hast mir

ins Gesicht gespuckt, Maggie. Warum sollte ich dir also jetzt einen Gefallen erweisen?«

»Bitte«, wiederholte ich. »Nur du und ich, wie immer. Lass Vera in Ruhe.«

»Du willst die ganze Lüge allein übernehmen?«, fragte er. »Bist du dir sicher? Du weißt, was der Preis dafür ist, oder?«

»Ich kann es mir denken.« Ich schloss die Augen, um nicht zu sehen, wie meine Knie durchsichtig wurden. »Wenn du einwilligst, werde ich dafür sorgen, die interessanteste Person zu werden, die du dir nur vorstellen kannst. Dein Leben wird prall und üppig sein, voll spannender Erlebnisse, Liebe, Gefahren und Freuden. Du wirst mein Leben so sehr lieben, dass du nichts anderes mehr brauchst.«

»Na schön«, sagte Jenkin lässig. »Könnte mir gefallen. Ich habe eine Schwäche für dich, offen gestanden. Vera fand ich immer viel langweiliger.«

~

Nachdem das Testament offiziell bestätigt worden war, erbte Vera alles. Ich zog nach New York, sie blieb in Maine. Ellis hatte durchaus recht gehabt – es tat uns gut, mehr Abstand voneinander zu haben.

Wir sehen uns etwa zweimal im Jahr. In Cary wird Vera mittlerweile als Erbin des Anwesens vollständig akzeptiert. Sie lebt ruhig und abgeschieden an der Küste, was sie liebt, und wird von niemandem belästigt.

Zehn Jahre sind seither vergangen, unser Leben ist ein anderes geworden. Ich wohne in einem Apartment in Greenwich Village, inmitten der Künstlerszene. Meine Begeisterung für

Perry Como empfinde ich inzwischen als peinlich provinziell. Ich liebe meine Wohnung – sie ist sehr gemütlich, mit Blick über die Bäume an der Christopher Street. Im zweiten Schlafzimmer hat Sandrine ihr Atelier.

An meinem dritten Tag als New Yorkerin haben wir uns wiedergefunden. Ich ging ins *Bagatelle*. Da saß sie mit träumerischem Blick an der Bar, den Kopf in die Hand gestützt, die Beine überkreuzt, an einem Fuß baumelte ihr Schuh. Ich berührte sie sachte an der Schulter, und sie erzitterte von Kopf bis Fuß, als würde sie von einem gewaltigen Beben erschüttert. Dann standen wir einfach lange nur da und grinsten uns beseligt an.

Es ist vielleicht nicht besonders erstaunlich, dass wir uns ausgerechnet in dieser Bar wiederfanden, in der sich Frauen unserer Art treffen. Aber es kam uns wie ein Wunder vor.

Sandrine verkauft absurd teure Keramik an Hotels und Millionäre. Ich arbeite tagsüber als Sekretärin, abends versuche ich mich als Lyrikerin. Wir haben eine liebevolle Beziehung. Jeder Augenblick unseres Lebens ist etwas Neues für uns. Wir lernen ständig dazu. Wenn ich an einem New Yorker Sommerabend am Fenster sitze und dem geschäftigen Treiben auf den Straßen lausche, während aus dem Atelier das Surren von Sandrines Töpferscheibe zu vernehmen ist, bin ich innerlich durchflutet von goldenem Licht. Manchmal hilft Sandrine mir morgens, die Haare hochzustecken, und wenn sie mit Nadeln zwischen den Lippen knurrt: »Halt doch bloß still, Marguerite, du Wilde«, denke ich, was für ein enormes Glück ich doch habe. Dann fällt mir die Szene auf dem Bahnhof in Maine wieder ein, und ich denke, dass man mit Schreien niemals etwas erreicht. Kämpfen muss man.

Seit Ellis' Verschwinden weicht Jenkin mir nicht mehr von der Seite. Sein Gesicht wird immer ausgeprägter, sein Körper menschlicher – eine schlaksige Variante von mir, die auf allen vieren geht und mich aus den Ecken unserer Wohnung mit gelben Augen aus meinem eigenen fellbedeckten Gesicht beobachtet. Aber das Gelb verblasst immer mehr, das Fell wird zusehends dünner – er ähnelt mir schon so sehr, dass ich regelmäßig bei seinem Anblick erschrecke.

Doch ich bewahre das Geheimnis, die Lüge, weiterhin für uns beide, meine Schwester und mich. Manchmal, wenn ich auf meine Hände, meine Arme, meine bloßen Füße schaue, sind sie kaum noch zu erkennen.

Der Tag wird kommen, an dem Jenkin mein Spiegelbild sein wird und ich vollständig verschwunden bin. *Das wars, Leute!* Jenkin wird mich ersetzen. Er wird meinen Platz auf der Welt einnehmen, wird mit Sandrine lachen, meine Mahlzeiten verspeisen, in unserem Bett schlafen – und ich habe solche Angst, mörderische Angst, dass niemand den Unterschied bemerken wird.

DER WITWENWEG

Susan Stokes-Chapman

Der Fächer schirmt ab vor heimlichem Wispern gemeiner Gerüchte, er vermag die Kapriolen des Herzens zum Ausdruck zu bringen.

Aus: *The Grand Magazine,*
London, November 1760

FÜR HONORIA JOSEPH, Inhaberin eines florierenden Fächergeschäfts in einer vermögenden Kleinstadt in Mittelengland, war der Dezember stets die betriebsamste Zeit des Jahres. Nach dem Nikolaustag hagelte es Aufträge, und die wenigen Angestellten mussten kräftig schuften, um die Aufträge rechtzeitig zu Lord Whitings festlichem Weihnachtsball an Heiligabend fertigzustellen. Zahlreiche Kundinnen wünschten Fächer aus Schildpatt oder Perlmutt, mit zarten Blumenmustern oder Theaterszenen auf Seide, was für Honorias exzellent ausgebildete Helferinnen ein Leichtes war. Die Stäbe wurden von den Kunstdrechslern geliefert, dann mussten nur noch die Blätter bemalt und der Stoff auf dem kostbaren Gestell festgenäht werden. Es gab auch ausgefallene Begehrlichkeiten, und ein gewisser Auftrag nahm besonders viel Zeit in Anspruch. Er war höchst außergewöhnlich, und derlei Wünsche pflegte Honoria gern selbst zu erfüllen.

Die Ladenglocke klingelte, als Honoria die schwere Tür hinter sich abschloss und den Schlüssel in ihren Pompadour steckte. Bemüht, auf den mit Raureif bedeckten Pflastersteinen nicht auszurutschen, überquerte Honoria den Marktplatz. Es herrschte reges Treiben. Um vier Uhr nachmittags brach um diese Jahreszeit die Dunkelheit herein, und in den Straßenlaternen flackerten bereits die Kerzen. Die Zuckerbäckerei von Mrs Moore war noch geöffnet, desgleichen der Hutladen von Miss Cleeve. Durch die vereisten Fensterscheiben konnte Honoria Kränze aus Efeu und duftenden Fichtenzweigen erkennen, verziert mit glänzenden roten Bändern. Auch der Spielwarenladen von Mr Berryman war weihnachtlich geschmückt. Durch das Fenster sah sie ein kleines Mädchen, das eine lockige Puppe mit lavendelblauem Satinkleid an sich drückte, während die Mutter an der Theke stand und dem Spielzeugmacher eine Münze reichte. Am Stand eines Maronenverkäufers vor dem Rathaus drängte sich die Kundschaft, und in der Ferne glitzerten die Lichter von Larkshood Manor auf dem Hügel. Die malerische Szenerie war einer Weihnachtskarte würdig, wie man sie in einem vornehmen Schreibwarenladen erstehen konnte, und ließ gewiss das Herz jedes Menschen zu dieser festlichen Jahreszeit höherschlagen. Honoria jedoch verspürte keinerlei Freude daran, denn seit einiger Zeit befand sie sich in düsterer Stimmung.

»Einen schönen Abend, Mrs Joseph«, rief die alte Miss Peters, die auf ihren Gehstock gestützt über das vereiste Pflaster humpelte.

»Das wünsche ich Ihnen auch«, erwiderte Honoria, während sie innehielt und eine Hand auf dem Rand des steinernen

Brunnens ruhen ließ. »Benötigen Sie Hilfe für den Heimweg? Sie scheinen mir sehr wackelig auf den Beinen zu sein.«

»Sind nur die alten Knochen, meine Liebe«, sagte Miss Peters unbekümmert. »Ich bin stärker, als ich aussehe, auch wenn ich nun für alles doppelt so lange wie früher brauche.« Miss Peters spähte in Honorias blasses Gesicht und leckte sich über die runzligen Lippen. »Brauchen Sie selbst vielleicht Hilfe, meine Liebe? Sie haben so einen weiten Heimweg, und ohne Ihren …« Sie verstummte, und ihre Miene war bedauernd, als Honoria schwer schluckte und unwillkürlich die Finger in den kalten Stein des Brunnens krallte.

»Keine Sorge, ich komme zurecht.«

Ihre Stimme klang so zaghaft, dass Miss Peters mitleidsvoll über Honorias weichen Handschuh aus Ziegenleder strich.

»Sie sind sehr tapfer«, sagte die alte Frau warmherzig, »ganz außergewöhnlich tapfer. Ich weiß gar nicht, wie mir in Ihrer Lage zumute wäre. So grausam. So grausam …«

Sie verstummte erneut, und die unausgesprochenen Worte schienen zwischen ihnen zu stehen. Honoria zwang sich zu einem Lächeln.

»Ich habe keinerlei Bedenken, allein unterwegs zu sein«, sagte sie etwas forscher. »So weit ist es eigentlich nicht, und in der Ruhe habe ich Gelegenheit, meine Gedanken zu ordnen.«

Miss Peters neigte den Kopf. »Gewiss, meine Liebe, gewiss. Was sind Sie doch mutig. Gott möge Sie segnen.«

Die alte Frau tätschelte erneut Honorias Handschuh und setzte dann mühsam ihren Weg über den Marktplatz fort. Um weiteren Gesprächen auszuweichen, eilte Honoria in die entgegengesetzte Richtung und betrat durch das schmiedeeiserne Tor den Witwenweg.

Er war von übermannshohen Hecken gesäumt und unbeleuchtet, sodass Honoria lediglich im Licht des zunehmenden Mondes etwas erkennen konnte. Sie hatte diesen Pfad schon oft beschritten, denn das elegante kleine Haus, das sie ihr Eigen nannte, ließ sich nur über diesen Weg erreichen. Doch entgegen ihrer Bemerkung zu Miss Peters schätzte Honoria den abendlichen Marsch im Winter ganz und gar nicht, da sie in der unheimlichen Stille stets besonders deutlich spürte, wie der Pfad zu seinem Namen gekommen war.

Witwenweg. So wurde er von den Stadtbewohnern wegen des Kirchhofs jenseits der Hecke genannt, an der sich die Gräber verwitweter Frauen befanden, die samt und sonders auf unglückselige Weise zu Tode gekommen waren. Emmeline Shaw war am Ufer ausgerutscht und im Fluss ertrunken. Charlotte Grosvenor hatte ihr Leben mit einem Schierlingstrank beendet (wie ihrem Abschiedsbrief zu entnehmen war), weil sie ihrem Leid entkommen und »bei ihrem geliebten Fred« sein wollte. Die reizende Mary Hampton war von der Schwindsucht dahingerafft worden, und die bedauernswerte Tilly Eaves hatte jeglichen Lebenswillen verloren, nachdem ihr Gatte und ihr kleines Kind bei einem Kutschenunfall zu Tode gekommen waren. Beim Gedanken an diese Frauen, deren sterbliche Überreste nur eine Armeslänge von ihr entfernt begraben lagen, packte Honoria immer wieder aufs Neue das Grauen. Dennoch sprach sie stets ein kleines Gebet für jede einzelne von ihnen.

Diese armen Wesen! Honoria kannte ihr Leid, die Qualen des gebrochenen Herzens zur Genüge. Und welches tragische Ende diese Witwen dann genommen hatten, dachte sie, während sie voraneilte und das dumpfe Klacken ihrer Stiefel auf der hart gefrorenen Erde vernahm. Was die Liebe Menschen doch antun konnte, wenn sie Schmerzen verursachte, statt zu heilen. Die vernünftigsten Männer verloren den Kopf, die gütigsten Frauen wurden grausam. Die Liebe rief merkwürdige Gedanken hervor und veränderte Menschen von Grund auf. Honoria selbst wurde schließlich durch ihre zerrütteten Nerven allnächtlich von verstörenden Einbildungen geplagt. Da war es kein Wunder, dass die Stadtbewohner sie bedauerten und mitleidsvoll beäugten.

Honoria seufzte tief. Wie unbeschwert und glücklich war sie doch einst gewesen! Benjamin hatte sich als erfrischende Abwechslung von den affektierten französischen Verehrern erwiesen, als Honoria ihn in Dieppe kennengelernt hatte, wo er Tanzmeister einer ihrer Kundinnen gewesen war. So vernarrt war sie in den gut aussehenden Engländer gewesen, dass sie ihr geliebtes Frankreich und alles, was ihr am Herzen lag, verlassen hatte, um ihm in das Land zu folgen, das ihrem Volk schreckliches Leid zugefügt hatte. Und was hatte sie nun vorzuweisen? Honoria schniefte und schob den Riegel an dem Tor hoch, das am Ende des Witwenwegs aufragte. Nichts, dachte sie und ballte die Fäuste.

Nichts außer ihren Fächern.

Schnellen Schrittes überquerte sie die Brücke, um möglichst rasch die Arbeit an diesem außergewöhnlichen Auftrag fortzusetzen, ihrer einzigen verbliebenen Freude.

Knochen zu schnitzen war eine Kunst.

Man musste viele Jahre lang üben, um sie zu beherrschen, aber Honoria hatte das Glück gehabt, in Dieppe, dem Zentrum der Elfenbeinschnitzerei in Frankreich, von den besten *artistes* geschult worden zu sein. Aufgrund ihrer exzellenten Ausbildung hatte sie den Ehrenpreis »Freedom of the City« erhalten, nachdem Benjamin sie nach England gebracht hatte, und ihre einzigartige Meisterschaft hatte sie binnen Kurzem außerordentlich begehrt gemacht. Eine Kreation von Honoria Joseph zu besitzen, der berühmten Fächermacherin, die einst einen Brisé-fächer für die französische Königin angefertigt hatte, war etwas, womit man sich brüsten konnte.

Honoria bohrte ihre Riffelraspel in ein kleines Loch, um es zu vergrößern, und legte angestrengt die Stirn in Falten, während das Metall seine Arbeit verrichtete. Elfenbein war kostspielig und heutzutage kaum noch zu bekommen, weshalb Honoria zu einem anderen Material hatte greifen müssen, das fast identisch aussah, aber schwieriger zu bearbeiten war. Miss Whiting würde den Unterschied jedoch nicht bemerken, sondern den Fächer beim Weihnachtsball ihres Vaters ahnungslos an ihrem Handgelenk tragen. Auch jetzt hätte man im Kerzenlicht den Knochen für Elfenbein halten können, in den Honoria ein ebenso filigranes Muster schnitzte, wie sie es in Dieppe gelernt hatte. Knochen war allerdings leichter als Elfenbein und deshalb brüchiger. Sie musste die Stäbe mit etwas stützen, das sie stärken konnte. Hühnerhaut eignete sich gut dafür, aber dieses Pergament war gerade nicht erhältlich. So hatte Honoria einen anderen Werkstoff gefunden, der ihr noch weitaus passender erschien.

Er musste nur noch einen weiteren Tag trocknen, dann war er verwendbar.

Fröstelnd – denn trotz des lodernden Feuers im Kamin war es schrecklich kalt im Schlafzimmer – wischte sie das

Knochenmehl vom Tisch, wobei die Kerze bedenklich ins Flackern kam. Natürlich wäre Honoria lieber am Tage zu Werke gegangen, denn das Schnitzen bei spärlichem Licht war mühsam und schadete den Augen. Doch unter diesen besonderen Umständen war es nicht anders möglich. Sie legte die Raspel beiseite und seufzte, als sie daran dachte, wie viel Arbeit ihr noch bevorstand. Für die Deckstäbe würde sie noch einige Stunden benötigen, obwohl sie keine Zeit verlieren durfte, denn der Fächer musste rechtzeitig zum Ball vollendet sein. Der erste Deckstab war vor wenigen Tagen fertig geworden und lag nun auf dem Satintablett am anderen Ende des Tisches, zusammen mit den mittleren Stäben, die ein spitzenartiges Muster aus Stängeln und Dornen bekommen hatten. Honoria betrachtete zufrieden den Deckstab vor ihr mit den fein geschnitzten Blütenblättern. Sie hatte sich für Rosen als Grundmuster entschieden, das in elegantem Gelb auf dem Blatt fortgesetzt werden konnte.

Plötzlich spürte sie eine Bewegung hinter sich.

Honoria drehte sich ruckartig um und starrte auf das breite Pfostenbett, in dem Benjamin und sie bis vor Kurzem so bequem geschlafen hatten. Selbstverständlich erblickte sie niemanden. Sie war allein im Raum.

Jedenfalls im Augenblick.

Sie zog ihr Tuch enger um die Schultern, um die Kälte abzuhalten. In den letzten Wochen hatte Honoria deutlich zu spüren geglaubt, das sich etwas im Schlafzimmer aufhielt und ihr bei der Arbeit an Amelia Whitings Fächer zusah. Was genau hier anwesend war, konnte Honoria nicht ermitteln, es war eher ein Gefühl gewesen. Und jetzt spürte sie es wieder: einen unangenehmen Druck auf der Brust, ein mächtiges Dröhnen in ihren Ohren, das sie aber weniger hörte, als vielmehr spürte. Stille und gleichzeitig … auch nicht. Ein Wort kam ihr in den Sinn, und Honoria nickte, als sei es genau der richtige Ausdruck.

»Ruhelos«, sagte sie laut. Das Schlafzimmer fühlte sich *ruhelos* an.

Sie blieb fast reglos sitzen, wandte den Kopf leicht Richtung Fenster. Durch die dünnen Scheiben konnte sie den Fluss draußen hören, der sich gluckernd seinen Weg bahnte zwischen Eisflächen und Gestrüpp am Ufer. Honoria horchte angestrengt, nahm jedoch nur diese eigenartige Ruhelosigkeit wahr, bis es schließlich wieder vollkommen still wurde im Raum. Sie zwang sich zu einem Lachen. Wahrscheinlich sorgten nur ihre finsteren Gedanken für diese Unheil verkündende Stimmung – was für ein dummer Einfall! Gewiss lagen ihre Nerven bloß durch das Leid des gebrochenen Herzens und ihre Erschöpfung. Weiter nichts. Aber … Honoria runzelte die Stirn, als ihr an der Bettdecke etwas auffiel. Warum war sie auf der Seite krumpelig, auf der Benjamin zu schlafen pflegte, ganz als habe er letzte Nacht dort gelegen? War Clara etwa heute nicht im Zimmer gewesen?

Es dauerte ein paar Momente, bis das Hausmädchen aufs Läuten der Glocke hin in der Tür erschien. Honoria schüttelte ärgerlich den Kopf.

»Clara, hast du etwa heute das Bett nicht gemacht?«

Das Hausmädchen sah die Herrin mit großen Augen an.

»Doch, gewiss, Mrs Joseph. Gleich nachdem Sie heute früh zum Laden aufgebrochen sind.«

»Warum ist die Decke dann unordentlich?«

»Ich weiß es nicht, Ma'am.«

Honoria starrte das Mädchen prüfend an. Für gewöhnlich log Clara nicht.

»Nun ja, dann mach es jetzt noch einmal«, sagte Honoria schließlich.

Das Hausmädchen runzelte besorgt die Stirn, bevor es hereinkam und mit schnellen, sicheren Bewegungen die Decke glatt zog. Honoria starrte auf die Schatten im Bettvorhang. Verbarg sich dort in den Falten nicht eine menschliche Gestalt? Doch dann schob Clara den Vorhang beiseite, um die Decke energisch festzustecken, und Honoria schüttelte den Kopf, um den Gedanken loszuwerden.

Das war reine Einbildung. *Nur Einbildung.*

»Wünschen Sie noch etwas, Ma'am?«, fragte Clara vorsichtig.

Honoria zupfte an ihrem Schultertuch. »Würdest du … Könntest du noch mehr Holz aufs Feuer legen? Es ist schrecklich kalt hier drin.«

Das Hausmädchen runzelte die Stirn. »Ach ja? Ich finde es warm.«

Honoria blieb stumm und betrachtete den Vorhang, der jetzt vollkommen harmlos aussah. Clara biss sich auf die Lippe und trat näher.

»Geht es Ihnen gut, Mrs Joseph? Sie sehen so blass und müde aus! Abend für Abend sitzen Sie hier, arbeiten an diesem Fächer und essen kaum etwas. Kein Wunder, dass Sie frieren.«

Clara verstummte, als sie von ihrer Herrin mit einem strengen Blick zum Schweigen gebracht wurde.

»Tu bitte, was ich dir sage, Clara.«

Das Mädchen presste die Lippen zusammen und schaute zum Kamin mit dem lebhaft lodernden Feuer hinüber, dann auf den leeren Korb daneben, der bisher stets gut gefüllt gewesen war.

»Die Flammen sind bereits sehr hoch, Mrs Joseph«, sagte Clara, »aber wenn Sie darauf bestehen, noch Holz aufzulegen, müsste ich welches aus dem Keller holen, der Vorrat hier oben ist aufgebraucht.«

Jetzt spürte Honoria ein so beunruhigendes Kribbeln im Nacken, dass sie auf ihrem Stuhl herumfuhr, aber hinter ihr war nichts Außergewöhnliches zu sehen. Als sie sich wieder Clara zuwandte, sah das Mädchen sie an, als sei sie verrückt geworden.

»Dann lass es«, sagte Honoria seufzend. »Ich werde schon zurechtkommen heute Nacht.«

Das Mädchen trat von einem Fuß auf den anderen.

»Wenn Sie mir den Schlüssel geben, Ma'am, kann ich Holz holen gehen, es macht mir nichts aus.«

Honoria sog die Luft ein. »Nicht nötig.«

Clara sah ihre Herrin forschend an.

»In Ordnung, Mrs Joseph.« Das Hausmädchen schüttelte leicht den Kopf, bevor es hinausging.

In dieser Nacht tat Honoria kaum ein Auge zu. Das Bett schien zu schwanken und zu knarren, weshalb sie sich hin und her wälzte, bevor sie schließlich gegen Morgengrauen in einen kaum erholsamen Schlaf sank. Außerdem hatte sie immer wieder einen widerwärtigen Gestank nach Verwesung wahrgenommen, der sie verstörte, sodass sie sich regelrecht krank fühlte, als sie morgens im Laden eintraf. Man sah ihr den Zustand auch an, den verstohlenen Blicken ihrer Angestellten nach zu schließen. All diese Mädchen hatte Honoria sorgfältig im Waisenhaus ausgewählt, sie wussten nur allzu gut, was Einsamkeit bedeutete. Es waren ehrliche, feinfühlige Mädchen, die Mitgefühl für sie empfanden, das wusste Honoria. Sie behandelten ihre Dienstherrin wie ein rohes Ei, brachten ihr wortlos Schwarztee und Gebäck, während sie hinter der Verkaufstheke saß und versuchte, sich ihren Zustand nicht anmerken zu lassen. Was unmöglich war, aber Honoria verabscheute es, bemitleidet zu werden.

Dazu bestand kein Anlass.

Sie bemühte sich, ein strahlendes Lächeln zur Schau zu tragen, denn der Laden war gut besucht, Lord Whitings Ball sorgte für reichlich Kundschaft. An diesem Vormittag hatte Honoria bereits fünf ihrer begehrten Seidenfächer mit Stahlblechstäben verkauft, einen mit Straußenfedern und drei mit italienischer Spitze, die sie zu einem exorbitanten Preis von der Britischen Ostindien-Kompanie erstanden hatte. Als sie gerade um kurz nach zwölf Uhr einen Seidenfächer mit Blumenmuster verpackte (eine erlesene Erwerbung der Schwester des Bürgermeisters), klingelte die Ladenglocke, und Lord Whiting höchstpersönlich trat ein mitsamt seiner Tochter. Ein paar Schneeflocken wehten hinter den beiden herein.

Alle Anwesenden verfielen in ehrfürchtiges Schweigen.

Es kam nicht oft vor, dass der Herr von Larkshood Manor selbst dem Geschäft *Der goldene Fächer* einen Besuch abstattete. Und dass sich gleich zwei Mitglieder der vornehmen Familie Whiting hier einfanden, war zweifellos eine Ehre für Honoria.

»Guten Tag«, sagte sie, als die beiden zur Theke traten. »Was kann ich heute für Sie tun?«

»Mrs Joseph.« Lord Whiting lächelte strahlend und entblößte dabei seine schiefen Zähne. »Meine Gattin hat ein Anliegen.«

Honoria deutete eine Verbeugung an. »Wie kann ich behilflich sein, Mylord?«

Er wies auf seine Tochter, die damit beschäftigt war, Schnee von ihren Ärmeln zu wischen.

»Da Sie doch für Amelia einen Fächer anfertigen, hätte meine Gemahlin auch gern einen.«

Honoria zögerte. »Aus Elfenbein?«

Sie hatte keineswegs die Absicht, einen weiteren herzustellen. Der Fächer, an dem sie gegenwärtig arbeitete, war ein *besonders* außergewöhnliches Werk und nur für Amelia Whiting bestimmt, wenn auch noch einiges an Material übrig war. Außerdem war das vor Weihnachten ausgeschlossen, was Honoria dem Lord höflich mitteilte.

»Nein, nein«, erwiderte er, »meine Gemahlin legt keinerlei Wert auf Elfenbein. Verzeihen Sie mir bitte, aber sie findet diese Vorstellung sogar etwas geschmacklos. Nein, Lady Whiting hofft, dass Sie ihr einen Fächer empfehlen können, der zu ihrem violetten Taftkleid passt. Sie wäre eigentlich selbst hergekommen, scheut jedoch die Kälte. Es wäre ungemein ungünstig, wenn sie sich vor dem Ball eine Verkühlung zuziehen würde.«

»Gewiss, Mylord«, sagte Honoria erleichtert. »Vielleicht«, fügte sie hinzu und nahm unter der Theke eine ihrer jüngsten (und kostspieligsten) Kreationen hervor, »fände Ihre Gattin Gefallen an diesem Briséfächer?«

Das Stück war prachtvoll und seinen hohen Preis durchaus wert. Ein Fächer mit schimmernden Perlmuttstäben, das Blatt aus zartem Spitzenstoff mit Cochenille pflaumenrot gefärbt.

»O ja!«, rief Lord Whiting begeistert aus. »Das ist genau der Richtige, würde ich sagen. Meinst du nicht auch, Amelia?«

Die Tochter – mit liebreizendem Gesicht und rotblonden Locken, die sich unter ihrer Haube hervorringelten – richtete ihre veilchenblauen Augen auf den Fächer mit den schillernden Muschelstäben, den Honoria in Händen hielt.

»Er ist sehr schön«, sagte Miss Whiting leise, beinahe ausdruckslos. »Und er passt ganz wunderbar zu ihrem Kleid. Ja, Mutter wird gewiss entzückt sein.«

Honoria neigte den Kopf. »Soll ich ihn für Sie einpacken, Mylord?«

»Ja, bitte, Mrs Joseph.«

Sorgsam hüllte Honoria den Fächer in Seidenpapier, das sie mit violettem Band umwickelte, und legte ihn in eine Samtschachtel. Der Lord zuckte nicht mit der Wimper, als der Preis genannt wurde. Vielleicht empfand er ebenfalls Mitleid wegen ihrer tragischen Lebenslage, oder aber er war schlicht zu reich, um auf Preise zu achten. Ihre Blicke trafen sich, und als der Lord die Schachtel in seine Manteltasche steckte, beugte er sich vor und fragte mit gedämpfter Stimme: »Noch immer kein Zeichen von Mr Joseph?«

Die junge Amelia neben ihrem Vater erstarrte kaum merklich, und Honoria spürte in sich die vertraute Aufwallung aus Verletztheit und Zorn.

Sie räusperte sich, bevor sie mühsam hervorbrachte: »Er scheint spurlos verschwunden, Mylord.«

»Ah.«

Seine mitleidige Miene war auch bei den Angestellten zu bemerken (und den Kundinnen im Laden, die sich die Gelegenheit zum Lauschen nicht hatten entgehen lassen). Es folgte ein betrübtes Kopfschütteln.

Natürlich war es ein Schock für den Lord gewesen, als nach Benjamins Verschwinden der wahre Charakter des Tanzmeisters enthüllt wurde und die Gerüchte sich so schnell verbreiteten wie Quecksilber: *Mit einer Geliebten aus der nächsten Stadt durchgebrannt*, raunten die einen. *Mit dem gesamten Geld seiner Gattin bei Nacht und Nebel nach London geflüchtet*, munkelten die anderen.

»Sie sollten froh sein, dass Sie ihn los sind«, sagte Lord Whiting jetzt nachdrücklich. »Ohne ihn sind Sie besser dran, und ich sehe hocherfreut, dass Sie finanziell so gut gestellt sind, dass Sie diesen Herrn nicht vermissen müssen.« Der Lord saugte an seiner Unterlippe. »Ich muss jedoch zugeben, dass es auch bedauerlich ist, da es weit und breit keinen geeigneten Tanzmeister gibt, und meine Amelia könnte einige Zusatzstunden wahrhaftig gut gebrauchen. Ihre Quadrille lässt sehr zu wünschen übrig, trotz all der Wochen, in denen sie von Ihrem Gatten unterrichtet wurde. Du stolperst immer noch über deine eigenen Füße, nicht wahr, mein Täubchen?«

Amelia errötete und gab ein leises trillerndes Lachen von sich.

»Das war gemein, von dir, Papa!«, rief sie aus, und ihr Vater gluckste vergnügt und winkte ab. Als ein Bekannter ihn von der Seite ansprach, beugte sich Miss Whiting vertraulich über die Theke, presste ihre behandschuhten Finger auf das Glas.

»Ich bin schon so gespannt auf meinen Fächer, Mrs Joseph«, raunte sie, ein Leuchten in den blauen Augen. »Ich werde die Einzige in der ganzen Stadt sein, die einen Fächer aus Elfenbein hat. Wird er bald fertig sein?«

Honoria nickte. »An Heiligabend«, antwortete sie sanft. »Sie werden entzückt sein, glaube ich.«

Miss Whiting schlug mit beiden Händen so begeistert auf die Glasplatte, dass in der Thekenauslage eine Austernschale verrutschte und Honorias sorgfältiges Arrangement durcheinandergeriet.

»Kann ich ihn sehen? Wie weit ist er denn?«

»O nein, Miss. Es ist ein ganz besonderes Stück. Ich bewahre ihn zu Hause auf.«

»Zu Hause?«

»Damit ich ungestört daran arbeiten kann. Er ist wahrlich etwas *ganz Besonderes*, Sie werden sehen.«

Amelia Whitings sanft gerundete Wangen röteten sich vor Freude. »Wie reizend von Ihnen, dass Sie sich für meinen Auftrag so viel Mühe geben«, plapperte sie. »Das ist so liebenswürdig von Ihnen!«

Amelia wandte sich ihrem sichtlich in sie vernarrten Vater zu, und Honoria rückte mit zitternden Händen die Austernschale und eine Kette aus Süßwasserperlen in der Auslage zurecht.

~

Während des gesamten Tages hatte es geschneit, und eine dicke Schneedecke lag auf dem Witwenweg, was Honoria die Rückkehr nach Hause erheblich erschwerte. Seit dem Erscheinen der Whitings im Laden war sie gereizt und nervös gewesen. Um sich zu beruhigen, sprach sie die Gebete für die verstorbenen Witwen mit lauter Stimme. Damit hatte Honoria gerade geendet, als sie das Geräusch hörte. Zunächst war es so leise, dass sie ihm kaum Beachtung schenkte. Doch als es erneut zu vernehmen war – ein merkwürdiges Knirschen –, blieb sie stehen wie angewurzelt.

Das Geräusch verstummte.

Neben ihr erzitterte die im Mondlicht glitzernde Hecke. Durch das Stechpalmendickicht konnte Honoria nichts erkennen und rief: »Wer ist da?«

Keine Antwort.

Honoria wartete ab, doch als sich nichts mehr regte, setzte sie ihren Weg fort, ein wenig eiliger als zuvor, und …

… das Knirschen ertönte erneut.

»Ist da jemand?«, flüsterte sie.

Ein seufzender Laut war zu hören, ein langsames Ausatmen, und Honoria schauderte.

Sie hatte sich selbst immer für eine vernünftige Frau gehalten. Allerdings war sie in letzter Zeit nicht sie selbst, der Verlust von Benjamin machte ihr doch mehr zu schaffen, als sie erwartet hätte. Wie kam es zum Beispiel zu ihren allabendlichen Einbildungen? Diese Geräusche hier dachte sie sich jedoch nicht aus, und wie um das zu beweisen, wiederholte sich das beunruhigende Seufzen, gefolgt von dem grässlichen Knirschen. Es hörte sich an wie das Knacken von gefrorenen Ästen und Blättern, das Splittern von Eis. Schritte. Jemand ging dort auf der anderen Seite der Hecke entlang. Aber wer? Der Küster war doch gewiss um diese Uhrzeit im Winter nicht mehr auf dem Friedhof tätig?

»Wer ist da?«, rief Honoria wieder. »Mr Samuels, sind Sie das?«

Keine Antwort. Mr Samuels hätte auf jeden Fall geantwortet. Honoria hastete weiter, was allerdings für die Gestalt auf der anderen Heckenseite auch galt.

Knirsch, knirsch. Knirsch, knirsch.

Es war anstrengend, so schnell zu gehen, die schweren Röcke behinderten sie. Der Himmel hatte sich zugezogen, Wolken verdeckten den Mond, und Honoria konnte nur den Schnee erkennen. Er glitzerte bläulich, und in der Hecke hatten sich kleine weiche Polster gebildet. Unter anderen Umständen hätte Honoria diesen Anblick als schön empfunden und sich zwischen den schneebedeckten Heckenwänden sogar geborgen gefühlt. Doch jetzt spürte sie die ersten Regungen von Angst in sich, weil sie nirgendwohin ausweichen konnte.

»Wer sind Sie?«, rief sie. »Warum verfolgen Sie mich?«

Die Schritte hielten einen Moment inne, begannen dann aufs Neue.

Knirsch, knirsch. Knirsch, knirsch.

Honoria überlegte rasch, ob sie in die Stadt zurückgehen sollte. Doch sie hatte heute so spät Feierabend gemacht, dass die anderen ihre Geschäfte schon geschlossen hatten und der Marktplatz menschenleer sein würde. Nicht einmal die liebenswürdige Miss Peters war um diese Uhrzeit noch unterwegs. Außerdem hatte Honoria die Hälfte der Strecke bereits bewältigt, deshalb war es sinnvoller, so schnell wie möglich die Eisentür am Ende des Wegs zu erreichen.

Knirsch, knirsch. Knirsch, knirsch.

Tränen schossen ihr in die Augen, die vor Kälte brannten.

Honoria gab sich einen Ruck und eilte weiter, die Schritte folgten ihr. Sie raffte ihre Röcke, um sie vom Schnee fernzuhalten, doch das Atmen fiel ihr schwer, und plötzlich kam ihr ein unheilvoller Gedanke.

Wenn es nun gar kein Mensch war, der ihr folgte? Gar kein lebendiges Wesen?

All diese Toten, dachte sie, ein Schluchzen unterdrückend. All diese unglücklichen Witwen! Wollten sie ihr etwas mitteilen? Sie vielleicht sogar warnen?

Knirsch, knirsch. Knirsch, knirsch.

»Wer sind Sie?«, rief Honoria atemlos, während ihr das Herz bis zum Hals schlug. »Was wollen Sie?«

Keine Antwort, nicht einmal dieses grauenhafte Seufzen. Sie spähte verzweifelt in die Dunkelheit und hätte vor Erleichterung beinahe laut aufgeschluchzt, als sie die glänzenden Umrisse des Tors erkennen konnte.

Honoria begann zu rennen.

Kaum vorstellbar, dass diese furchterregenden Schritte auch schneller werden konnten, doch genau so war es, als wolle das schreckliche Knirschen jenseits der Hecke sie verhöhnen. Binnen weniger Augenblicke erreichte Honoria das Tor, öffnete mit zitternden Händen den Riegel und stürzte vorwärts, während das schwere Eisentor mit lautem Knall hinter ihr zufiel. Dann rannte sie über die Brücke, und das Rauschen des Flusses übertönte alle Geräusche bis auf das rasende Hämmern in ihren Ohren.

Honoria brauchte eine ganze Weile, um dieses Erlebnis zu verkraften. Sie aß Claras weiße Suppe und verzehrte mit wenig Appetit etwas Hasenbraten. Doch als Honoria später ihre Gouachefarben auf der Palette verteilt hatte, fühlte sie sich schon erheblich ruhiger. Sie würde sich doch nicht ins Bockshorn jagen lassen von diesem Wesen, das da auf dem Witwenweg sein Unwesen trieb. Es war schlichtweg lächerlich, sich davon so erschrecken zu lassen, beim nächsten Mal würde sie die Ruhe bewahren. Energisch tunkte Honoria die Pinselspitze in das Kanariengelb.

Sie musste mit viel Feingefühl zu Werke gehen. Das Material war in einer Lösung aus Kalk und Wasser eingeweicht, danach mit Bimsstein abgeschrubbt und zuletzt zum Trocknen auf einen Holzrahmen gespannt worden. Jetzt konnte es bemalt werden, aber Honoria musste sorgsam sein, denn es war dünn und konnte leicht reißen. Später auf den Stäben jedoch würde es so biegsam und beständig sein wie bei jedem anderen erlesen kostbaren Fächer.

Trotz seiner Bestandteile war ihre Kreation atemberaubend schön geworden. Die geschnitzten Knochenstäbe auf dem Satintablett glänzten im Kerzenlicht, und Honoria sah schon vor sich, wie gut sie zu dem fertiggestellten Blatt passen würden. Sie zwirbelte die Pinselspitze zwischen Daumen und Zeigefinger, um eine besonders feine, elegante Linie zu zeichnen, und lehnte sich dann zurück, um ihr Werk zu bewundern. Eine gelbe Rosenblüte inmitten von üppigen grünen Blättern und verschlungenen Stängeln …

Honoria umklammerte den Pinsel fester, weil ihre Hände zu zittern begannen, und schloss die Augen.

Wenn Weihnachten hinter ihr lag, würde sich ihre Stimmung gewiss verbessern. Vielleicht sollte sie wegziehen, mitsamt den Waisenmädchen, um ihr Gewerbe anderswo fortzusetzen, an einem Ort, wo sie nicht ständig mit mitleidigen Blicken bedacht wurde. Doch bis dahin musste sie besonders achtsam sein und sich nicht durch ihre düsteren Gedanken an ihrem Vorhaben hindern lassen. Sie atmete tief ein und öffnete die Augen wieder, um die zweite wichtige Rosenblüte zu malen. Erst nachdem diese vollendet war, begab Honoria sich zu Bett.

Nach kurzem unruhigem Schlaf erwachte sie ruckartig und sah sich blinzelnd um. Irgendetwas im Zimmer hatte sie geweckt.

Draußen – Honoria hatte vergessen, die Vorhänge zu schließen – stand riesig der milchweiße Vollmond am Himmel, und Schneeflocken drifteten vor dem Fenster vorbei. Honoria war so gebannt von diesem Anblick, dass sie den Schatten erst bemerkte, als er sich an ihrem Tisch bewegte. Ihr Magen zog sich schmerzhaft zusammen, und das seltsame Dröhnen in ihrem Kopf setzte wieder ein.

»Nein …«, flüsterte sie, denn die dunkle undeutliche Gestalt ragte über dem Tisch auf, als betrachte sie das bemalte Pergament auf dem Holzrahmen.

Honoria wusste nicht, weshalb sie so felsenfest davon überzeugt war, dass der Schatten das Fächerblatt betrachtete, aber so war es, *so war es*! Ihr Körper wurde schwer wie Blei, und sie konnte sich nicht mehr rühren, nur hilflos zusehen. Auch im fahlen Mondlicht schien die Gestalt vollkommen farblos zu sein, ausschließlich schwarz, und den grässlichen Gestank nach Verwesung zu verbreiten, der Honoria in der vorherigen Nacht in die Nase gestiegen war.

Das Dröhnen wurde lauter und lauter. Als hätte die Gestalt ihre Gedanken gehört, drehte sie sich abrupt um und starrte Honoria an.

Sie schrie.

Kurz darauf kam Clara hereingestürzt, einen Kerzenleuchter in der unsteten Hand.

»Was ist, Mrs Joseph?«, schrie Clara und blickte wild um sich. »Was ist?«

»Da! Teufelsaugen!«

Honoria deutete zittrig zum Tisch, und Clara ging mit kleinen vorsichtigen Schritten darauf zu.

»Oh, Clara, sieh dich vor!«, schrie Honoria entsetzt.

Als das Licht der Kerze auf den Tisch fiel, drehte Clara sich zu ihrer Herrin um, die jetzt angstvoll die Bettdecke bis ans Kinn zog.

»Da ist nichts«, sagte Clara.

Und sie hatte vollkommen recht. Honoria starrte auf die Stelle, an der die Schattengestalt gestanden hatte. Das Dröhnen in ihrem Kopf war noch immer ohrenbetäubend laut.

»Aber das Geräusch! Hörst du das nicht, Clara?«

Das arme Mädchen war kreideweiß im Gesicht. »Nein, Ma'am, ich höre nichts Außergewöhnliches.«

»Aber es ist so laut!«

»Da ist nichts!«

In diesem Augenblick verstummte der Lärm. Verblüfft über die plötzliche Stille, presste Honoria die Hände auf die Ohren, während Clara ihre Herrin verstört anstarrte.

~

An Heiligabend stand strahlend die Sonne am Himmel und brachte den Schnee zum Glitzern. Das grelle Licht fiel durchs Erkerfenster des *Goldenen Fächers* auf den großen Tisch, der mit Girlanden aus Efeu und Fichtenzweigen geschmückt war. In der Mitte standen die Glühweinschale und der festliche Teller mit Weihnachtsküchlein, die alljährlich von den Mädchen gebacken wurden, und es wimmelte von munter plaudernden Kundinnen im Laden.

Einige hatten rasch noch einen Fächer für den Ball in Larkshood Manor erstanden. Die freudige Erwartung vor dem festlichen Ereignis war bereits zu spüren, und als die Kutsche der Whitings auf dem Marktplatz zum Halten kam, fächerten sich die Damen mit ihren Neuerwerbungen aufgeregt Luft zu.

Honoria erlebte das alles wie aus weiter Ferne, denn sie war schrecklich müde. Nach dem Ereignis mit dem entsetzlichen Schattenwesen hatte sie die ganze Nacht kein Auge mehr zugetan. Es war zwar ebenso wenig zurückgekehrt wie der furchtbare Gestank und das Dröhnen, aber sie hatte sich dennoch ruhelos im Bett gewälzt. Schließlich war sie aufgestanden und hatte sich der Aufgabe zugewandt, die ohnehin erledigt werden musste: die mit Rosen bemalte Bespannung auf die geschnitzten Stäbe zu nähen. Das war eine beschwerliche Arbeit, die Stunden in Anspruch nahm. Draußen ging schon orangerot die Sonne auf, als Honoria ihr Werkzeug niederlegte und den Fächer für vollendet erklärte. Was für eine Schönheit war entstanden – trotz ihrer zittrigen Finger eine grandiose Kreation, vielleicht die beste in Honorias langer und erfolgreicher Laufbahn. Möglicherweise war dieser Fächer ein derartiges Prachtstück geworden, weil er eine ganz besondere *persönliche* Bedeutung hatte. Gewiss würde Amelia Whiting hellauf begeistert sein.

In ebenjenem Augenblick überquerte besagte junge Frau den Marktplatz. Ihr rotblondes Haar schimmerte im grellen Licht der Wintersonne.

»Mrs Joseph?«, sagte Miss Peters, die sich gerade Krümel vom Kragen wischte. »Geht es Ihnen gut?«

Als sie die Hand der alten Frau auf dem Ärmel spürte, zuckte Honoria zusammen und brauchte einen Moment, um sich zu fassen und ein Lächeln aufzusetzen.

»Ich bin nur recht müde, Madam.«

Miss Peters nickte verständnisvoll. »Sie und Ihre Mädchen haben in letzter Zeit ja auch unaufhörlich gearbeitet. Kein Wunder, dass Sie erschöpft sind. Sie werden gewiss dankbar sein für die Ruhe an den Feiertagen.«

»In der Tat, in der Tat.«

Miss Peters zögerte und drückte dann Honorias Arm. »Sie werden Weihnachten wohl allein sein, da Mr Joseph verschwunden ist?«

Die Worte standen jetzt im Raum, was umso unangenehmer war, da auch andere Anwesende sie vernommen hatten. Honoria presste die Lippen zusammen, und als die Tür aufging und Amelia Whiting hereinkam, zog Miss Peters reuevoll den Kopf ein.

»Verzeihen Sie mir, Mrs Joseph, ich wollte nicht anmaßend sein. Aber es ist doch schrecklich, an Weihnachten allein sein zu müssen, meine ich.«

»Mir ist das vollkommen recht«, erwiderte Honoria, obwohl ihr beim Gedanken daran flau im Magen wurde. Wenn die Schattengestalt nun zurückkehrte und sie somit gar nicht allein sein konnte?

Sie räusperte sich.

»Ich werde das Alleinsein durchaus genießen können, keine Sorge«, sagte sie.

Miss Peters seufzte, ihr Atem roch nach Glühwein. »Ich hätte nicht das Geringste dagegen, wenn Sie morgen mit uns feiern würden. Meine Schwester und ich, wir würden uns freuen!«

Diese unerwartet gütige Geste trieb Honoria Tränen in die Augen.

»Ich danke Ihnen. Dennoch möchte ich lieber für mich sein, das verstehen Sie bestimmt.«

»Gewiss, gewiss.« Miss Peters nickte, einen besorgten Ausdruck auf dem runzligen Gesicht, und trat beiseite, um Platz zu machen für Amelia Whiting.

Die junge Frau war purpurfarben gekleidet, die zarten Wangen leuchteten rosarot von der Kälte. Honoria musste an etwas anderes Rotes denken, das unter ihren Fingernägeln getrocknet war.

»Ist mein Fächer fertig, Mrs Joseph?«, zwitscherte Amelia mit leuchtenden Augen, sichtlich aufgeregt. »Wie Sie mir versprochen haben?«

Honoria wandte sich ab. Beinahe ehrfürchtig nahm sie die Holzschatulle aus dem Regal hinter der Verkaufstheke und stellte sie auf die Glasfläche. Amelia Whiting stürzte sich förmlich darauf und klappte die Schatulle auf, ein gieriges Leuchten in den veilchenblauen Augen.

Der Fächer war in knochenweiße Seide gebettet. Da er geschlossen war, konnte man nur das kunstvolle Schnitzwerk des Deckstabs erkennen, bis die neue Besitzerin ihn herausnahm und entfaltete. Ein bewunderndes Seufzen war zu vernehmen, als Miss Whiting den Fächer ins Sonnenlicht hielt, in dem jedes feinste Detail in den weißen Knochen zur Geltung kam: die zierlichen Stängel, die spitzen Dornen, die schlängelnden Ranken, die winzigen Rosenblüten. Und, nicht zu vergessen, die aufgemalten grünen Blätter und goldenen Federn. Durch den Bimsstein war die Bespannung so glatt geworden, dass man nicht ahnen konnte, was sie einmal gewesen war. Und, in der Mitte, die zwei gelben Rosenblüten.

Gelb für Untreue, je eine für beide Ehebrecher.

Honoria beobachtete das Mienenspiel der jungen Frau. Staunen, Begeisterung, Zufriedenheit.

»Oh«, hauchte Miss Whiting, hob den Kopf und sah Honoria an. »Wie wunderschön. Genau, wie ich ihn mir gewünscht habe. Und dieses Schnitzwerk! So kunstvoll und filigran! Wie haben Sie das nur gemacht?«

Die Erinnerung stellte sich ein. Gelüpfte Rüschenröcke, wohlgeformte Beine in edlen Strümpfen. Tiergleiches Grunzen, wimmerndes Seufzen. Benjamins Kniehosen an seinen Fußknöcheln, die Pferdehaarperücke verrutscht …

»Mit Vergnügen«, sagte Honoria sanft, und dieses Mal war ihr Lächeln aufrichtig. »Mit Vergnügen.«

~

Nach zwei Uhr, als die Sonne bereits hinter den Bäumen versank und der Himmel honiggelb leuchtete, schickte Honoria die Mädchen nach Hause in ihre Unterkunft. Sie selbst hielt sich noch eine Zeit lang im Laden auf, die Angst vor den knirschenden Schritten auf dem Witwenweg saß ihr noch im Nacken. Doch als die Dämmerung einsetzte, fasste Honoria sich ein Herz und verließ den Laden. Sie würde nicht ängstlich sein, befahl sie sich streng. Ohnehin konnte schließlich nichts furchterregender sein als das, was sie womöglich zu Hause erwartete.

Es begann zu schneien, dicke schwere Flocken blieben auf ihrer Haube liegen. Honoria überquerte so zügig wie möglich den Marktplatz und erreichte das Tor, als das Schneegestöber noch dichter wurde. Binnen Sekunden konnte sie den Boden vor sich kaum noch erkennen, aber sie hatte keine andere Wahl – der Witwenweg war die einzige Möglichkeit, ihr Zuhause zu erreichen. Mit klopfendem Herzen betrat sie den schmalen Pfad.

Das Geräusch setzte fast sofort ein, aber diesmal bemühte sich Honoria nicht mehr zu rufen, sondern versuchte nur, das grässliche Knirschen nicht zu beachten und einen Fuß vor den anderen zu setzen.

»O Herr, gib ihnen die ewige Ruhe«, flüsterte sie, als könnten ihre Gebete für die Witwen in ihren Gräbern das Wesen beschwichtigen, das sie drüben auf dem Friedhof verfolgte.

»Und das ewige Licht leuchte ihnen.«

Knirsch, knirsch. Knirsch, knirsch.

Honoria spürte heiße Tränen auf ihren kalten Wangen.

»Lass sie ruhen in Frieden. Lass sie ruhen in Frieden!«

Knirsch, knirsch. Knirsch, knirsch.

Sie stapfte stetig weiter, den Kopf gesenkt, um ihre Augen zu schützen. Zunächst war sie recht rasch vorwärtsgekommen, aber zwischen den hohen Hecken war es schon stockdunkel und das Schneegestöber so heftig, dass sie immer langsamer wurde. Die Angst, die sie tapfer abwehren wollte, kroch ihr nun doch ins Herz und fühlte sich dort an wie eine eiskalte Faust.

War das ihre Strafe?, dachte Honoria, als sich die knirschenden Schritte ihrem Tempo anpassten. War das ihr Ende und ihre Erlösung?

Knirsch, knirsch. Knirsch, knirsch.

Verzweifelt blickte sie auf und spähte in die Dunkelheit. Das Tor musste doch schon nahe sein, nicht wahr? Bestimmt würde sie gleich davorstehen? Mittlerweile hemmungslos weinend, stapfte Honoria weiter, wischte sich Schnee und Tränen aus dem Gesicht, und dann sah sie es: die Pfosten des Tors, nur wenige Meter von ihr entfernt. Sie schluchzte erleichtert auf und hastete vorwärts … und ihre Stiefelspitze verfing sich in ihrem Rock.

Mit einem Aufschrei geriet sie ins Stolpern, streckte die Hände aus, um sich festzuhalten. Doch da war nur die Hecke, und die stachligen Blätter der Stechpalme bohrten sich durch ihre Handschuhe, stachen in die Finger wie Messerspitzen. Honoria ließ los und stürzte. Als sie keuchend am Boden lag, war sie dankbar für den Schnee, der ihren Fall wenigstens abgefedert hatte.

Das Knirschen verstummte.

Honoria lag reglos da und rang um Atem.

Ich muss aufstehen, dachte sie. *Muss das Tor erreichen, die Brücke überqueren, damit ich nach Hause komme.*

Dann hörte sie das Atmen, und es war nicht ihr eigenes. Es kam von der anderen Seite der Hecke und war dicht am Boden, gleich neben ihrem Ohr. Die Atemzüge ähnelten einem Seufzen, einem schweren kräftigen Schnaufen, das eigentlich – wenn sie angestrengt horchte – wie … Honoria hob den Kopf.

Es klang wie ein Schnauben.

Dann verstummte es. Ein kurzes Knirschen. Erneut das beinahe röchelnde Atmen.

Honoria rappelte sich hoch und schleppte sich weiter bis zum Tor. Trotz ihrer schmerzenden Finger gelang es ihr, den Riegel zu öffnen. Auf der anderen Seite lief sie nicht zur Brücke, sondern wandte sich nach rechts, wo die Hecke endete und die niedrige Mauer um den Kirchhof begann. Honoria spähte darüber … und lachte.

Ein Pony stand dort. Ein Pony! Sie lachte nochmals, die Erleichterung durchströmte sie so wohltuend wie Balsam. Das vermeintlich unheimliche Wesen war einfach Mr Samuels kleines Pferd, das auf dem Kirchhof umherstreifen durfte. Es war ihr auf der anderen Seite gefolgt, ganz ohne böse Absicht freilich!

»Grundgütiger«, seufzte Honoria, als sie die Hand ausstreckte und die Schnauze des Ponys streichelte, die sich warm und weich und ganz real anfühlte. »Du hast mir also die ganze Zeit Gesellschaft geleistet, wie?«

Das Pony schüttelte seine Mähne und gab dieses Schnauben von sich, was Honoria ein weiteres Mal zum Lachen brachte.

Was für eine Närrin sie doch gewesen war! Sich selbst halb zu Tode zu ängstigen wegen eines Pferds! Sie kraulte das Tier hinter den Ohren, vollkommen überzeugt davon, dass ihre seltsamen Zustände nur auf ihre übertriebene Vorstellungskraft und die Anspannung der letzten Wochen zurückzuführen waren. Leichtfüßig, beinahe hüpfend, überquerte Honoria die Brücke und eilte nach Hause.

~

Im Schlafzimmer prasselte ein lebhaftes Feuer, das Clara entfacht hatte, und Honoria saß mit einer Decke über den Knien am Kamin. Das Hausmädchen hatte einen entsetzten Aufschrei von sich gegeben, als ihre Herrin mit durchnässter Kleidung vor ihr gestanden hatte, aber Honoria, deren gute Laune wiederhergestellt war, hatte nur abgewinkt.

»Mach dir keine Gedanken«, sagte sie. »Ab mit dir jetzt, zu deinen Eltern. Sie warten gewiss schon auf dich.«

Clara, bleichwangig, beäugte Honoria besorgt. »Sind Sie ganz sicher, dass Sie allein zurechtkommen? Ich kann auch bleiben, wenn Sie möchten.«

Honoria schüttelte den Kopf. »Ich habe versprochen, dir freizugeben, und dabei bleibt es auch. Ich möchte mir nicht vorwerfen müssen, eine zu gestrenge Herrin zu sein. Mach mir noch eine Tasse Tee und dann eil dich, bevor der Schneesturm noch schlimmer wird.«

»Aber es ist mir gar nicht recht, Sie hier allein zu lassen. Nach allem, was passiert ist …«

»Papperlapapp«, entgegnete Honoria entschieden. »Mir wird es prächtig gehen.«

Und so saß sie nun im Sessel am Kamin und ließ sich von der Wärme der Flammen trocknen. Clara hatte verlangt, sie solle sich umkleiden, aber das war überflüssig, wenn sie sich ohnehin gleich wieder beschmutzen würde. Sie hatte schließlich noch etwas zu erledigen. Deshalb wartete Honoria geduldig ab und lehnte den Kopf an die Lehne.

Mühelos hätte sie nun einschlafen können. Die Ruhe brauchte sie dringend. Die vergangenen Wochen waren anstrengend gewesen, vor allem die letzten Tage. Die Sorge, entlarvt zu werden, dazu die Eile, um Amelia Whitings Auftrag rechtzeitig fertigzustellen … Honoria stellte sich vor, wie die junge Frau sich für den Ball auf Larkshood Manor zurechtmachte. Hoffentlich fiel er nicht wegen der Witterung aus, denn es wäre jammerschade, wenn Honorias Bemühungen vergeblich gewesen wären. Sie sah Amelia vor sich, in einem Kleid aus glänzender gelber oder smaragdgrüner Seide, die rotblonden Locken schimmernd im Kerzenlicht, der neue Fächer an ihrem Handgelenk baumelnd oder vor ihrem Gesicht …

Honoria dachte an die romantische Sprache von Fächern. Würde Amelia kokett ihre Augen dahinter verbergen? Mit der geschlossenen Spitze ihr Herz berühren? Oder ihn aufklappen und sich damit Luft zufächeln?

Jede Geste hatte eine eigene Bedeutung. Honoria lächelte in sich hinein. Wie befriedigend es war, sich vorzustellen, dass Miss Whiting einen einstigen Liebhaber benutzte, um einen neuen zu bezirzen!

Das Feuer knisterte, aber da war noch ein weiteres Geräusch. Langsam richtete Honoria sich auf.

Ein stetiges Pochen.

Es begann mit einem Druck auf ihren Rippen, der immer stärker wurde. Sie konnte das Pochen nicht hören, nein, es war ein Geräusch, das Honoria mit jedem Teil ihres Körpers außer ihren Ohren *spürte* wie eine elektrische Schwingung. Die Wärme, die beruhigende Behaglichket, war schlagartig wie weggeblasen. Honoria schluckte schwer und umklammerte die Armlehnen, wandte den Blick zum Bett.

Und sog scharf die Luft ein.

Dort war ein Abdruck auf der Tagesdecke. Kein Schatten, keine schwarze Schattengestalt. Nur ein Abdruck.

»Bitte schön, Ma'am«, sagte Clara, als sie ein Tablett mit Teekanne, Tasse, Zuckerdose und einer dampfenden Schale Eintopf auf dem Tischchen neben ihrer Herrin abstellte. Das Mädchen begann, Tee einzugießen. »Sie haben zwar gesagt, Sie hätten keinen Hunger, aber ich wollte nicht weggehen, ohne Ihnen etwas zurechtgemacht zu haben. Oh, Mrs Joseph, Sie sehen so schrecklich blass aus!«

Honoria starrte das Hausmädchen an und blinzelte, um zu sich zu kommen.

»Es ist alles in Ordnung«, sagte sie langsam. »Ich war eingedöst und habe mich erschrocken, als du hereinkamst, weiter nichts.«

Claras Miene erhellte sich. »Na, dann ist es ja gut. Hier.« Sie reichte ihrer Herrin die Tasse. »Das wird Sie stärken.«

Honorias Hand zitterte so sehr, dass sie etwas Tee auf der Untertasse verschüttete, und Clara betrachtete sie stirnrunzelnd. »Geht es Ihnen auch wirklich gut, Ma'am?«

»Bestens, Clara. Und nun ab mit dir. Richte deinen Eltern bitte Grüße aus.«

Das Mädchen zögerte einen Moment, hin- und hergerissen, sagte dann aber: »In der Speisekammer steht eine Gans, schon fertig gebraten, Sie müssen sie morgen nur noch aufwärmen. Kartoffeln und Gemüse auch, und ein Plumpudding, falls Sie hinterher noch Platz haben.«

Honoria nickte. »Vielen Dank, Clara.«

Das Mädchen zögerte immer noch.

»Was ist?«

Clara verschränkte die Finger. »Der Keller, Ma'am. Ein ganz seltsamer Geruch kommt von da unten.«

»Geruch?«

»Ja, Ma'am. Wie verdorbenes Fleisch oder fauliges Obst.«

Honoria strich die Wolldecke glatt. »Eine tote Ratte vermutlich. Obwohl mir heute früh nichts dergleichen aufgefallen ist, als ich das Feuerholz hochgeholt habe.«

»Aber …«

»Ich werde morgen für alle Fälle einmal nachsehen, mach dir keine Gedanken. Was es auch ist – bis du zurückkommst, werde ich es entfernt haben.« Sie räusperte sich. »Und jetzt mach dich auf den Weg. Frohe Weihnachten.«

Clara schien noch etwas entgegnen zu wollen, knickste dann aber nur. »Ihnen auch frohe Weihnachten, Mrs Joseph.«

~

Honoria wartete ab, bis sie ganz sicher war, dass Clara das Haus verlassen hatte und nicht noch einmal zurückkam. Mit dem Verschwinden des Hausmädchens hatte auch das Pochen nachgelassen, und Honoria fragte sich, ob sie nicht tatsächlich eingedöst war, wie sie behauptet hatte. Falls dem so gewesen war, durfte es allerdings nicht noch einmal vorkommen. Es gab viel zu viel zu tun, um zu schlafen, so dringend Honoria den Schlaf auch benötigte.

Sie zog den Schlüssel aus ihrer Tasche, ging in den Keller hinunter und schloss die Tür auf. Das Fass, in dem sie die Leichenteile verstaut hatte, stand ganz hinten, weil Honoria gehofft hatte, dass der Verwesungsgeruch sich nicht so rasch nach oben ausbreiten würde. Doch Clara hatte ihn trotz der Kälte bemerkt. Aber Honoria würde Wort halten; wenn das Hausmädchen zurückkehrte, würden keine Überreste von Benjamin Joseph noch länger Gestank verbreiten.

Sie brauchte über eine Stunde, um sich seiner zu entledigen. Erst später, nachdem Honoria sich gewaschen und ihr Nachtgewand angelegt hatte, fand sie Zeit, den mittlerweile kalten Eintopf zu verzehren, und hatte endlich ihre Ruhe wiedergefunden. Dennoch schlief Honoria nicht so mühelos ein, wie sie es erhofft hatte. Stattdessen lag sie wach und starrte zum Baldachin des Pfostenbetts hoch. Es war dunkel im Zimmer, das Feuer seit geraumer Zeit heruntergebrannt, aber durch einen Spalt im Vorhang konnte Honoria erkennen, dass draußen ein heftiger Schneesturm tobte, der ganz sicher Lord Whitings Gäste vom Weihnachtsball fernhalten würde. Amelia würde ihren Fächer heute also nicht zum Einsatz bringen, doch das war nun auch nicht mehr wichtig. Honoria genoss in vollen Zügen das Wissen, dass ihr Gatte mausetot war (wie sie frohlockt hatte, als sie ihm die Raspel in die Brust bohrte!) und seine Geliebte nicht ahnte, dass ihre vollen Lippen jedes Mal die Haut seines Rückens berührten, wenn sie ihren Fächer kokett vor den Mund hielt.

Die Bettseite neben Honoria bewegte sich. Sie fuhr hoch, umklammerte den Kragen ihres Nachtkleids. Ein durchdringender Gestank stieg ihr in die Nase, ein Geruch, der so penetrant war, dass Honoria ihn auf der Zunge schmeckte. Wie hatte Clara ihn beschrieben?

Wie verdorbenes Fleisch oder fauliges Obst.

Und das Geräusch. Das Geräusch! Es setzte wieder ein, und jetzt erfüllte das schreckliche Dröhnen den gesamten Raum. Schweißnass vor Angst sprang Honoria aus dem Bett.

Als sie zur Tür rannte, stolperte sie über den Saum ihres Nachtkleids, und das Grauen wurde übermächtig, als Honoria feststellte, dass die Zimmertür von außen abgeschlossen war. Der Lärm wurde immer lauter, Honoria hielt sich die Ohren zu, und als sie sich umdrehte, erstarb ihr Schrei in ihrer Kehle.

Auf dem Bett lag ein dunkler Schatten. Ganz langsam begann er, über die Decke zu kriechen, sich um die Pfosten zu winden, und Honoria hörte das Kratzen von Krallen auf Holz. Als der Schatten zum Boden hinunterglitt, schien der Mond durch den Vorhangspalt, und Honoria sah voller Grauen, wie das Wesen auf sie zukroch. Sie wusste, wonach es verlangte, es wollte sie zerfetzen und ihre Einzelteile dem Teufel überlassen, als gerechte Strafe für ihre Untat, und Honoria konnte nichts tun, außer hilflos zuzusehen, wie es sich näherte, dieses Ungeheuer mit Rachsucht in den glühenden Augen.

Diese Kreatur mit dem affenartigen Gesicht von Benjamin Joseph.

Der armen Clara ruinierte der Schock, ihre tote Herrin aufzufinden, die Weihnachtstage nach Strich und Faden. Die schweren Schneefälle hatten dafür gesorgt, dass Clara erst am frühen Nachmittag das Haus erreichte, und zu diesem Zeitpunkt war Honoria Josephs Körper bereits steif und kalt. Das Feuer war erloschen, die Gans unberührt, ein Bettpfosten zerkratzt, als hätte ein Tier mit gewaltigen Krallen ihn so übel zugerichtet. Doch das erschreckte das Hausmädchen weniger als der Anblick von Honoria selbst – der Mund aufgerissen wie zu einem lautlosen Schrei, die Augen blutunterlaufen und starr, die Hände gekrümmt und erhoben, als habe sie einen grauenvollen Feind abwehren wollen.

Clara presste sich die Faust auf den Mund, um ihr Wimmern zu unterdrücken, und eilte davon, um den Arzt zu holen, der dann trotz ihrer Beteuerungen *(Meine Herrin wurde zu Tode erschreckt, ich bin mir ganz sicher!)* steif und fest behauptete, Honorias Herz habe versagt, weil sie das Leid nicht mehr habe ertragen können. Was schließlich auch kein Wunder war, denn allgemein herrschte die Meinung vor, dass sie von ihrem Gatten äußerst grausam behandelt worden war. Während man also zwar glaubte, dass Benjamin Joseph sich irgendwo in London seines Lebens vergnügte *(Da geht es doch zu wie in der Hölle, gerade der richtige Ort für ihn!)*, beschlossen die Stadtbewohner, es wäre doch eine Gnade, ihn für tot zu erklären. Und so kam es, dass der Leichnam von Honoria Joseph, Inhaberin eines florierenden Fächergeschäfts in einer vermögenden Kleinstadt in Mittelengland, auf dem Kirchhof beerdigt wurde, im letzten einsamen Grab an der übermannshohen Hecke jenseits des Witwenwegs.

DAS LIED VON GLOCKEN UND KETTEN

Laura Purcell

REGEN PRASSELT AN DIE FENSTER, das Feuer zischt und flackert, weil Wasser in den Kamin tropft. Abigail ist froh über jedes Geräusch, das die Stille übertönt, als sie das Dienstbotenzimmer betritt und ihren Platz am Esstisch einnimmt. Sie ist stets bemüht, alles Gute besonders zu schätzen. Irgendetwas gibt es immer, wofür sie dankbar sein kann. Erstens: Wärme und ein Dach über dem Kopf an einem regnerischen Abend. Zweitens: das Dienstbotenzimmer mit seiner Gewölbedecke, dem Porzellan in der Vitrine, den schimmernden Kupfertöpfen. Drittens: den mit Hammelfleisch, Erbsen und Kartoffeln gefüllten Teller vor ihr.

Sie faltet die Hände, während der Butler das Tischgebet spricht. Sogar mit geschlossenen Augen spürt sie die feindseligen Blicke der Dienstboten, die in der Rangordnung unter ihr stehen. Nach dem Gebet greift Abigail zum Besteck und hält den Blick auf ihr Essen gerichtet. Ein leise geführtes Gespräch ist erlaubt, aber aus Erfahrung weiß sie, dass eine Gouvernante nie Freunde hat, nicht einmal das Kindermädchen Martha, mit dem sie eng zusammenarbeitet. Abigail gehört einer eigenen Schicht an: verarmte Edeldame. Der Adelsfamilie nicht ebenbürtig, aber auch der Belegschaft nie gänzlich zugehörig.

Neben ihr schwatzen die Haushälterin und die Zofe über das nahende Weihnachtsfest.

»Mrs Arden ist so gütig. Sie hat mir drei Tage freigegeben, damit ich meinen Vater besuchen kann – ihr wisst ja, wie schlecht es um seine Lunge bestellt ist.«

»Das ist wirklich freundlich von ihr. Aber die Zeit hast du dir auch wahrlich verdient, weil du sie für all die vielen Bälle einkleiden musstest.«

»So viele Festlichkeiten in diesem Jahr! Ich hätte erwartet, dass die Herrin in ihrem Zustand weniger Gäste empfängt, aber von wegen. Und jetzt muss ich sämtliche ihrer Ballkleider umnähen.«

Abigail trinkt einen Schluck, aber er gerät ihr in die Luftröhre, und während sie versucht, das Husten zu unterdrücken, quillt ihr etwas Flüssigkeit aus dem Mund.

Alle lassen ihr Besteck sinken und starren sie an.

Die Haushälterin denkt offenbar, Abigail wolle auf sich aufmerksam machen, und wirft ihr einen abfälligen Blick zu. »Haben Sie auch um freie Tage gebeten, Miss Scott?«

Abigail tupft sich mit der Serviette die Lippen ab und schüttelt den Kopf. Wen sollte sie denn besuchen? Sie hat nur ihre Schwester Deborah, die auch als Gouvernante tätig ist. Sie mögen sich nicht, und selbst wenn es ein Haus gäbe, in dem sie sich treffen könnten, hätten sie kaum Grund, gemeinsam zu feiern. Die Zeit, als sie gemeinsam im Winter Schlitten fuhren und Schlittschuh liefen, ist schon lange vorbei.

Die Zofe schnieft verächtlich. »Eine Gouvernante hat doch an Weihnachten gar nichts zu tun im Gegensatz zu uns. *Die* muss nicht in der Küche schuften oder nähen, bis die Finger wund sind. Sie sollte lieber die Feiertage mit Verwandten verbringen und die Kinder in Ruhe lassen, damit sie das Fest genießen können.«

»Der kleine Master Edmund wird so aufgeregt sein«, wirft die Haushälterin besänftigend ein. »Wie werden seine großen blauen Augen leuchten!«

»Ein wunderhübsches Kind. Aber ich muss zugeben, dass ich eine Schwäche für Miss Judith habe, das erstgeborene.«

Während die Haushälterin bedächtig ihr Hammelfleisch in Stücke schneidet, wirft sie Abigail einen verstohlenen Blick zu. »*Sie* mögen doch gewiss Master Gilbert am liebsten, nicht wahr, Miss Scott? Er ist der Klügste. Seine Rechenaufgaben müssen Sie bestimmt nicht verbessern.«

Abigail bemüht sich um eine ausdruckslose Miene. »Ich habe keine Lieblingskinder.« Ein Klingeln durchbricht die Essensgeräusche. Sie blickt zu dem Kasten mit Dienstbotenglocken auf, um zu sehen, aus welchem Raum gerufen wird. *Schulzimmer.* Sie schiebt ihren Stuhl zurück. »Entschuldigen Sie mich.«

Als Abigail nach oben eilt, empfindet sie Enttäuschung und Erleichterung zugleich. Sie ist noch hungrig, weil sie nur wenige Bissen zu sich nehmen konnte, aber auch froh, der Dienerschaft zu entkommen.

Nicht dass sie etwa von ihren Zöglingen gut behandelt wird. Im Schulzimmer herrscht ein schreckliches Durcheinander. Der dreijährige Edmund windet sich in Marthas Armen, schlägt wild um sich und tritt ihr mit den Füßen in den Bauch. Diese großen blauen Augen, von denen die Haushälterin schwärmte, funkeln vor Wut.

»Verzeihung«, keucht Martha. »Ich habe Sie nicht gerufen. Er zog dauernd an der Klingel, ich konnte ihn nicht davon abhalten.«

»Du scheinst mich aber durchaus gebrauchen zu können.«

Das Kindermädchen verzieht das Gesicht. Abigail wollte Martha nicht tadeln, aber es ist offensichtlich, dass sie allein nicht zurechtkommt. Aus sämtlichen Stühlen wurde in der Ecke eine Festung gebaut. Die dunkelhaarige Florence sitzt lesend in der Mitte des Raums; zumindest ihr Benehmen ist anständig. Ihre ältere blonde Schwester, Judith, schreibt etwas auf die beschlagene Fensterscheibe, während ihr Bruder Gilbert über die Tische springt, als seien sie Inseln in einem Strom.

»Schluss damit!«, ruft Abigail laut. »Gilbert, komm sofort herunter! Du könntest stürzen und dir den Hals brechen.«

Er hört nicht auf sie. Mit seinen sechs Jahren sollte Gilbert eigentlich längst Jungenkleidung tragen und einen eigenen Hauslehrer haben. Mit dem Lockenschopf und dem Kleidchen sieht er grotesk aus, wie ein riesiges Kleinkind.

Die zehnjährige Judith dagegen trägt den überheblichen Gesichtsausdruck einer Erwachsenen zur Schau. Sie hat gerade *Miss Scott stinkt* ans Fenster geschrieben und dreht sich jetzt um. »Siehst du, Edmund? Ich habe dir doch gesagt, du sollst nicht läuten. Jetzt hast du *sie* hergerufen.«

»Und gerade rechtzeitig«, faucht Abigail und zieht das Mädchen vom Fenster weg. »Jetzt ist Schluss mit dem Unsinn, junge Dame. Hast du das Weihnachtslied eingeübt, wie ich dir aufgetragen habe?«

»Das kenne ich doch schon in- und auswendig, ich singe es schließlich jedes Jahr. Eine gute Gouvernante würde mir ein neues beibringen!«

Abigail lässt die aufsässige Antwort ohne Erwiderung durchgehen und beobachtet stattdessen Gilbert. Wenn er nun stürzt? Die Ardens dulden gewiss nicht einmal einen blauen Fleck bei ihrem kostbaren Familienerben. Sie packt den Jungen mitten im Sprung, zur Belohnung trifft sein Knie mit voller Wucht ihr Kinn. Sie schmeckt Blut, schluckt es hinunter und setzt den Jungen ab.

»Warum verderben Sie mir immer den ganzen Spaß?«, schmollt er. »Sie sind so *langweilig*!«

»Tische sind zum Schreiben da, nicht zum Klettern«, entgegnet Abigail streng.

Gilbert stemmt die Fäustchen in die Hüften. *»Tische sind zum Schreiben da, nicht zum Klettern«*, äfft er sie erstaunlich treffend nach. »Nächstes Jahr bekomme ich eigenen Unterricht, dann bin ich euch dumme Frauen los. Dann kann ich machen, was ich will.«

Abigail wird es nicht bedauern, wenn sie dem Jungen die Locken abscheren, ihn in Männerkleidung stecken und einem Hauslehrer überlassen darf. Im Gegenteil: Sie kann es kaum erwarten.

Sie macht sich daran, die Tische zurechtzurücken, während Martha den kleinen Edmund ins Kinderzimmer trägt. Ohne Aufforderung beginnt die achtjährige Florence, die Festung abzubauen und die Stühle unter die Tische zu schieben. Als Abigail behauptete, sie habe keine Lieblinge, hatte sie gelogen.

»So, Kinder, jetzt ist es genug mit dem Unfug«, verkündet sie. »Hat sich überhaupt jemand die Geschichte angesehen, die ihr als Hausaufgabe hattet? Wer kann mir etwas über den heiligen Nikolaus erzählen?«

»Ich habe die Geschichte gelesen«, sagt Florence leise und greift nach dem Buch. »Der heilige Nikolaus war ein gütiger Mann. Er hat drei Schwestern Geld gegeben, damit ihre Eltern sie nicht in die Sklaverei verkaufen mussten.«

»Ja! Das ist richtig. Gut gemacht, Florence. Der heilige Nikolaus belohnt artige Kinder, müsst ihr wissen. Wenn ihr euch um eure Aufgaben drücken wollt, solltet ihr lieber an die Geschenke denken, die ihr euch wünscht.« Als ihr Blick über die wohlgenährten, fein gekleideten Sprösslinge reicher Eltern schweift, fragt Abigail sich allerdings, welche Wünsche diese Kinder überhaupt haben könnten. »Wisst ihr, was Sankt Nikolaus unartigen Jungen und Mädchen bringt? Nur Kohlestücke.«

Abigail könnte den Kindern noch viel mehr erzählen, denn sie verfügt über ein großes Repertoire an Geschichten. Ihre eigene Kinderfrau war vor Napoleons Heeren geflüchtet, im Gepäck nichts außer einem Vorrat an Geschichten, die jedes Kind das Fürchten lehren konnten. Sie hätte den Rangen jetzt gern mit dem Krampus gedroht, aber Abigail unterlässt das. Diese Schauergeschichten bewahrt sie sich für Notfälle auf.

Judith scheint die Gedanken ihrer Gouvernante zu erraten. »Waren Sie ein braves Kind, Miss Scott?«

Abigail streicht ihre Röcke glatt. »Wie kommst du auf diese Frage, Judith?«

Das Mädchen grinst niederträchtig. »Weil Sankt Nikolaus Ihnen nicht geholfen hat. Sie sind verkauft worden. Deshalb müssen Sie jetzt für uns arbeiten.«

Mrs Ardens Gemächer sind stets beklemmend für Abigail. Der Duft von Rosenwasser steigt aus Teppichen und Vorhängen auf, scheint sogar in die Tapeten gedrungen zu sein. Die Herrin trägt einen schützenden Umhang und eine Maske, während die Zofe ihr Haar pudert.

»Nun, was haben Sie zu berichten?«, fragt Mrs Arden barsch.

Sie legt es stets darauf an, Abigail in Bedrängnis zu bringen. Von Anfang an hat die Hausherrin die junge Gouvernante abgelehnt, und zwar weil Mr Arden sie mit ausgesuchter Freundlichkeit behandelt. Er schäkert zwar nicht mit ihr, aber eine eifersüchtige Gattin wie Mrs Arden macht aus jeder Mücke einen Elefanten.

»Miss Judith wünscht sich einen silbernen Handspiegel«, antwortet Abigail mit gepresster Stimme. »Und rote Haarbänder. Master Gilbert hätte gern einen eigenen Siegelring. Master Edmund verlangt es nach Naschwerk, und Miss Florence ...« Abigail muss schlucken, erstickt fast an dem Puder in der Luft. »Nun, es ist mir noch nicht gelungen zu ermitteln, was sie sich zum Nikolaustag wünscht.«

Mrs Arden macht eine wegwerfende Handbewegung. »Ach, das spielt ohnehin keine Rolle. Sie ist auch mit Kinkerlitzchen zufrieden.«

Abigail spürt, wie Zorn in ihr aufwallt. »Florence ist ein artiges Mädchen ...«

»Eben darum. Sie wird nicht klagen.«

»Aber ...«

»Das wäre alles, Miss Scott.«

Abigail macht einen Knicks. Welche Lügen werden doch den Kindern an diesen Feiertagen vorgesetzt! Sie predigt den Kleinen von Sankt Nikolaus, aber in Wahrheit werden böse Menschen unentwegt belohnt und gute missachtet, sogar zur Weihnachtszeit. Man könnte wirklich einen gerechten Zorn bekommen.

Sie macht sich auf den Weg zum Kinderzimmer, wo zu dieser Zeit das Frühstück eingenommen wird. Schon von draußen hört sie schrilles Gelächter, das ihr durch Mark und Bein geht.

Das Lachen eines einzigen Kindes kann entzücken, aber eine ganze Schar hört sich meist an wie eine Horde Brüllaffen, nicht im Mindesten erfreulich.

Als Abigail das Zimmer betritt, sitzt niemand mehr am Frühstückstisch. Martha versucht, Edmund einzufangen, dessen mit Marmelade beschmierte Finger eine Gefährdung für die Tapete sind. Die restlichen drei Kinder bieten ein seltsames Bild. Florence sitzt mit starrem Blick im Schneidersitz auf dem Boden und drückt ihre Puppe an sich, flankiert von Judith und Gilbert, die sich vor Lachen biegen.

»Was ist so erheiternd?«, verlangt Abigail zu wissen. Judith versteckt rasch etwas hinter ihrem Rücken, aber Abigail packt ihren Arm und zieht ein Stück Papier zwischen ihren Fingern hervor. »Was ist das?«

Florence duckt sich. »Das ist von mir, Miss Scott.«

»Ich habe es nicht gestohlen!«, bringt Judith atemlos hervor. »Ich habe es unter ihrem Kopfkissen gefunden, Miss Scott, Sie können mich nicht dafür bestrafen.«

Doch Abigail weiß jetzt schon, dass sie genau das tun wird. Sie überfliegt den in säuberlicher Schönschrift verfassten Text. Es ist Florence' Brief an den Nikolaus:

Ich wünsche mir, dass Papa auch mit mir spricht und mich einmal auf den Schoß nimmt. Ich wünsche mir, dass Mama sagt, ich sei hübsch, wie sie es bei Judith macht.

Abigail tut das Herz weh. Sie hätte das nicht lesen dürfen; das arme Kind wurde bloßgestellt.

Aber Gilbert hat keinerlei Gewissensbisse. Er hat sich die folgenden Sätze bereits eingeprägt und äfft seine Schwester nach. *»Bitte hilf mir, lieber Sankt Nikolaus. Ich habe keine Freunde außer dir.«*

Dieser Junge ist ein regelrechtes Scheusal.

Florence heftet den Blick auf das mitgenommene Gesicht ihrer Puppe. Dass dieses Mädchen keine Träne vergießt, schmerzt Abigail am meisten. Sie spürt die Demütigung, als müsse sie selbst sie erleiden. Was früher auch so war.

Wenn sie jetzt Judith und Gilbert ihre ganze Aufmerksamkeit widmet, verschlimmert sie die Lage für Florence noch. Was das Kind sich wünscht, ist aus diesem Brief schließlich klar zu ersehen. Abigail beugt sich zu dem Mädchen hinunter. »Komm mit. Ich möchte mit dir sprechen.«

Gehorsam steht Florence auf und folgt Abigail in das kleine Zimmer, in dem die beiden Mädchen schlafen. Florence rollt sich sofort auf dem Bett ein, umklammert ihre Puppe. Abigail setzt sich ans Kopfende. Gäbe es doch Worte, die solchen Schmerz lindern könnten! Sie ist zwanzig Jahre älter als Florence, kann ihr jedoch auch nicht beibringen, wie man die Liebe anderer erringt oder sich vor Schmähungen schützt.

In ihrer eigenen Kindheit hat sie das Gleiche durchlitten: Sie bekam nicht einmal das geringste Fetzchen Lob, ihre Schwester dagegen wurde mit Zuwendung überhäuft, weil sie jede Aufgabe vorbildlich erledigte. Abigail fühlte sich wie ein Nichts, bis Roger in ihr Leben trat. Doch auch seine Liebe ging ihr wieder verloren.

»Es tut mir unendlich leid, dass dir das widerfahren ist«, sagt Abigail. »Du hast es wahrlich nicht verdient, ausgelacht zu werden.«

»Nicht wichtig«, murmelt Florence in ihr Kopfkissen.

»Doch, es ist wichtig. Ich habe zwar nicht das Recht, mich

zu deinem Brief zu äußern, möchte dir aber eines doch sagen: Du hast Freunde. Ich werde immer deine Freundin sein.« Florence schnieft. Sie sieht ihrem Vater so ähnlich. Abigail möchte das Mädchen umarmen, um es zu trösten, doch das verbietet ihre Stellung. »Ich werde dafür sorgen, dass Sankt Nikolaus deinen Brief vor dem sechsten Dezember erhält.«

»Nein!«

»Warum nicht?«

»Weil es dumm war, ihn zu schreiben«, flüstert das Mädchen. »Der heilige Nikolaus wird mir nicht helfen. Ich bin nicht artig.«

»Doch, das bist du! Es ist mir ein Vergnügen, dich zu unterrichten. Du bist außerordentlich …«

»Wenn ich ein artiges Mädchen wäre, würde ich meine Geschwister nicht hassen.« Florence umklammert ihre Puppe noch fester und nagt an ihrer Lippe. »Ich versuche so sehr, es nicht zu tun, aber … ich kann nicht anders. Ich hasse sie, alle drei.«

Wer kann ihr das übel nehmen? Abigail hätte am liebsten offenbart, dass sie die anderen Kinder auch hasst, die Dienerschaft verabscheut und Mrs Arden nicht ausstehen kann. Doch ihre Erwiderung fällt so aus, wie es sich für eine Gouvernante ziemt. »Liebe wäre keine Tugend, wenn es einfach wäre, andere Menschen zu lieben. Vor allem zu dieser Jahreszeit müssen wir besonders nachsichtig sein mit denen, die wir ablehnen. Ich werde mit deinen Geschwistern über ihr Benehmen sprechen. Du musst heute nicht am Unterricht teilnehmen, wenn du lieber darauf verzichten möchtest.« Als Abigail aufsteht, hält Florence sie rasch am Rock fest. »Was ist, mein Kind?«

»Ich ertrage die doch schon das ganze Jahr lang. Sieht das der heilige Nikolaus?«

Abigails Lächeln kommt ihr verlogen vor. Sie weiß nur allzu genau, dass Florence keine Belohnung für ihre Bemühungen bekommen wird. Ihre hübschere große Schwester wird immer alle Zuwendung einheimsen, ihrer Gehässigkeit zum Trotz. »Ja. Eines Tages wirst du die Früchte deiner Güte ernten, Florence. Vielleicht nicht so bald, aber später.«

»Versprechen Sie mir das?«

Abigail zögert einen Augenblick zu lang. »Aber gewiss.«

Am sechsten Dezember verdüstern schwarze Wolken den Himmel, während der Wind ums Haus fegt. Im Schulzimmer wurde Asche aus dem Kamin gepustet und hat sich im ganzen Raum verteilt wie grauer Schnee. Abigail kehrt sie eigenhändig weg, anstatt nach dem Hausmädchen zu läuten. Die Fenster sind beschlagen, und der Satz *Miss Scott stinkt* erscheint erneut.

Unten packen die Kinder wohl jetzt ihre Geschenke aus, aber die Stimmung ist nicht festlich. Etwas Bedrohliches liegt in der Luft, der metallische Geruch, der einen Sturm ankündigt. Während Abigail Schulbücher und Notenblätter ordnet, überlegt sie, welchen billigen Plunder Mrs Arden wohl für Florence erstanden hat. Nichts liebevoll Ausgesuchtes oder Kostbares. In allen Familien scheint die älteste Schwester das Beste zu bekommen.

Abigail merkt plötzlich, dass sie vor Wut mit den Zähnen knirscht, und beherrscht sich. Das ist Unsinn, aber die unerfreulichen Ereignisse vom Vortag haben alte Wunden aufgerissen, schmerzhafte Erinnerungen an ihre eigene Kindheit wachgerufen. Ihre Eltern hatten bis zu ihrem Tod Deborah stets bevorzugt. Was aber nichts geändert hatte – aus beiden Mädchen wurden nur ledige Gouvernanten. Entscheidend ist jedoch, dass Abigail nichts mehr tun kann, um ihre Eltern umzustimmen. Deborah wird jetzt für immer und ewig das Lieblingskind bleiben.

Eine Viertelstunde später erscheinen ihre Zöglinge vergnügt und mit rosigen Wangen im Schulzimmer; zumindest drei sind in diesem Zustand. Judith zeigt stolz ihre neuen Haarbänder, Gilbert trägt seinen Siegelring, der kleine Edmund lutscht ein Stück Minzkonfekt und hat ein Spielzeugboot unter den Arm geklemmt.

»Was hast du denn bekommen?«, fragt Abigail Florence, als alle sich setzen.

Wortlos fördert das Mädchen eine schuhförmige Muskatnussreibe zutage und stellt sie auf den Tisch. Ein Hausierer hatte Abigail ähnlichen Plunder andrehen wollen, als er die Dienstboten aufsuchte.

»So ein Pech aber auch«, sagt Judith höhnisch. »Und das, obwohl sie Sankt Nikolaus so einen netten Brief geschrieben hat.«

Florence' Gesicht verzerrt sich, und einen Moment lang glaubt Abigail, dass es zu einem Handgemenge zwischen den Schwestern kommen wird. Doch Florence gelingt es, ruhig zu bleiben, sie ballt nur die Hände zu Fäusten.

Sie verfügt über mehr Selbstbeherrschung, als Abigail sich an ihrer Stelle zugetraut hätte. Dennoch reicht es jetzt. Jemand muss etwas gegen diese gemeinen Blagen unternehmen, wenn es schon Florence selbst nicht tut.

»Wir lernen jetzt nichts mehr über den heiligen Nikolaus«, verkündet Abigail entschlossen und tritt in die Mitte des Raums.

»Ihr habt mir gezeigt, dass ihr alt genug seid, um die andere Seite der Geschichte zu hören.«

»Die andere Seite?«, wiederholt Gilbert stirnrunzelnd.

»O ja. Alles wirft einen Schatten, auch Sankt Nikolaus. Heute werde ich euch von demjenigen erzählen, der ihn bei seinen Runden begleitet.« Sie legt eine dramatische Pause ein. Der Name liegt ihr auf der Zunge, gefährlich stechend. »Dem Krampus.«

Ein Schweigen tritt ein.

»Ist das eine Art Katze?«, witzelt Judith dann.

Abigail starrt sie mit eisigem Blick an. »Still! So etwas darf er gar nicht hören. Ihr müsst wachsam sein, dürft ihn nicht verärgern. Ganz besonders wachsam sogar.« Es ist ihr noch nie gelungen, die volle Aufmerksamkeit der Kinder zu bekommen, aber jetzt warten alle gespannt auf die Fortsetzung. »Der Krampus trägt keinen christlichen Namen, weil er das Gegenteil eines Heiligen ist. Kann mir jemand sagen, was das ist?«

Die Luft scheint wie aufgeladen mit Spannung. »Ein … Teufel?«, sagt Florence zögernd.

Abigail nickt. »Ein Dämon.«

Judiths überhebliches Lächeln auf ihrem Herzmündchen erstirbt.

»Er geht zwar aufrecht wie ein Mensch, aber der Krampus ist kein Sterblicher. Statt Füßen hat er gewaltige Hufe wie ein Ziegenbock. *Klack, klack* machen sie auf dem Boden, doch man hört seine Schritte kaum, weil das Klirren und Klingeln seiner Ketten so laut ist. Dicke Eisenketten, behangen mit Glocken, hat er aus der Hölle mitgebracht. Denkt euch nur, wie stark er sein muss, wenn er dieses Gewicht immer mit sich herumschleppen kann!«

Edmund lässt sein Boot fallen.

»Er hat zwei Hörner auf dem Kopf und ist am ganzen Körper mit zottigem schwarzem Fell bedeckt«, fährt Abigail fort. »Gib mir deine Schiefertafel, Gilbert, ich male euch ein Bild.« Sie zeichnet rasch, fühlt sich kühn und mächtig dabei. Die Kreide quietscht, und Gilbert zuckt erschrocken zusammen. »Schaut her, etwa so sieht er aus. Ein Ziegenbock hat flache Zähne, um Gras zu kauen, der Krampus jedoch nicht. Könnt ihr seine scharfen Zähne erkennen und die lange spitze Zunge?«

»Und was macht der Krampus?«, wispert Judith.

»Denk nach. Sankt Nikolaus belohnt die Kinder, also was tut wohl der Krampus?« Abigails Augen funkeln, sie muss ein Schmunzeln unterdrücken. Sie genießt das ungemein. Die Kinder sehen schon wie versteinert aus, aber sie kann sich nicht bremsen. »Er bestraft sie natürlich.« Sie fügt der Zeichnung einen mit Ruten gefüllten Sack hinzu. Wie leicht es ihr fällt, die Gestalt darzustellen, die sie als Kind in Angst und Schrecken versetzt hat! Die Bilder fließen ihr förmlich aus der Hand, als seien sie stets bei ihr geblieben. Schöne Träume vergisst man, Albträume nicht. »Wenn ihr Glück habt, werdet ihr vom Krampus nur mit Birkenruten verdroschen. Aber wer besonders unartig war … wer zum Beispiel zu einem schwächeren Kind gemein oder grausam gewesen ist …« Sie schüttelt den Kopf und schnalzt mit der Zunge. »Der landet im Sack.«

»Was ist im Sack?«, quiekt der kleine Edmund.

Abigail verdrängt rasch eine Erinnerung: wie sie immer schweißgebadet aufwachte und um Atem rang, weil sie geträumt hatte, in dem Sack zu ersticken. »Der Sack selbst ist nicht so wichtig, er dient dem Krampus nur dazu, die unartigen Kinder wegzuschleppen. Niemand weiß genau, was dann mit ihnen geschieht … Manche sagen, sie werden ertränkt, andere behaupten, der Krampus frisst sie. Wieder andere glauben, dass er sie mit sich in die Hölle nimmt. Was glaubt ihr denn, was ihnen widerfährt?«

Edmund bricht in Tränen aus. Sein vor Angst verzerrtes Engelsgesicht verursacht einen Anflug von Reue in Abigail. Sie hatte es auf Judith und Gilbert abgesehen, nicht auf den Kleinen.

»Reiß dich zusammen!«, schnauzt Gilbert den jüngeren Bruder an. »Benimm dich wie ein Mann! Du brauchst dich nicht zu fürchten!«

»Ach, hast du keine Angst?«, fragt Abigail leichthin.

»Nein«, behauptet Gilbert verdrossen. »Etwas Schlimmes wäre doch schon gestern Nacht geschehen. Aber so ist es nicht. Wir sind belohnt worden, sehen Sie?« Er hebt die Hand mit dem Ring. »All diese Geschenke. Sankt Nikolaus war gestern Nacht hier, nicht der Krampus, weil wir brave Kinder sind.«

Abigail legt den Kopf schräg. »Ach ja, seid ihr das?«

»Ja!«

Sie bemüht sich, Judiths gehässiges Grinsen nachzuahmen. »Dann kann ich nur für euch beten, dass das auch wahr ist.«

Draußen tobt ein gewaltiger Sturm, der über das Gelände fegt und an den Ästen rüttelt, die zerbersten wie morsche Knochen. Die Jagdhunde heulen in den Zwingern, durch die Fensterritzen pfeift der Wind und zerrt an den Vorhängen. Abigail zieht die Bettdecke bis zum Kinn hoch.

Die Kinder haben jetzt gewiss schreckliche Angst. Abigail erinnert sich an Sturmnächte in ihrer Kindheit, in denen Deborah und sie sich fast zu Tode fürchteten. In diesen Momenten stritten sie wenigstens nicht, sondern trösteten sich gegenseitig, wenn sie schlimme Träume hatten. Und nun hat Abigail die Arden-Kinder verängstigt. Vorsätzlich hat sie ihre Schützlinge in Angst und Schrecken versetzt. Die Scham lastet schwer auf ihr. Welche Frau, um alles in der Welt, macht denn so etwas?

Ein Windstoß fährt in den Kamin, die Flammen zucken wild. Abigail versucht, sich mit dem Gedanken zu trösten, dass sie und ihre Schwester ihr Grauen überlebt haben; die Geschichten des Kindermädchens haben keine bleibenden Schäden hinterlassen. Und Judith und Gilbert mussten wirklich einmal zurechtgestutzt werden. Ist es nicht besser, wenn sie das mit ihrer Gouvernante erleben als künftig mit irgendwelchen Fremden? Abigail ersinnt allerlei Entschuldigungen, obwohl sie eigentlich weiß, dass ihr Verhalten unentschuldbar ist.

Sie hört ein leises Geräusch an der Tür. Die Klinke bewegt sich auf und ab. Jemand klopft, begehrt Einlass.

Absurderweise sieht sie die schwarzen Hufe des Krampus vor ihrem inneren Auge. »Wer ist da?«, ruft sie.

»Miss Scott?«

Florence. Abigail springt aus dem Bett, tappt über die kalten Dielen zur Tür und öffnet sie. Das Mädchen sieht im Nachthemd kleiner und furchtbar dünn aus. »Was ist denn? Warum schläfst du nicht?«

Die Kleine ringt die Hände, und im Feuerschein sieht Abigail, wie bleich sie ist. »Ich … fürchte mich.«

Ein aufgesetztes Lächeln ist jetzt nötig. »Ein großes Mädchen wie du fürchtet sich vor dem Wind?«

»Nein! Vor dem Krampus.« Schuldgefühle würgen Abigail beinahe, als das Kind hinzufügt: »Ich habe seine Ketten und Glocken gehört. Er ist vor unserem Fenster!«

Abigail beugt sich zu dem Mädchen hinunter und fasst es behutsam an den Schultern. »Nein, das ist nicht der Krampus, Florence. Die Geschichte, die ich euch heute Morgen erzählt habe, war nur …« Sie verstummt. Was soll sie auch sagen? Dass sie damit Judith und Gilbert bestrafen wollte? Aber nicht überlegt hat, dass auch die kleineren Kinder davon betroffen sein würden? »Das ist nur eine Geschichte gewesen. Den Krampus gibt es nicht.«

Florence' dunkle Augen, die Augen ihres Vaters, füllen sich mit Tränen. »Kann ich heute Nacht bei Ihnen schlafen?«

Abigails Kammer ist klein, das Bett schmal, aber sie hat sich diese Lage selbst zuzuschreiben. »Natürlich. Das darfst du.«

Obwohl Florence klein und dünn ist, nimmt sie den größten Teil der Matratze ein, und Abigail muss sich eine halbwegs bequeme Position suchen. Als sie die Augen schließt, stellt sie sich vor, wie sie irgendwo in einem eigenen Häuschen mit ihrer kleinen Tochter gemütlich im Bett liegt. Dieses Leben hätte sie haben können. Roger und sie wären jetzt seit fünf Jahren verheiratet, wenn sie ihn nicht betrogen hätte. Eine leichtfertige Handlung. Die gleiche Leichtfertigkeit, die sie dazu veranlasst hat, den Arden-Kindern die Krampus-Geschichte zu erzählen …

Merkwürdig. Florence hatte recht: Als Abigails Lider schwer werden, kommt es ihr auch so vor, als hörte sie draußen das Klirren von Ketten und schrillen Glockenklang.

»Und wie ist das bei den Erwachsenen?«

»Hmm?«

Abigail spürt Florence' Atem am Rücken, als sie fragt: »Wenn Erwachsene unartig sind, werden sie dann auch von jemandem bestraft?«

»Ja«, gähnt Abigail, ohne über die Frage nachzudenken. »Ja ... Das ist ja nur gerecht ...«

Florence wartet auf den Rest der Antwort, aber Abigail ist eingeschlafen.

Es muss Zeit zum Aufstehen sein. Marthas Stimme ist durch die Wände zu hören, als sie im Kinderzimmer mit den Jungen schimpft. Licht dringt durch Abigails Lider, verschwommen rot und gelb. Sie tastet nach Florence, spürt aber nur noch ihren Abdruck auf der Matratze.

»Alles ist runtergefallen!« Abigail öffnet schlaftrunken die Augen. Florence steht am Fenster, ihre Silhouette scharf umrissen von kaltem weißem Licht. »Schauen Sie, Miss Scott!«

Sie steht auf, zuckt zusammen, als ihre Fußsohlen den eiskalten Boden berühren. Das Mädchen hat schon die Vorhänge aufgezogen und in die Halter geschoben. Die Rasenflächen hinter dem Haus sind nicht mehr grün, sondern mit dürren Blättern übersät. Jedes vertrocknete braune Blatt, das sich bis in den Dezember festgeklammert hat, wurde vom Baum gerissen, ebenso wie Zweige, Vogelnester und ganze Äste. Florence deutet zum Teich hinüber, wo eine Birke zersplittert ist. Die zerbrochenen Äste ragen ins Wasser wie Spinnenbeine.

»Meine Güte! Hoffentlich ist nichts Schlimmeres geschehen. Der Sturm muss heftig gewesen sein, wenn er einen ganzen Baum gespalten hat.«

Florence drückt die Nase an die Scheibe. »Vielleicht war das der Krampus, der seine Ruten gesammelt hat?«

»Unsinn. Ich habe dir doch gesagt, dass er nur erfunden ist.«

Abigail hatte gehofft, dass die ganze Krampus-Sache erledigt wäre und sie heute einen Neuanfang machen könnte. Aber es gibt kein Entkommen. Als sie und Florence angekleidet sind und in den Gang hinaustreten, begegnen sie Martha, die Laken in den Händen hält. Die gelben Flecken erscheinen Abigail wie eine Anklage.

»Master Gilbert hat ins Bett gemacht«, sagt Martha ärgerlich, bevor sie weitergeht. »Das hat er noch nie zuvor getan!«

Gilbert? Das hätte Abigail eher von Edmund erwartet, nicht von seinem älteren Bruder. Aber Gilbert ist eben auch erst sechs, sagt sie sich, immer noch klein genug, um bei Angst seine Blase nicht mehr beherrschen zu können. Abigail läuft rot an und spürt, dass Florence sie ansieht.

»Lass uns nach deiner Schwester schauen«, sagt sie bemüht munter. »Sie hat ja letzte Nacht allein geschlafen.«

»Es war gar nicht nett von mir, dass ich sie allein gelassen habe, oder? Aber ich habe gedacht, der Krampus kommt, und bin davongelaufen …«

Abigail schluckt. »Ja, manchmal sorgt Angst dafür, dass wir seltsame Dinge tun.«

Aber Florence ist nicht nur davongelaufen, wie sich herausstellt. Die Zimmertür geht nicht auf, und Abigail muss ihren Schlüssel zum Einsatz bringen. Offenbar hat Florence hinter sich abgeschlossen.

»Judith?«, ruft Abigail von draußen. »Bist du bekleidet?« Nur ein leises Wimmern ist zu hören.

Ein beißender Gestank steigt Abigail in die Nase, als sie den

Raum betreten: Qualm, Asche, Urin. Würgend stolpert sie weiter. Und wenn sie richtig atmen könnte, würde sie jetzt schreien.

Die Vorhänge am Bett sind zerfetzt, die Pfosten zerkratzt und zerschürft. Judith liegt auf der Decke. Ihr Haar ist verfilzt und verknotet. Obwohl das Feuer erloschen ist, leuchtet ihre Haut scharlachrot.

Abigail zieht Florence ins Zimmer und schließt rasch die Tür hinter ihnen. »Was ist geschehen?«, keucht sie entsetzt.

Judith schnieft nur.

Florence' Augen sind weit aufgerissen. »Ich habe doch gesagt, dass der Krampus vor dem Fenster war«, haucht sie.

Abigail tritt ans Bett und streckt die Hand nach Judith aus, doch das Mädchen zuckt zurück. Ihre Arme sehen wund aus, sind mit Schrammen und Kratzern übersät. »Wer hat dir das angetan? Wie … Die Tür war doch abgeschlossen!«

Ein hilfloses Schluchzen ist die Antwort.

Niemand darf das zu sehen bekommen. Wie sollte Abigail Judiths Zustand den anderen Dienstboten und Mrs Arden erklären? Sie versteht es nicht einmal selbst. Jedenfalls müssen die Wunden gesäubert und verbunden werden. Sie muss das Notwendige besorgen, ohne Aufmerksamkeit zu erregen, muss allen sagen, Judith sei erkrankt …

»Florence, bleib bei deiner Schwester. Ich hole Arznei.«

Das Mädchen schüttelt entschieden den Kopf. »Ich will nicht hierbleiben. Was, wenn der Krampus zurückkommt?«

»Er wird nicht … Er kann nicht … Es gibt ihn doch gar nicht!«, schreit Abigail, eilt hinaus und schließt die Tür hinter sich ab.

Ihr dreht sich der Kopf. Was soll sie tun? Wäre es am besten, Hilfe zu holen und Alarm zu schlagen? Jemand hat das Kind verletzt und muss gefasst werden … Aber es ist unter ihrer Aufsicht geschehen. Die Ardens könnten sie entlassen, weil sie nachlässig war.

Blindlings stolpert sie den Flur entlang und stößt mit Martha zusammen, die aus der Küche kommt. »Sag den Jungen, der Unterricht fällt heute aus«, murmelt Abigail. »Judith ist unpässlich.«

Eine Antwort wartet Abigail nicht ab. Sie überlegt auch nicht, was sie tun soll, wenn die Herrin ihr krankes Kind sehen möchte. Eine mächtige innere Stimme befiehlt Abigail zu verbergen, was geschehen ist, als trüge sie selbst die Schuld daran. Hatte sie nicht etwas Derartiges heraufbeschworen?

Sie hatte Florence versichert, dass der Krampus Judith nicht verletzt haben könnte, was auch zutreffend ist. Doch eine Frage bleibt, sie hängt wie ein Damoklesschwert über Abigails Kopf: Wer war es dann?

»Schüre das Feuer, die Flammen müssen hoch sein!«

»Aber ich schwitze jetzt schon schrecklich!«, klagt Florence. Sie hat alles ausgezogen bis auf ihre Unterkleidung, die Röcke sind schweißgetränkt.

»Gut so«, erwidert Abigail vom Bett, wo sie Judiths Wunden versorgt. »Es soll glühend heiß sein. Wenn das Feuer stark genug lodert, kann niemand durch den Kamin hier eindringen.«

Denn durch den Kamin muss sich jemand Zutritt verschafft haben – Tür und Fenster waren verschlossen. Doch wer hätte bei dem nächtlichen Sturm aufs Dach klettern können? Man wäre davongefegt worden wie die Ziegel, außer … jemand hätte etwas Schweres bei sich getragen. Etwas Schweres wie eiserne Ketten.

Judith zuckt zusammen, als Abigail ein Fetzchen Haut glättet. Zumindest bluten die Wunden nicht. Mit etwas Salbe werden sie im Lauf der Zeit heilen. Judith wird bald wiederhergestellt sein, was man von dem Pfostenbett nicht behaupten kann. Wie soll Abigail verhindern, dass ihre Herrschaft diese Schäden zu Gesicht bekommt?

Florence stochert mit einem Schürhaken im Feuer, Funken fliegen auf wie Leuchtkäfer. »Der Krampus kommt doch aus der Hölle«, sinniert sie dabei. »Ein paar Flammen stören den bestimmt nicht.«

Es gibt ihn nicht. *Es kann ihn nicht geben.* Als Abigail das Tuch befeuchtet, merkt sie, dass ihre Hand zittert, das Wasser in der Schale schwappt hin und her. »Was hast du gesehen?«, fragt Abigail erneut.

»Nichts!«, stöhnt Judith gequält. »Das habe ich doch schon gesagt! Das Feuer war erloschen. Ich habe nur gehört, wie die Ketten über den Boden schleiften und das Holz splitterte …« Sie schluchzt. »Und dann habe ich den Schmerz gespürt.«

»Warum hast du nicht geschrien?«

»Konnte ich nicht!«, weint das Mädchen. »Ich habe nach Florence getastet, aber sie war nicht da!«

Florence versucht nicht, sich zu verteidigen, was Abigail gut verstehen kann. Sie selbst hatte ihre Schwester auch einmal im Stich gelassen. Dabei war es Abigails Idee gewesen, auf dem Mühlteich um die Wette Schlittschuh zu laufen. Und weil *sie* unbedingt hatte gewinnen wollen, hatten sie sich zu weit vorgewagt. Doch als das Eis brach und ein breiter Riss entstand, war sie geflohen, obwohl sie das gar nicht gewollt hatte, und hatte Deborah zurückgelassen.

Abigail versucht, diese Erinnerung zu vergessen. »Und du hast wirklich Ketten gehört? Keine Stimme? Nichts, was erklären könnte, wer dich überfallen hat?«

Judith sieht ihre Gouvernante an, als habe die den Verstand verloren. »Es war der Krampus, der mich überfallen hat. Das müssten *Sie* doch am besten wissen! Sie haben ihm erzählt, dass wir unartig sind, und ihn hergelockt!«

Bei der Vorstellung, dass sie mit dem Krampus im Bunde sein soll, läuft es Abigail kalt den Rücken hinunter. Als hätte sie dem Dämon eine Tasse Tee zwischen die Bocksfüße gestellt und plaudere mit ihm über ihre Kümmernisse. Als hätten sie etwas gemeinsam.

Vor dem Krampus hatte sie sich früher stets am meisten gefürchtet. Sie hörte die Glocken und Ketten in ihren Träumen, sah seine spitzen Zähne, und die endlos lange schlängelnde Zunge bohrte sich in ihr Ohr. Von allen Geschichten des französischen Kindermädchens hatte diese an ihr gehaftet wie Pech. Konnte womöglich doch etwas daran *wahr* sein?

»Ich glaube nicht daran, dass es den Krampus gibt, Judith. Das alles habe ich erzählt, um euch einen Schrecken einzujagen. Außerdem kommt er doch angeblich am Abend des fünften Dezember. Ich kann unmöglich … Ich kann ihn gar nicht herbeigelockt haben, indem ich diese Geschichte erzählt habe.«

Unter anderen Umständen hätte Abigail die Kinder verdächtigt, ihr einen raffinierten Streich gespielt zu haben. Aber kein Kind könnte so etwas vortäuschen! Judith würde doch solche Misshandlungen nicht erdulden, um jemanden zu täuschen. Außerdem wirkt sie wahrhaft verstört.

»Es ist Ihre Schuld«, beharrt sie jetzt aufs Neue.

Abigail hätte erwartet, dass sie zufrieden sein würde, diesem überheblichen Mädchen eine Lektion erteilt zu haben, aber ihr ist nur übel. »Ich verarzte dich weiter«, sagt sie so beruhigend wie möglich. »Die Wunden werden im Nu heilen, du wirst sehen.«

»Ich will Mama«, wimmert Judith.

»Nein! Deine Mutter wird dir nicht glauben«, entgegnet Abigail hastig. »Sie wird behaupten, dass jemand aus der Dienerschaft dich verletzt hat und den Constable holen! Versteh doch, ich muss dich hierbehalten, bis du genesen bist und bis ich dieses Bett ausbessern konnte … Das alles muss unser Geheimnis bleiben.«

Judith beäugt sie misstrauisch.

Florence legt ein Holzscheit ins Feuer. »Aber ich will nicht hierbleiben!«, sagt sie erneut. »Ich will nicht in diesem Zimmer schlafen! Wenn der Krampus nun zurückkommt?«

Judith schluchzt auf.

»Er wird nicht zurückkommen«, beteuert Abigail, aber ohne rechte Überzeugung. »Trotzdem werde ich bei euch bleiben. Die Jungen sind bei Martha im Kinderzimmer gut aufgehoben, und ich werde heute Nacht hier im Sessel sitzen und euch behüten.«

Als könnte sie es mit einem Dämon aufnehmen! Wenn sie den Krampus wirklich sehen würde, dann würde sie sich heiser schreien vor Angst. Doch das ist der Fluch des Erwachsenseins: Nach außen hin muss sie stets beherrscht wirken, als wäre sie nicht im Innersten noch immer ein verängstigtes Kind.

»Und Sie bleiben die ganze Nacht wach?«, fragt Florence zweifelnd.

Abigail nickt. Wie sollte sie auch nach alldem ein Auge zutun? »Die ganze Nacht. Das verspreche ich euch.«

Anfänglich ist es leicht: Die Angst hält Abigail wach. Sie ist bereit, zu kämpfen und schnell zu handeln, kann kaum still sitzen. Bei jedem Knacken des Feuers, jedem Geräusch, wenn die Mädchen sich im Bett umdrehen, gerät ihr Körper in Anspannung. Draußen rauscht der Wind in den Blättern und Ästen, die er letzte Nacht von den Bäumen gerissen hat. Er hat nachgelassen, ist jedoch kälter geworden, frostiger. Es scheint beinahe, als sinke die Temperatur immer weiter, während Abigails Angst ständig zunimmt.

Sie wünscht sich Deborah an ihre Seite. Nur ihre Schwester würde begreifen können, was sich hier abspielt. *Es gibt ihn wirklich*, hätte Abigail dann geschrien. *Es gab ihn schon immer.*

Ihre müden Augen starren in die Ecken, beobachten die zuckenden Schatten. So viel Holz sie auch aufs Feuer legt, es erhellt doch nie den ganzen Raum. Es bleiben immer dunkle Flecken, in denen formlose Schatten lungern und dann verwehen, als wären sie nie da gewesen.

Die Mädchen schlafen fest, erschöpft von Schmerz und Grauen. Sie lauscht ihrem flachen, ruhigen Atem, so ganz anders als ihr eigener. Abigail keucht beinahe. Ihre Anspannung zehrt sie aus, ihr Herz schlägt einen wilden Trommelwirbel, und sie kann nicht mehr klar sehen.

Nach einer weiteren Stunde hat dieser dauernde Alarmzustand ihre Kraftreserven aufgebraucht, ihr Körper kann die Wachheit nicht mehr aufrechterhalten. Ihre Augen brennen so heiß wie das Feuer, und langsam sinkt ihr Kinn nach unten. Die Hitze ist einschläfernd. Abigail schüttelt sich. Ist sie denn wirklich so schwächlich? Es geht doch nur um eine Nacht. Nur diese Nacht muss Abigail durchhalten, sie hat es Florence versprochen …

Sie erwacht an einem Schnarchen. Verwirrt blickt sie um sich und merkt entsetzt, dass sie versagt hat. Sie ist eingeschlafen! Doch das Feuer brennt noch, und die Mädchen schlummern friedlich. Aber … irgendetwas ist anders.

Sie marschiert zum Bett und blinzelt, weil sie einen Schatten zu erkennen glaubt. Doch es ist kein Schatten. Die Laken sind mit schwarzen Zeichen beschmiert, die Mädchen mit Ruß bedeckt. Abigail streckt die Hand aus, um zu prüfen, ob sie verletzt sind – und hält inne. Auch sie selbst ist rußgeschwärzt. Ist das ein Zeichen, dass man bald vom Krampus gefressen wird?

Schritte draußen im Flur. Abigail stockt der Atem. Jetzt muss sie handeln, die Kinder schützen. Erbärmlich zitternd, stellt sie sich mit ausgebreiteten Armen vor dem Bett auf, zur Tür gewandt.

Ein Klopfen. »Miss Scott?« In ihrem aufgewühlten Zustand erkennt sie Marthas Stimme zunächst nicht. Das Klopfen wird drängender, und Abigail hastet zur Tür, schließt sie auf. Marthas Haar hängt offen herunter, eine Laterne beleuchtet ihr besorgtes Gesicht. »Sie waren nicht in Ihrem Zimmer, was haben Sie …« Martha runzelt die Stirn, als sie merkt, dass ihr Gegenüber so schwarz ist wie ein Schornsteinfeger. »Einerlei. Wo ist Master Gilbert?«

»Was?«

»Master Gilbert«, wiederholt Martha. »Er ist nicht in seinem Bett. Bitte sagen Sie mir, dass er bei Ihnen ist.«

Abigail fröstelt trotz der Hitze. »Großer Gott.«

Martha flucht. »Wo ist er? Wir müssen ihn finden. Helfen Sie mir bei der Suche!«

Abigail zögert, will die Mädchen nicht allein lassen, aber was soll sie tun? Sie schließt die Tür von außen ab.

»Wo könnte er sein?«, jammert Martha. »Wenn er mitten in der Nacht draußen ist, macht die Herrin mir den Garaus!«

»Er … ist gewiss ganz in der Nähe.« Abigail erkennt ihre eigene Stimme nicht mehr. Sie will schreien, dass der Krampus das Kind geholt hat, beteiligt sich aber an der Suche, als sei der Junge wirklich nur weggelaufen.

Das Kindermädchen saugt plötzlich scharf die Luft ein. »Autsch! Was zum …?« Die Laterne flackert, als Martha sich bückt, ihren Fuß reibt. Sie ist auf einen Kiefernzapfen getreten, der sich in die Haut gebohrt hat. Der Boden des Korridors ist übersät mit Kiefernzapfen. »Wie kommen die denn hierher?«

»Gib mir die Laterne.« Abigail leuchtet in Richtung Schulzimmer. Im Flur sieht es so schlimm aus wie draußen im Park: Die weihnachtlichen Dekorationen sind allesamt zerstört. Stechpalmenblätter, grüne Nadeln, zertretene Mistelbeeren liegen am Boden. Und inmitten der Verwüstung sind schwarze Hufabdrücke zu erkennen. »Grundgütiger!«, entfährt es Abigail.

Sie eilt den Korridor entlang, gefolgt von Martha, die barfuß langsamer ist. Wenn Abigail auf Blätter tritt, entsteht ein feuchter grüner Geruch. Auch ein weihnachtliches Aroma steigt ihr auf einmal in die Nase. Dann sieht sie die Überreste der Duftorangen, die letzte Woche von den Kindern angefertigt wurden: Gewürznelken sind am Boden verstreut wie Geschosse, die Früchte wurden zerfleischt, nur ihre Schalen hängen noch wie Hautsäcke am Treppengeländer.

Auf der Türklinke des Schulzimmers: ein rußiger Handabdruck. Abigail nimmt ihren ganzen Mut zusammen und reißt die Tür auf.

Die Kerze in der Laterne flackert unruhig. Jemand hat beide Fenster hochgeschoben, eisiger Wind fegt herein, und die Tür knallt im Luftzug an die Wand. Abigail schreit auf, als Martha keuchend zu ihr tritt.

»Master Gilbert!«, ruft sie entsetzt aus, reißt der Gouvernante die Laterne aus der Hand und stürzt ins Zimmer. Im unstet zuckenden Licht sieht Abigail den jungen Erbfolger der Ardens, mit Ketten an einen Tisch gefesselt. Zwischen den Zähnen ist ein Kohlestück eingeklemmt wie der Apfel bei einem Spanferkel.

»Helfen Sie mir!«, schreit Martha und reißt an den Ketten. Der Wind weht nasse Schneeklumpen herein, die vom Dach gerutscht sind. »Miss Scott! Helfen Sie doch!« Abigail tritt zu dem Kindermädchen, das dem Jungen gerade das Kohlestück aus dem Mund zieht, gefolgt von einem Zahn. Gilbert würgt und erbricht sich in einem Schwall so schwarz wie die Sünde. »Was ist geschehen?«, fragt Martha immer wieder, aber der Junge starrt mit blutunterlaufenen Augen Abigail an.

Eine Glocke klingelt.

»Die ist für Sie«, krächzt Gilbert.

Ein weiteres Klingeln ertönt, und noch eins und noch eins. Es hört sich an, als würde in allen Zimmern des Hauses gleichzeitig nach den Bediensteten geläutet. Abigail bohrt sich die Nägel in die Handflächen. Das alles erscheint ihr unwirklich und zugleich entsetzlich vertraut: Ihre schlimmsten Albträume werden wahr.

Sie hastet hinaus in den Flur, kommt auf Blättern ins Schlittern, Stechpalmenzweige verfangen sich in ihren Röcken. Unten regen sich die Bediensteten. Bei diesem Höllenlärm wird gewiss auch die Herrschaft bald wach. Wie soll Abigail dann das grauenhafte Geschehen erklären?

Sie hat das Zimmer der Mädchen erreicht und bleibt wie angewurzelt stehen. Die Tür ist weit aufgerissen, Abigail stockt der Atem. Drinnen prasselt das Feuer, doch im Bett liegt niemand mehr. Während das misstönende Glockengeläut kein Ende nimmt, rennt Abigail zum Kinderzimmer und ahnt schon, was sie vorfinden wird. Und wahrhaftig ist von Edmund nur der Abdruck in seinem Bett geblieben.

»O Gott, o Gott!« Das wollte sie nicht. Abigail weiß nicht mehr, was sie eigentlich beabsichtigt hatte und weshalb sie jemals wütend auf die Kinder war. Sie erinnert sich nur noch an ihre eigene Jugend: die Verfehlungen, die sie nicht mehr ungeschehen machen kann, die Gemeinheiten, für die sie nie mehr Sühne erlangen wird.

Von hier aus gibt es eine Dienstbotentreppe, die an der Küche vorbei nach draußen führt. Das ist der einzige Ort, der Abigail in den Sinn kommt. Wenn der Krampus die Kinder verschleppt hat, muss er sie *irgendwohin* bringen …

Vielleicht entdeckt sie ihn, eine furchtbare Gestalt auf dem Dach. Oder kann ihn verfolgen, während er mit klirrenden Ketten und zappelndem Sack durch den Park stapft. Ob er die armen Arden-Kinder im See ertränken will? Abigail bezweifelt, dass sie ihn aufhalten kann, aber versuchen muss sie es.

Sie muss ihre ganze Kraft aufwenden, bei dem tosenden Wind die Tür zu öffnen. Draußen schneit es heftig, eisige Flocken stechen in ihre Haut. Der Schnee sinkt nicht zu Boden, sondern wirbelt in bizarren Gebilden umher. Trotz des Mondlichts kann Abigail in dem wilden Schneegestöber kaum etwas erkennen. Sie senkt den Kopf, kämpft sich vorwärts, der eisige peitschende Schnee soll ihre Buße sein. Warum, oh, warum nur hat sie diese schreckliche Geschichte erzählt und dieses Unheil über sie alle gebracht? Niemals hätte sie sich durch die Grausamkeit der Kinder dazu verleiten lassen dürfen, selbst grausam zu sein. Gewiss, Judith und Gilbert sind freche Blagen, aber sie sind schließlich jung und können sich im Lauf der Zeit noch bessern. Begreift der Krampus das nicht? Versteht er nicht, wie tyrannisch es ist, junge Menschen zu richten, deren Charakter noch nicht vollständig geformt ist?

Abigail kann ihre Füße kaum noch spüren. Ihre Ohren schmerzen vor Kälte, ihre Zähne klappern, sie hört nur ihr eigenes Keuchen und Stapfen im dichten Schneegestöber. Auf dem Boden sieht sie Blätter, Äste, Eisklumpen, aber auch eine flache Schneise. Blinzelnd kann sie zerbrochene Zweige und Spuren von Erde erkennen, weil hier etwas Schweres entlanggeschleift wurde.

Während Abigail dem Trampelpfad folgt, steigt ihr ein abscheulicher Gestank in die Nase, eine Art beißender Staub, der in der Kehle brennt und in die Lunge dringt. Auf dem weißen aufgewühlten Untergrund kann sie Spuren ausmachen: die zwiegespaltenen Abdrücke von Bocksfüßen.

Abigail zittert von Kopf bis Fuß vor Angst und Kälte. Es ist zu spät, um umzukehren, und sie weiß nicht mehr, wo sie ist. In der Nähe der Stallungen vielleicht oder bei den Blätterhaufen, die verbrannt werden sollen? Nirgendwo sonst könnte doch ein solch ekelhafter Fäulnisgeruch entstehen?

Vor ihr auf dem Pfad zeichnet sich ein Umriss am Boden ab, breit und dunkel. Wider jede Vernunft hofft Abigail, dass es sich um einen großen Stein oder Felsbrocken handelt und nicht um das, was sie vorzufinden befürchtet.

Mühsam schleppt sie sich weiter und stellt fest, dass ihre Hoffnung vergebens war. Einige Schritte entfernt sieht sie die Konturen eines unförmigen Sacks, der zum Seeufer geschleift und dann dort zurückgelassen wurde.

»Florence!«, schreit Abigail, aber ihre Stimme scheint vom Schneesturm verweht zu werden. »Edmund? Judith?«

Der Sack ist prall gefüllt und groß genug für drei Kinder, wispert die Angst in ihr. Doch nichts bewegt sich, nichts zuckt oder zappelt. Was auch immer sich darin befindet, ist vollkommen reglos.

»Nein, o nein!« Abigail hastet gebückt weiter, bedeckt Nase und Mund gegen den Gestank. Eine Schneeschicht hat sich auf dem groben Rupfen gebildet, dennoch ist die dunkle rostrote Flüssigkeit nicht zu übersehen, die aus dem Sack sickert.

Abigail fällt auf die Knie und kriecht auf allen vieren vorwärts. Ihre Hände sind taub vor Kälte, und Tränen brennen heiß auf ihren Wangen. Doch jetzt ist jegliches Ungemach einerlei. Im dunklen Schatten ihres Verbrechens ist alles gleichgültig. Sie trägt die Schuld an diesem Grauen. Nur sie ganz allein.

Ihre Finger gehorchen kaum, als sie die Schnüre lösen will, um den Sack zu öffnen. Vielleicht sollte sie ihn zuerst schütteln oder anstoßen, aber sie will das Entsetzliche lieber sehen, als es zu spüren. Zarte leblose Gliedmaßen. Kleine Köpfe, die nie wieder aus dem Schlaf erwachen werden.

Sie reißt an der Schnur, der Knoten gibt nach. Abigail würgt, als ihr der Gestank entgegenschlägt: Kohle, Fäulnis und etwas widerwärtig Süßes wie von verrottetem Weihnachtsnaschwerk.

Mit zitternden Händen zieht sie den Saum des Sacks auseinander und späht hinein.

Sie hatte Blut und gefrorene Leichen erwartet, sieht jedoch gar nichts. Das Innere ist so dunkel wie in einer Höhle.

»F-F-Florence?« Abigail hält den Atem an, beugt sich weiter vor. Nichts als Dunkelheit. »Edmund?«

Der Sack ist leer.

Sie hält inne, verwirrt, kann keinen klaren Gedanken fassen. Die Geräusche hört sie erst, als sie dicht bei ihr sind: das Klirren schwerer Kettenglieder und das absurd fröhliche Klingeln von Glocken.

Abigail öffnet den Mund, um zu schreien, aber etwas versetzt ihr von hinten einen harten Stoß. Der Gestank aus dem Sack dringt in ihre Nase, ihre Lunge, ihren Kopf, bis es nichts anderes mehr gibt.

In der Morgendämmerung leuchtet der Himmel am Horizont in heiterem Korallenrot und Pfirsichgelb. Vögel kehren munter zwitschernd zu den Überresten ihrer Nester zurück, Enten wagen sich wieder auf den See hinaus.

Alle Fenster des Arden'schen Herrenhauses sind hell erleuchtet. Hunde bellen, die Rufe von Bediensteten sind zu hören. Mr Arden, noch in Schlafrock und Pantoffeln, führt höchstpersönlich eine Prozession von Männern an. Er hat aufgehört, die Namen seiner Kinder zu schreien, um seine Verzweiflung vor der Dienerschaft zu verbergen.

Gilberts Bericht von den Ereignissen der letzten Nacht erscheint vollkommen sinnlos. In seinem Leid musste der Junge sich ein bocksähnliches Ungeheuer ausgedacht haben … Und es gibt auch keine Erklärung dafür, weshalb er zurückgelassen und seine Geschwister verschleppt wurden.

Leichter Nebel weht vom See heran und verhüllt die zuckerweiße Landschaft. Der Boden ist so hart gefroren wie Stein. Selbst wenn die Kinder nicht von herabfallenden Ästen erschlagen wurden, müssen sie erfroren sein. Die Gouvernante konnte sie doch wohl nicht entführt haben? Als Racheakt für seine Zurückweisung ihrer Avancen? Heißt es nicht: Der Zorn einer verschmähten Frau ist schlimmer als die Hölle?

»Da!«, schreit der Stallknecht.

Der Nebel teilt sich wundersam und offenbart einen Anblick, der herrlicher nicht sein könnte: drei kleine Gestalten, die sich an den Händen halten und auf etwas starren, das am Seeufer liegt.

Mr Arden stürmt vorwärts, der Schlafrock flattert um seine Beine, während er schreit: »Meine Lieblinge!« Edmund lässt die Hand seiner Schwester los und rennt zu seinem Vater, der den geliebten Jungen in seine Arme reißt und an sich drückt. So kalt ist er, so kalt, aber lebendig und unversehrt. Mr Arden kämpft mit den Tränen. Nun schreit Judith »Papa, Papa!«, als sie die Arme um seine Hüften schlingt.

Nur Florence bleibt ein wenig abseits, zitternd wie ein Windhund, den Blick auf den See gerichtet.

Jetzt bemerkt Mr Arden, dass der Gegenstand am See ein großer hässlicher Sack ist, sichtlich vollgestopft bis zum Rand. Hatten die Einbrecher nach Kostbarkeiten gesucht? Aber im Haus wurde nichts vermisst.

»Ich habe gedacht, er wollte uns holen«, haucht Florence kaum hörbar.

»Wer denn, Kind? Was um alles in der Welt ist geschehen? Und was ist in diesem Sack?«

Mit großen Augen sieht das Mädchen seinen Vater an. »Er hatte es gar nicht auf uns abgesehen! Sondern auf *sie*!«

»Florence, was redest du da?« Dieses Kind ist seit jeher sonderbar. »Sag mir, was in dem Sack ist.«

Ein Diener hat sich vorgewagt. Mr Arden entgeht nicht, dass rote Flüssigkeit durch den Rupfen sickert. Jäh von einer seltsamen Ahnung erfasst, will der Lord anordnen, den unheimlichen Gegenstand nicht zu berühren.

Doch zu spät: Der Diener hat schon hineingeblickt und stößt einen markerschütternden Schrei aus.

DIE AUTOR*INNEN

BRIDGET COLLINS ist preisgekrönte Autorin von zahlreichen Romanen für Jugendliche und zwei Romanen für Erwachsene: *Die verborgenen Stimmen der Bücher* und *Das große Spiel. Die verborgenen Stimmen der Bücher* war ein *Sunday Times*-Bestseller, stand auf der Shortlist für mehrere Preise, darunter der Waterstones Book of the Year Award, und war 2019 der meistverkaufte Debütroman im Hardcover in England.

ANDREW MICHAEL HURLEY ist preisgekrönter Autor von drei Romanen: *Loney, Teufels Tag* und *Starve Acre. Loney* gewann den Costa First Novel Award, wurde 2016 bei den British Book Awards als Book of the Year ausgezeichnet und vom *Sunday Telegraph* als moderner Klassiker gefeiert. Hurley lebt und schreibt in Lancashire.

JESS KIDD wuchs in London als Teil einer großen Familie aus dem irischen County Mayo auf und ist preisgekrönte Autorin von vier Romanen, die auf Deutsch bei DuMont erschienen sind: *Der Freund der Toten, Heilige und andere Tote, Die Ewigkeit in einem Glas* und *Die Insel der Unschuldigen*. 2016 gewann sie den Costa Short Story Award und veröffentlichte 2021 ihr erstes Kinderbuch, *Everyday Magic*.

CATRIONA WARD ist eine amerikanisch-britische Autorin von Horror-Romanen, deren Werk von Stephen King gepriesen wird. Ihr Debüt *Rawblood* wurde 2016 bei den British Fantasy Awards als Best Horror Novel ausgezeichnet, stand auf der Shortlist für den Authors' Club Best First Novel Award und erhielt vom Buchhandelsunternehmen WHSmith die Auszeichnung Fresh Talent. Ihr zweiter Roman, *Little Eve – Kind der Schlange*, gewann 2018 den Shirley Jackson Award, wurde vom *Guardian* zum besten Buch des Jahres 2018 gewählt und erhielt 2019 den August Derleth Award for Best Horror Novel. Ward ist die einzige Frau, die zweimal mit dem August Derleth Award ausgezeichnet wurde. Ihre Kurzgeschichten erschienen in zahlreichen Anthologien. Wards dritter Roman, *Das letzte Haus in der Needless Street*, erschien 2021 und wurde von der Kritik hochgelobt.

SUSAN STOKES-CHAPMAN, aufgewachsen in Lichfield in Staffordshire, lebt zurzeit im Nordwesten von Wales. Sie schloss ihr Studium an der Aberystwyth University mit einem Bachelortitel in Education & English Literature und einem Mastertitel in Creative Writing ab. Ihr Debütroman, *Das Erbe der Pandora Blake*, landete sofort auf Platz eins der *Sunday Times*-Bestsellerliste, stand 2020 auf der Shortlist für den Lucy Cavendish Fiction Prize und auf der Longlist für den Bath Novel Award.

LAURA PURCELL ist ehemalige Buchhändlerin und Autorin von sieben Romanen, darunter *Die stillen Gefährten*, für den sie 2018 den WHSmith Thumping Good Read Award erhielt, und *Der Schattenriss*, der 2021 bei den Capital Crime Fingerprint Awards als Historical Crime Book of the Year 2021 ausgezeichnet wurde.